Sauerlandkrimi & mehr

Erste Auflage 2004

Umschlagillustration: Atelier B. Beißel, Aachen
Umschlagfoto: Edith Kuhlmann
Satz: Satzbüro Noch, Balve
Druck: Druckerei Zimmermann, Balve

ISBN 3-934327-05-2

Kathrin Heinrichs

Sau tot

Sauerlandkrimi & mehr

Blatt-Verlag
Menden

Dem Mann an meiner Seite,
für Rat und Tat und vieles mehr

Ähnlichkeiten zu realen Orten sind gewollt.
Personen und Handlung des Romans dagegen
sind frei erfunden. Bezüge zu realen Menschen
wird man daher vergeblich suchen.

1

„Süffel, hierher! **Hierher, aber sofort!**" Der Köter hörte einfach nicht. Es war zum Heulen. Jetzt war ich extra mit auf diese Treibjagd gekommen, nur um dem Hund etwas zu bieten, und wie dankte er es mir? Mit Ungehorsam! Mit Respektlosigkeit! Mit wildem Davonstürzen! Dieses Vieh hatte keinen Schimmer, in welche Richtung die Jagd vonstatten ging! Oder machte es sich etwa einen Spaß daraus, in die entgegengesetzte Richtung zu stürmen?

„Süffel, hier!"

In 50 Metern Entfernung konnte ich gerade noch sein wuscheliges Hinterteil im Schnee verschwinden sehen. Es gab keinen Ausweg, ich mußte hinterher.

Zugegeben, es war eine Schnapsidee gewesen, mit auf diese Treibjagd zu gehen, wobei das mit dem Schnaps fast wörtlich zu verstehen ist. Hätten mein Freund Elmar und ich nicht am Abend vorher zwei Flaschen Rotwein zusammen geleert, dann würde ich jetzt sicher nicht durch Schnee und Unterholz stolpern. In der Ferne hörte ich das „hopp, hopp", mit dem die Treiber in einer Linie den Wald durchkämmten. Das dritte Waldstück schon, das an diesem Morgen bejagt wurde. Und natürlich hätten Süffel und ich wieder dabeisein sollen. Statt dessen kämpfte ich mich nun durch ein paar Brombeersträucher, die mich komplett mit Schnee einpuderten. Na endlich, ein Weg tat sich vor mir auf. Hatte ich mich doch noch herausgekämpft! Fragte sich nur, wo Süffel abgeblieben war.

„Dahin ist er abgezischt!" Die Stimme kam von links. Ein Jäger in meinem Alter stand dort mit der Flinte im Anschlag. Er hieß Georg, wenn ich das vorhin richtig mitbekommen hatte. Ein netter, bodenständiger Kerl, an dem mir vor allem seine Hose mit mindestens 24 Taschen aufgefallen war.

Dieser Georg schaute mich aufmunternd an. Dankbar lächelte ich zurück, vor allem, weil er mich nicht für ein Wildschwein gehalten hatte! Immerhin hatte laut Zeitungsbericht vor kurzem sogar eine friedlich grasende Milchkuh ihr Leben gelassen, weil der ansitzende Jäger einen Rehbock vermutet hatte.

„Ist das dein Hund?" fragte Georg jetzt und zeigte in die Richtung, in die Süffel soeben abgehauen war.

„Nicht so richtig", ich klopfte mir den Schnee von der Hose. „Er gehört unserem Nachbarn und wohnt nur vorübergehend für ein paar Wochen bei uns. Zumindest, falls ich ihn heute noch mal wiederkriege."

Plötzlich fiel ein Schuß, dann noch einer. Hoffentlich hatte niemand auf Süffel gezielt! Allerdings waren die Schüsse aus einer anderen Richtung gekommen.

„Na, endlich", sagte Georg. „Wurde aber auch Zeit, daß die Jagd richtig losgeht."

„Sind wohl nicht so ergiebig, die Jagden hier in der Region, was?"

„Das ist von Ortschaft zu Ortschaft unterschiedlich. Aber wenn man Pech hat –", Georg schnaubte. „Vor drei Wochen war ich auf einer Jagd mit mehr als achtzehn Jägern. Und was wurde zur Strecke gebracht? Ein einziger Rehbock! Das muß man sich mal vorstellen!"

„Na, immerhin", meinte ich ironisch.

„Der Witz ist", ergänzte mein grünes Gegenüber, „der Bock ist in Panik vor einen Baum gerannt. Den hat nicht mal jemand erschossen."

Mein Gott, erste Formen tierischen Suizids. Besorgt sah ich mich nach Süffel um.

„Nicht umsonst gibt es da so eine bitterböse Scherzfrage", setzte Georg fort, obwohl ich langsam unruhig wurde. „Was ist schlimmer als eine Treibjagd im Sauerland?" Er wartete einen Augenblick, bevor er die Antwort gab. „Zwei Treibjagden im Sauerland."

„Na, dann Waidmannsheil!" Ich grinste, während ich weiterstapfte. „Ich suche inzwischen den Hund!"

Das war leichter gesagt als getan. Von Süffel gab es nicht mehr die geringste Spur. Ich hatte zu lange gequatscht.

Innerlich kochte ich. Schon am frühen Morgen hatte sich der Hund als ganz und gar jagduntauglich erwiesen. Spätestens beim Anblasen hätte mir das klarsein müssen. Eigentlich war es eher ein getragener Moment gewesen. Acht Jäger hatten ihre Hörner dabei gehabt, die Hunde hatten gejault, was das Zeug hielt, und mein Jägerherz hätte sicher freudig gehüpft, wenn ich denn eins gehabt hätte. Zu diesem Zeitpunkt waren meine Füße auch durchaus noch in einem ungefrorenen Zustand gewesen, meine Finger noch beweglich und meine Motivation im grünen Bereich, was bei einer Jagd immer wichtig ist, auch wenn man nur als Treiber dabei ist. Zumindest die Sache mit der Motivation änderte sich dann ziemlich schnell. Ich sagte, die Hunde jaulten während des Jagdhornsignals. Ich müßte sagen, alle jaulten – außer Süffel. Der nämlich pinkelte während des Blasens munter vor sich hin, aber nicht irgendwohin, nein, er pinkelte einem Jäger ans Bein! Ich wäre am liebsten im Boden versunken. Gott sei Dank schien keiner etwas gemerkt zu haben. Der Angepieselte selbst war einer aus der Material-Liga: Stiefel, die eher nach Leder denn nach Gummi aussahen, High-Tech-Parka, Angora-Schal und Rindslederhut – die ganze Montur wahrscheinlich beheizbar. Bei dieser Ausstattung hätte man es wahrscheinlich mit einer Ladung Schrot versuchen müssen, um seine Aufmerksamkeit zu gewinnen. Auch die anderen hatten sich nicht um Süffels Umtriebe gekümmert. Nur Elmar, der mich auf die Treibjagd mitgenommen hatte, machte sich beinah vor Lachen ins Hemd. Später allerdings, als die anderen Hunde interessiert an seinem Bein herumschnüffelten, war der Angepieselte ein bißchen stutzig geworden. Da war Süffel aber schon mit dem Band meiner Regenjacke beschäftigt gewesen.

Inzwischen war ich in ein neues Waldstück hineinmarschiert. „Süffel, hierher!" Noch immer keine Spur von ihm. Ich würde ihn lynchen, wenn ich ihn in die Finger bekäme. Fragte sich nur, ob das jemals passieren würde.

Wieder ein Schuß. Offensichtlich kam die Jagd jetzt richtig in Gang.

„Süffel, hier!" Ich stapfte weiter den Weg entlang. „Leckerchen!" Mir war es inzwischen egal, mit welchen Mitteln ich das Tier lockte. Hauptsache, es kam.

Ein Bellen. Mein Herz hüpfte, was ihm schwerfiel, weil es in Anbetracht der Kälte nur auf Niedrigenergie arbeitete. Wieder ein Bellen. Jetzt kam ich auf Trab. Vor mir tat sich nun eine Fichtenschonung auf, deren Bäume nur knapp einen Meter hoch waren. Zügig ging ich durch den lichten Baumbestand in Richtung Gebell. Ich mußte aufpassen. Der Untergrund war glitschig. Im schlimmsten Fall machte ich mich hier noch lang. Ich erreichte eine Lichtung. Endlich konnte ich in einiger Entfernung etwas wedeln sehen. Zumindest Süffel war die gute Laune keineswegs abhanden gekommen.

„Süffel, hier!" Ich hätte genausogut meine verstorbene Großmutter rufen können. Nichts zu machen. Der Hund hörte einfach nicht auf mich. Wie ich aus der Entfernung bemerkte, hatte er sich zu Füßen eines Hochsitzes eingefunden. Wahrscheinlich betrachtete er das Modell als Hundehütte auf Stelzen.

„Süffel!" Hoffentlich lief er jetzt nicht weg. Ich hatte keine Lust, meine tiefkühlgefrosteten Füße noch einen Kilometer weiterzuquälen. „Süffel, hier!"

Der Hund hatte etwas gefunden. Etwas, das ihn mächtig aufregte. Da stand er mit wedelndem Schwanz und schaute mir mit einer Art Besitzerstolz entgegen.

„Du solltest dich schämen", rief ich, während ich auf ihn zustürmte. „Andere Hunde gehorchen, wenn man sie regelmäßig füttert!" Süffel war unbeeindruckt. Noch immer wedelte sein Schwanz hin und her. Womöglich hatte er ein Kaninchen erlegt und machte mir nun ein verfrühtes Weihnachtsgeschenk.

„Süffel, was hast du denn da?" Mir blieben die Worte im Halse stecken. Was da lag, war kein Kaninchen. Es war ein

Mensch. Ein grüner Mensch – genaugenommen: ein Jäger. Der Hund freute sich und bellte. Ich konnte seine Begeisterung nicht teilen. Der Mann war tot. Und irgendwie gefroren.

In der Ferne hörte ich ein Jagdsignal. Wenn mich nicht alles täuschte, dann spielten sie *Sau tot*.

2

Es dauerte eine Weile, bis ich realisierte, daß der Mann schon länger tot war. Eine Treibjagd, mehrere Schüsse, dann ein Toter mit zerschossenem Bauch. Ist doch klar, was ich gedacht hab'! Aber dieser Mann lag schon länger da. Kalkbleich, steif gefroren und sogar eingeschneit, soweit Süffel ihn noch nicht freigeschleckt hatte. Ich durfte gar nicht daran denken. Ich hatte gerade mit zittrigen Händen per Handy die Polizei angerufen, als jemand angestapft kam. Elmar war es, an seiner Seite Georg, beide ihr Gewehr über der Schulter.

„Bleibt stehen!" rief ich ihnen schon von weitem zu. Soviel Erfahrung hatte ich inzwischen mit Leichen. Süffel und ich hatten wahrscheinlich genug brauchbare Spuren vernichtet, da mußten sich nicht noch weitere Leute verewigen. Elmar und sein Jagdkumpel kamen bis auf drei Meter heran.

„Da liegt ein Toter", erklärte ich ihnen. „Ein Jäger." Die beiden starrten mich an. Dann hielt es Georg nicht mehr aus. Er ging ein paar Schritte weiter auf den Toten zu. Unweigerlich zuckte er zusammen, als er sah, wie der Mann dort zugerichtet war. Der Bauch mußte stark geblutet haben. Jedenfalls war die Jacke zerfetzt und blutrot. Inzwischen war die ganze Angelegenheit gefroren, was den Anblick nicht eben erträglicher machte.

„Das ist –", er wandte sich zu Elmar um, „das ist Waltermanns Richard."

„Waltermann? Richard Waltermann?" Elmar schaute entsetzt und ging zögernd weiter. „Der das Sägewerk hat? In Wulfringhausen?"

Georg nickte.

„Der die Tochter geheiratet hat? Die Tochter von dem Schauerte? Dem ursprünglich die Firma gehörte?"

Georg nickte wieder. Ich kannte das Spiel schon. Sauerländisches Familienquiz nannte ich das. So etwas konnte länger dauern. Aber wir standen hier immerhin vor einer Leiche.

„Richard Waltermann", murmelte Elmar wie benebelt.

„Den hat jemand erschossen", unterbrach Georg abrupt. „Und zwar mit Schrot."

„Schaut mal nach oben!" Ich deutete auf den Hochsitz, unter dem die Leiche lag. Elmar ging einen Schritt zurück und hielt sich die Hand vor die Augen. Der helle Schnee und der weiß-graue Himmel machten das Schauen nicht so einfach. An den Hochsitz war mit roter Farbe etwas drangeschmiert. **Jäger sind Mörder** stand da.

Elmar starrte auf die Schrift. „Das gibt's doch gar nicht!"

Auch Georg war wie paralysiert. Seine Haut war nicht nur blaß, sie war weiß wie eine Wand. Eine Weile sagte keiner von uns etwas. Dann einigten wir uns, daß ich allein bei dem Toten blieb, während die anderen mit Süffel losgingen und die restlichen Jäger informierten.

Es dauerte noch zwanzig Minuten, bis zwei Polizisten kamen. Ein Mann und eine Frau, die leider nicht allzu viel Erfahrung mit eingefrorenen Jägern hatten. Immerhin ließen sie sich davon überzeugen, daß ich nicht weiter vor Ort warten mußte, sondern mich zu den Teilnehmern der Treibjagd gesellen durfte. Ich hinterließ Namen und Adresse und folgte dem Duft des Lagerfeuers, das man inzwischen angezündet hatte. Die Jäger und Treiber standen rund um das prasselnde Feuer. Ein paar hatten sich auf ihrem Sitzstock niedergelassen. Zwei hatten ein Brötchen und eine Mettwurst in der Hand. Also war nicht allen der Appetit vergangen. Ich stutzte einen Augenblick. Befand sich der Mörder unter diesen Männern? Dann verwarf ich den Gedanken. Zum einen war das Opfer nicht während der Treibjagd erschossen worden. Zum anderen deutete die Parole am Hochsitz nicht gerade auf einen Jagdkollegen hin. Als ich in die Runde trat, wurde es plötzlich unglaublich still.

„Die Polizei ist jetzt da", sagte ich, weil ich das Gefühl hatte, man erwarte das von mir. Natürlich mußten das alle mitgekriegt haben, der Polizeiwagen war schließlich an der Jagdgesellschaft vorbeigefahren.

„Ich glaub' das einfach nicht", sagte einer der Jäger. Ein kleiner, pummeliger Mann um die Sechzig mit fast bodenlangem Lodenmantel. „Waltermanns Richard, tot unterm Hochsitz."

Elmar und Georg schienen die anderen im Detail informiert zu haben. Auch über die Parole am Hochsitz.

„Scheiß Umweltschützer", meinte nämlich jetzt ein Jäger mit Fellkappe und Bundeswehrparka. „Ich sag's ja immer: Die gehen über Leichen."

„Warten wir erst mal ab, was hinter der ganzen Sache steckt", Elmar hatte sich zusammen mit Georg auf einem gefällten Baumstamm niedergelassen. „Schließlich ist hier vorher noch nie jemand von Tierschützern belästigt worden, oder?"

„Aber selbstverständlich", konterte der Fellmützenträger, „denk an die Hubertusjagd in Voßwinkel vorletztes Jahr. Diese Chaoten, die mit Trillerpfeifen durch den Wald gerannt sind. Außerdem gab es Hochsitzbeschädigungen in der Nähe von Olpe. Zerstörte Futterkrippen in Attendorn und Meschede. Und ich garantiere euch: Das ist erst der Anfang gewesen. Da sind linke Spinner am Werk! Die wollen die Jagd abschaffen. Die wollen uns als Tierquäler an die Wand stellen. Auch wenn ihr's nicht wahrhaben wollt: Es herrscht Krieg zwischen Jägern und diesen Terroristen. Es herrscht Krieg." Der Sprecher schaute sich nach Zustimmung heischend um, aber der erwartete Zuspruch blieb aus. Keiner sagte etwas, was den Typ mit der Fellmütze aber nicht abhielt weiterzureden. „Und jetzt haben sie den Richard abgeknallt. Das muß man sich mal vorstellen! Wahrscheinlich hat Richard einen von denen erwischt, wie er da an seinem Hochsitz rumgepinselt hat. Er hat ihn zur Rede gestellt – und *zack* hat der geschossen."

„Ich denke, man sollte zunächst mal die polizeilichen Untersuchungen abwarten", unterbrach ich die Spekulationen. „Womöglich zeigt sich ein ganz anderer Hintergrund. *Jäger sind Mörder.* Vielleicht ist das eine Finte, um die Ermittler in die falsche Richtung zu schicken."

Der Typ mit der Fellkappe murmelte etwas. Ich konnte es aus der Entfernung nicht verstehen.

„Apropos Spuren", brachte sich jetzt Elmar ein. „Ich weiß nicht, wie lange Waltermann dort schon liegt, aber bei dem Schneefall wird an Spuren nicht viel übrig sein."

Ein paar andere murmelten zustimmend.

„Vielleicht ist das ja kein Zufall", kam es mir in den Sinn. „Der Schnee war angekündigt. Einen besseren Termin für einen Mord hätte man kaum finden können. Eine halbe Stunde Schneefall und die Ermittler haben keine Chance."

Noch während ich sprach, wurde eine Flasche Schnaps herumgereicht. Auch mir drückte jemand ein leeres Glas in die Hand. „Jetzt trink erst mal, Junge!" Es war der Kerl, den Süffel fröhlich angepinkelt hatte. Wo war Süffel überhaupt? Neue Leichen suchen? Nein, da saß er neben Elmar und zitterte in der Kälte vor sich hin. Ich ging hinüber zu ihm, hockte mich nieder und streichelte ihm das Fell. Dankbar leckte er mit der Zunge über meine Hand. Von links kam jetzt der Jagdherr mit der Flasche Schnaps auf mich zu. Ich zögerte einen Moment. Dann kamen mir meine eingefrorenen Körperteile zum Bewußtsein – und das flaue Gefühl, das sich in meinem Magen breitgemacht hatte. Ich hielt mein Glas hin und kippte den Inhalt in einem Zug hinunter. Elmar lächelte matt. Dann klingelte plötzlich das Handy in meiner Tasche. Es war Alexa, die zusammen mit Elmars Frau Anne und den Kindern zwei Wochen Urlaub in Holland verbrachte.

„Hallo, Liebes", sagte ich. „Wie geht's euch?" Meine Stimme klang ziemlich matt.

„Du klingst so komisch, Vincent, ist etwas passiert?"

„Irgendwie schon!" Ich wußte, was jetzt kam: 'Wieso passiert so etwas immer nur dir?' Ich wußte es ja selbst nicht. Und das versuchte ich auch Alexa begreiflich zu machen.

„Oh Gott!" sagte die, nachdem ich geendet hatte. „Sag mir nur eines: Warum warst du überhaupt auf dieser Treibjagd?"

Als hätte ich mich das inzwischen nicht häufig genug selber gefragt. Alexa und Anne waren gemeinsam in Urlaub gefahren. Da war es keine schlechte Idee gewesen, daß auch wir Männer uns mal auf ein Glas Wein zusammenhockten. Ein Glas nur. Mehr war auf keinen Fall geplant. Aber dann, ganz plötzlich, hatte es zu schneien begonnen. Nicht nur ein bißchen, sondern richtig. Eine dicke Decke sauerländischen Schnees. Also hatten wir abgewartet und in der Zwischenzeit noch ein bißchen getrunken. Es war wie von allein passiert. Irgendwann war klar: Ich würde die Nacht auf Elmars Hof verbringen. Und warum auch nicht? Der nächste Tag war ein Samstag. Keine Schule. Frau und Kinder nicht da. Da konnte man endlich wieder einen reinen Männerabend machen. Elmar, Süffel und ich. Der Abend gestaltete sich auch überaus nett. Und am nächsten Morgen, als Elmar sich für die Treibjagd fertig machte, dann die Idee einfach mitzugehen. Wegen Süffel. Nun ja, ein bißchen Restalkohol war wohl auch noch im Spiel ...

„Vincent, bist du noch dran?"

Alexas Stimme holte mich in die Gegenwart zurück.

„Alexa, Hauptsache, dir und den Kindern geht es gut. Alles andere ist im Moment nicht so wichtig."

„Du meinst Leichenfunde und ähnliches?"

„Ich habe die Leiche nicht gefunden. Das war Süffel."

„Süffel! Du bist wegen Süffel auf die Treibjagd gegangen?"

„Im gewissen Sinne ja.“ Ich hoffte auf ein bißchen Verständnis von Alexa. Schließlich war sie Tierärztin. „Ich dachte, das wär' mal was für ihn bei all dem Frust, den er im Augenblick so hat – ohne sein eigentliches Herrchen, ohne die Kinder, die ihn ablenken.“

„Vincent! Süffel ist kein Jagdhund. Zumindest kein ausgebildeter.“

„Oh ja, das kann ich so bestätigen. Trotzdem war er der einzige, der sich seine Strecke selbst besorgt hat.“

„Ich sehe schon –“

„– man kann mich keine fünf Minuten allein lassen. Das wolltest du doch sagen, nicht?“

„Es ist aber auch wahr“, Alexas Stimme hatte etwas Verzweifeltes, „warum kommst du ständig mit Verbrechern in Kontakt?“

„Nicht mit Verbrechern, Alexa, nur mit Leichen. Außerdem war ich über Jahre abstinent. Diesen herben Rückfall kann ich mir selbst nicht erklären.“

„Soll ich kommen?“

„Nein, das ist nicht nötig. Ich warte hier, bis die Kripo eintrifft. Dann mache ich meine Aussage, und damit ist der Fall für mich erledigt. Nutz die Tage ruhig bis zuletzt. Es ist ja nicht mehr lange. Außerdem brauchen die Kinder das Klima. Denk an die vielen Bronchitis-Nächte in der letzten Zeit. Apropos: Gibst du den Kindern einen Kuß von mir?“

„Natürlich. Ach Vincent, rufst du mich an, wenn du zu Hause bist?“

„Klar, mach' ich. Bis dann.“

Ich steckte das Handy ein und hüpfte zum Aufwärmen ein bißchen auf und ab, als mein Blick auf eine Reihe Tannenzweige fiel, die man in einiger Entfernung aufgeschichtet hatte. Darauf war die Strecke abgelegt: ein Kaninchen mit weit aufgerissenen Augen, daneben ein Wildschwein, ziemlich wuchtig, mit einem braunen, struppigen Fell. Eine Sau war erlegt, daher eben das Jagdhornsignal. Ich hatte mich also doch nicht getäuscht.

Irgendwann setzte ich mich neben Elmar und streckte die Füße aus. Das Feuer wärmte ganz gut. Vielleicht hatten meine Zehen doch noch eine Chance. Süffel lag erschöpft da und träumte – von Jägerschnitzeln vielleicht. Müde ließ ich meinen Blick schweifen und blieb an dem Typ mit Parka und Fellmütze hängen, der sich gerade mit dem Jagdherrn unterhielt.

„Wer ist das?" wandte ich mich flüsternd an Elmar.

„Rudi Kleinsorge", gab der zurück. „Wohnt ganz hier in der Nähe. Von jeher ein komischer Typ.

„Und Waltermann?" Ich blickte in die Flammen. Das Bild des Toten tauchte immer wieder vor mir auf. Sein schwarzes, dichtes Haar, das von wenigen silbernen Strähnen durchzogen war. Außerdem seine buschigen Augenbrauen, die mir besonders im Gedächtnis geblieben waren. Eigentlich ein sehr gutaussehender Mann – wenn nicht dieser entsetzte Gesichtsausdruck bewahrt geblieben wäre.

„Was war er für ein Typ?" richtete ich mich mit gedämpfter Stimme an Elmar. „Ich habe immer sein Gesicht vor Augen. Und ich wüßte gerne, was sich dahinter verbirgt."

„Richard Waltermann", Elmar massierte sich die Stirn. „Allzu gut kenne ich ihn nicht, er wohnt in Henningloh und hat ein Sägewerk am Rand von Wulfringhausen, gar nicht weit von hier. Den Betrieb kann man sehen, wenn man aus Richtung Renkhausen kommt."

„Und diese Firma hat er geerbt?" versuchte ich mir Elmars Andeutungen von vorhin in Erinnerung zu rufen.

„Genau. Von seinem Schwiegervater. Deshalb heißt der Betrieb heute noch Schauerte, stimmt's, Georg?" Elmar stieß seinen Kumpel neben sich an. Der nickte.

„Waltermann hat den Betrieb erheblich erweitert," ergänzte Georg in murmelndem Tonfall. „Früher war das nur ein Sägewerk, heute gehört alles mögliche dazu. Zimmerei, Schreinerei, Direktverkauf, vor allem aber eine riesige Trocknungshalle, wo dem Holz innerhalb weniger Stunden die Feuchtigkeit entzogen wird." Georg fuhr sich mit der

Hand durchs Haar. „Er hat den Betrieb richtig auf Vordermann gebracht. Sein Schwiegervater wollte nichts mehr investieren, und so wäre die Firma langsam aber sicher den Bach runtergegangen. Dann aber hat sich Richard reingeklemmt, und jetzt steht das Unternehmen da wie nie zuvor."

„Das heißt, er war ein Unternehmertyp?" wollte ich wissen.

„Ja, schon", Georg zuckte die Achseln. „Er wußte, was er wollte, wenn du das meinst. Und was er wollte, das hat er auch gekriegt."

Georg schwieg erschrocken. Seine Worte hatten nach dem Mord eine seltsame Bedeutung.

Es war Elmar, der den Faden wieder aufnahm. „Ich selbst kenne Waltermann nur von zwei, drei Jagden her. Eigentlich ein eher stiller Mensch. Aber wenn er etwas sagte, dann konnte er sich gut ausdrücken. Trotzdem nicht unbedingt ein geselliger Typ. Ich glaube nicht, daß er zum Schützenfest ging."

Ach, so einer! Ich grinste trocken in mich hinein. Nicht zum Schützenfest zu gehen, gehörte zu den Verhaltensweisen, die hierzulande im Strafregister ganz oben anzusiedeln waren.

„Dann noch etwas", die Sache lag mir schon die ganze Zeit auf der Seele, „dieser Waltermann, hat der Kinder?"

Georg sah zu mir herüber. „Ja, schon. Einen Jungen und ein Mädchen."

Ich hatte das Gefühl, Georg wollte noch etwas hinzufügen, als plötzlich das allgemeine Stimmengewirr abbrach. Offensichtlich wollte jemand eine Rede halten. Tatsächlich, der Jagdherr hatte das Wort erhoben.

„Liebe Jagdfreunde! Wir alle sind entsetzt, wir alle sind in Trauer. Trotzdem möchte ich kurz das Wort an euch richten. Unser treuer Waidgenosse Richard Waltermann ist tot. Auf eine entsetzliche Weise hat er sein Leben verloren, und ich kann sagen –"

„Scheiß Umweltschützer!" murmelte die Fellmütze erneut.

„– ich kann wohl sagen, uns alle trifft Richards Tod bis ins Mark. Nicht nur weil er ein guter Kamerad, ein hervorragender Schütze und sicher auch ein liebevoller Ehemann und Vater gewesen ist, sondern vor allem weil sein Tod vermutlich die Folge eines feigen, skrupellosen Anschlags war." Einige Jäger brummten einvernehmlich. Der Jagdherr ergriff wieder das Wort.

„Am liebsten würde jeder von uns jetzt nach Hause gehen, um in seiner Trauer und Wut allein sein zu können. Trotzdem bitte ich euch, weiter auszuharren, um anschließend der Polizei zur Verfügung zu stehen. Ich denke, das sind wir Richard schuldig. So laßt uns nun eine Gedenkminute halten für unseren guten Jagdgefährten Richard Waltermann, der viel zu früh –"

Noch während sich die Männer in Pose brachten, hörte man ein Motorgeräusch. Ein roter Kombi kämpfte sich den schneebedeckten Feldweg herauf in unsere Richtung. Neben den vielen grünen Wagen, die von den Jägern am Wegrand geparkt worden waren, leuchtete er wie ein Osterei. Knapp dahinter folgten zwei silberne Autos, ein dunkelblaues und zum guten Schluß ein großes schwarzes.

„Na endlich, die Kripo ist im Anmarsch", murmelte ich.

Als sich am ersten Auto die Wagentür öffnete, rutschte mir ein bißchen das Herz in die Hose. Marlene Oberste. Nun ja, man konnte nicht immer Glück haben. Auch wenn man andauernd Leichen fand, hatte man keinen Einfluß darauf, wer die Ermittlungen leitete.

3

Der Anruf kam, als Max gerade einen Bericht verfaßte. Im Moment hatte er den Eindruck, daß das seine Hauptaufgabe war: Berichte tippen. Sein Streifenkollege drückte sich davor, wo er nur konnte. Ihm selbst ging die Sache flott von der Hand. Aber langsam kamen auch ihm die Berichte zu den

Ohren heraus: Einbrüche, Handtaschenraub, Prügeleien – irgendwie immer das gleiche. Max freute sich daher, als das Telefon schellte.

„Marlene Oberste am Apparat." Max wußte sofort, wer am Apparat war. Die Hauptkommissarin aus Hagen. Er hatte sie vor ein paar Jahren kennengelernt, als er ein Praktikum bei der dortigen Kripo absolviert hatte.

„Herr Schneidt, ich hätte da einen Auftrag für Sie."

Max stutzte. So etwas war noch nie vorgekommen. Wenn irgend jemand etwas von ihm wollte, dann war das in der Regel sein Vorgesetzter – und dessen Aufträge beschränkten sich auf Sondereinsätze, wenn beim Fußball ein Revierderby drohte.

„Es hat einen Mordfall gegeben, in einem Waldstück in der Nähe eines Dorfes namens Wulfringhausen."

„Ach." Max war ehrlich überrascht. Das Dorf lag zwanzig Kilometer von seiner Heimatstadt entfernt. In dieser Region waren Morde nicht eben an der Tagesordnung.

„Ein Jäger ist in unmittelbarer Nähe seines Hochsitzes mit einer Schrotflinte ins Jenseits befördert worden. Und jetzt eine nicht minder erstaunliche Nachricht: Wissen Sie, wer den Toten gefunden hat?"

Max überlegte. Er überlegte angestrengt, und plötzlich stieg ein merkwürdiger Verdacht in ihm hoch.

„Nein!"

„Doch!" Oberste machte eine Kunstpause, „Ihr alter Kumpel Vincent Jakobs, der damals im Krankenhaus mit von der Partie war, als dieser Chefarzt tot aufgefunden wurde."

„Aber das ist, das ist praktisch –"

„Ich gebe Ihnen vollkommen recht. Aber deshalb rufe ich nicht an. Allem Anschein nach geht der Mordfall auf die Rechnung sogenannter Tierschützer, die es sich zum Ziel gemacht haben, durch Zerstörung von Hochsitzen einer möglichst großen Menge von Tieren das Leben zu retten."

„Ist es zu einer Auseinandersetzung gekommen zwischen Jägern und Jagdgegnern?"

„Viel können wir zum Ablauf noch nicht sagen. Nur soviel, daß der Jäger durch einen Schrotbeschuß aus geringer Distanz ums Leben kam. Was bedauerlich ist. Denn bei Schrot läßt sich bekanntermaßen nicht bestimmen, aus welcher Waffe geschossen wurde."

„Wann ist die Sache passiert?"

„Der Mord passierte gestern nachmittag. Die Pathologie will sich noch nicht genau festlegen, schätzt aber auf etwa 16 Uhr. Das paßt ganz gut, denn gegen halb vier hat das Opfer sein Büro verlassen. Gefunden wurde der Mann dann heute morgen während einer Treibjagd."

„Von Vincent Jakobs."

„Von Vincent Jakobs. Ich habe ihn gefragt, ob das zu seinen Hobbys gehört."

„Auf Treibjagden zu gehen?"

„Nein. Leichen zu finden."

„Er wird nicht gerade erfreut gewesen sein, wieder auf einen Toten zu stoßen."

„Nun, das Thema können Sie ja noch in Ruhe mit ihm besprechen. Jetzt aber weiter zur Sachlage. Am Hochsitz, neben dem der Jäger aufgefunden worden ist, wurde eine Aufschrift angebracht: *Jäger sind Mörder* stand dort in roten Lettern. Das ist einer der Sprüche, die entsprechende Gruppen gern auf Demonstrationen verwenden. Schon vor zwei Jahren hat es in etwa 30 Kilometern Entfernung massive Zerstörungsaktionen von Hochsitzen gegeben. Einer der Täter wurde gefaßt, es handelte sich um eine Gruppe, die sich *Die Tierretter* nennt und in Dortmund ansässig ist. Der Hauptverantwortliche heißt Rüdiger Abel und wohnt nach wie vor in Dortmund. Ich möchte, daß Sie dem Herrn einen Besuch abstatten. Es geht um eine reine Befragung. Ich will wissen, wer im Moment zur Szene gehört und noch dazu einen Bezug zum Sauerland hat."

„Natürlich würde ich gerne daran arbeiten", erklärte Max. Inzwischen war er ziemlich aufgeregt. „Aber wie Sie vielleicht wissen, bin ich zur Zeit im Streifendienst. Ich weiß gar nicht, ob ich –"

„Mit Ihrem Vorgesetzten habe ich bereits gesprochen. Ich bin gerade dabei, das Ermittlungsteam zusammenzustellen, und ich hätte Sie auch längerfristig gerne dabei. Immerhin kennen Sie die Leute hier ganz gut. Im Zweifelsfall verstehen Sie die sauerländischen Eingeborenen besser als ich."

„Sie meinen – das ist großartig", stotterte Max und schob mit einer Hand den Bericht zur Seite, den er vor sich liegen hatte.

„Ich schicke Ihnen eine Mail mit den wenigen Infos, die wir über die Dortmunder Gruppe haben, außerdem ein Foto vom Fundort, dem Hochsitz sowie ein paar Basics aus den Akten der Spurensicherung."

„Wunderbar, kann ich Sie erreichen, wenn ich irgendwelche Fragen habe?"

„Meine Handy-Nummer füge ich bei. Ansonsten sehen wir uns morgen zur Besprechung. Ort und Zeit schreibe ich Ihnen in die Mail."

Max wußte nicht, was er sagen sollte.

„Ich bin da", brachte er schließlich heraus. „Ich bin ganz sicher da."

Als er aufgelegt hatte, schmiß er seinen Kuli zwei Meter hoch in die Luft. Ein Mord in Wulfringhausen. Und er war dabei! Konnte man sich etwas Schöneres wünschen?

4

Ein Mord in Wulfringhausen! Und ich war involviert! Konnte man sich etwas Beklopptes vorstellen?

Richard Waltermann verfolgte mich. Ich konnte mir noch so sehr einreden, daß ich mit dem Mordfall nichts zu tun hatte. Trotzdem kehrten meine Gedanken immer wieder zu dem Geschehen zurück. Mit Alexa hatte ich gestern am Telefon noch einmal alles durchgekaut, anschließend hatte ich lange gebraucht, um in den Schlaf zu kommen. Auch heute würde mich das Thema wieder beschäftigen, denn ich hatte eine Einladung bei meinen Schwiegereltern. Und die wohnten nun mal in Renkhausen, einem kleinen Dorf, das nur wenige Kilometer vom Tatort entfernt lag.

Schon vor Wochen hatten Alexas Eltern mich eingeladen. Damit ich nicht verhungerte, während meine Frau sich anderorts mit den Kindern vergnügte. Für gewöhnlich war ich gerne in Renkhausen, denn ich liebte den Charme von Großfamilie, gutbürgerlichem Essen und scheinbar heiler Welt.

Heute allerdings würde sich alles um den Mord drehen. Ob ich das gut fand oder nicht – darüber war ich mir selbst nicht im klaren. Bislang jedenfalls war ich noch verschont geblieben. Meine Schwiegermutter brutzelte eifrig in der Küche, Alexas Vater suchte im Keller nach dem passenden Wein. Ich selbst stöberte derweil in einem Bücherregal herum. Jagdliteratur. Paßte ja zum Thema.

Fröhlich ist das Jägerleben strahlte mich einer der Titel an. Nicht schlecht die Formulierung, auch wenn mir direkt einfiel, daß Richard Waltermanns Jägerleben wenig fröhlich geendet hatte. Auch *Die Brunfthexe* hatte einen gewissen Unterhaltungswert, dicht gefolgt von *Das Jägerherz hüpft durch die Heid'*.

„Komische Bücher, was?" sagte plötzlich Ommma hinter mir. Ich drehte mich erschrocken um. Ommma war Alexas Oma, die mit im Schnittlerschen Haushalt lebte. Aber Ommma war gleichzeitig *die* sauerländische Ommma schlechthin. Trocken, spröde und ziemlich direkt. Jetzt holte sie ihre leicht verschmutzte Lesebrille aus der Rocktasche und zog ihrerseits einen Buchband aus dem Regal.

„Untersuchungen am Darm des Fasans", gackerte Ommma, nachdem sie den Titel entziffert hatte. „Worum geht's denn da? Um sanfte Medizin bei Fasanenhämorrhoiden?"

Ich merkte schon. Ommma war heute in Topform.

„Keine Ahnung", erwiderte ich, während ich einen weiteren Knüller in den Händen hielt: *Die Altersansprache beim Schalenwild.*

Ommma nahm mir das Buch aus den Händen. „Ich glaub's ja nicht", murmelte sie, „den respektvollen Umgang mit älteren Leuten hat mein Sohn bis heute nicht gelernt, aber wie man mit verschalten Wildschweinen umgeht, darüber liest er ganze Bücher."

„Essen ist fertig", rief meine Schwiegermutter in unsere geistvolle Unterhaltung hinein. Ommma und ich gingen hinüber.

Im Eßzimmer roch es nach Wild. Heute paßte wirklich alles zusammen. Alexas Mutter hatte wieder einmal Hasen gemacht. Dazu gab es Rosenkohl. Extra für mich. Um mir eine Freude zu machen. In einem Anflug von Leichtsinn hatte ich bei einem früheren Essen erwähnt, daß Rosenkohl zu meinen Lieblingsspeisen gehörte. Seitdem gab es jedesmal Rosenkohl, wenn ich zu Gast war. Rosenkohl zu Reh, Rosenkohl zu Hase, Rosenkohl zu Roulade, Rosenkohl in jedweder Form. Irgendwann würde Alexas Mutter Rosenkohl in Pfannkuchen für mich zubereiten. Dabei konnte ich mittlerweile keinen Rosenkohl mehr sehen. Manchmal, wenn meine Schwiegermutter mich aus ihren grünen Augen ansah, erschien es mir, als steckten Rosenköhler in ihren Augenhöhlen – und sollte ich jemals eines unnatürliches Todes sterben, dann sicherlich mit einem Kanonenhagel aus dem sattgrünen Gemüse. Trotzdem simulierte ich verhaltene Freude, als Alexas Mutter eine Riesenschüssel der dampfenden Köstlichkeit vor mir abstellte.

„Rosenkohl, dein Lieblingsgericht", sagte sie wie zur Erklärung. Ich lächelte gequält, und zählte insgeheim durch, wie viele ich davon essen mußte, um weiterhin ein dankbarer Schwiegersohn zu sein.

„Immer wenn der Junge kommt, gibt's Rosenkohl." Die Bemerkung kam von Ommma, die sich bereits am Kopfende des Eichentisches niedergelassen hatte. Ich lächelte sie dankbar an. Ommma hatte das Problem erkannt. Mit ihrem Scharfsinn konnte sie mich vielleicht retten.

„Ja, eigentlich mag ich auch andere Gemüsesorten ganz gern", wagte ich mich vor. Alexas Mutter sah mich fragend an. Ihr Blick sagte alles. Habe ich etwas falsch gemacht?

„Was natürlich nicht heißt, daß ich Rosenkohl nicht mag. Ich mag Rosenkohl gern, sehr gern sogar", meine Schwiegermutter lächelte schon wieder vorsichtig, „aber anderes Gemüse eben auch. Ich will nur sagen, ihr müßt nicht immer Rücksicht auf mich nehmen. Genauso gern esse ich Rotkohl – oder Grünkohl – oder –" Schwiegermutters Lächeln erstarb. Ich versuchte die Situation zu retten. „Aber am liebsten natürlich Rosenkohl."

Verflixt, was sollte es? Es gab schlimmere Schicksale als mit Rosenkohl bombardiert zu werden. Ein Blick auf den Hasenbraten bestätigte das.

„Du warst gestern auf der Treibjagd von Ludger Filthaut?" Aha, es wurde also nicht lange gefackelt. Vater Schnittler kam sofort zur Sache.

„In der Tat!" Ich füllte mir zwei Knödel auf den Teller. „Elmar hat mich mitgenommen. Ich nehme an, ihr habt bereits gehört, was sich dort zugetragen hat."

„Einfach so totschießen", warf Ommma ein. Da sie gerade an ihrem Bratenstück herumschnitt, war nicht ganz klar, worauf sich die Bemerkung bezog.

„Schlimm, schlimm, schlimm", kommentierte Alexas Mutter. „Daß wir auch hier schon nicht mehr sicher sind."

Interessiert blickte ich hoch. „Ihr glaubt also tatsächlich an die Umweltschützertheorie?" fragte ich unschuldig.

„Ja, gibt es da denn irgendwelche Zweifel?" Meine Schwiegermutter legte für einen Moment ihr Besteck zur Seite und sah mich ungläubig an, „Einer der Treiber hat erzählt, da hätte etwas am Hochsitz gestanden. Etwas in der Art *Jäger sind Mörder*."

Ommma war immer noch mit ihrem Fleischstück zugange. „*Untersuchungen am Hasendarm*", murmelte sie munter vor sich hin. Die Bemerkung wurde schlichtweg ignoriert.

„Ich für mein Teil glaube nicht an diesen Umweltkrempel", warf auf einmal mein Schwiegervater ein.

„Wie bitte?" Ich war ehrlich verdutzt. Von Hans Schnittler hatte ich erwartet, daß das Feindbild fest definiert war. Auch seine Frau war ziemlich überrascht.

„Waltermann hat auch auf anderen Gebieten ausreichend Gegner gehabt", führte er aus. „Wenn ihr mich fragt, hat jemand die Tierschützer nur als Finte gelegt."

Mir blieb beinahe ein Rosenkohl in der Speiseröhre stekken. So klare Worte war ich von Alexas Vater nicht gewohnt.

„Er hat Gegner gehabt?" wiederholte ich langsam. „Was meinst du damit? An wen denkst du?"

„Hans, du meinst doch nicht die Sache mit Hubbert?" Die Worte meiner Schwiegermutter hatten einen vorwurfsvollen Unterton. Ich notierte mir den Namen *Hubbert* im Kopf. Mit Doppel-B natürlich. Ich liebte diese sauerländischen Interpretationen hochdeutscher Namen.

„Die Sache mit Hubbert, genau die meine ich", sagte ihr Mann, und dann fügte er noch hinzu, „zum Beispiel."

„Welcher Hubert?" Ich legte meine Gabel beiseite. Die Sache wurde langsam interessant.

„Hubbert Vedder-Maas", sagte meine Schwiegermutter unwillig. „Aber ich kann dir versichern, der hat mit Waltermanns Tod nicht das geringste zu tun."

„Das Jägerherz hüpft gar nicht mehr", plauderte Ommma. Sie wurde immer kühner.

„Hubert Vedder-Maas", wiederholte ich, „Wer ist das?"

„Der Bauer, an dessen Acker Waltermanns Revier angrenzt", erklärte Alexas Vater. „Und ganz genau das war auch das Problem zwischen den beiden. Ich hab' es selber mitgekriegt, als ich im Agro-Markt war. Dort sind die beiden aufeinandergetroffen, und ich kann dir sagen, da sind die Funken geflogen."

„Was war denn der Grund?"

„Nun, ein gängiges Problem", mein Schwiegervater beugte sich vor. „Auf dem Feld vom Vedder-Maas hat es Wildschaden gegeben. Eine Horde Wildschweine hat den ganzen Acker umgepflügt."

„Sagt der Bauer", fügte meine Schwiegermutter mit Betonung hinzu.

„Jetzt war es wohl so", holte Alexas Vater aus, „daß Vedder-Maas den Waltermann direkt auf die Sache angesprochen hat. Der hat sich den Schaden angeguckt und gesagt, er würde ihn anstandslos begleichen. Mehr als 3000 Euro immerhin."

„3000 Euro?" Ich konnte es kaum glauben. 6000 Mark. Waren da Perser auf dem Feld ausgelegt?

„Auf jeden Fall hat der Waltermann gesagt, Vedder-Maas brauche die Angelegenheit gar nicht beim Ordnungsamt zu melden, das ginge schon klar."

„Ging es aber nicht?" nahm ich vorweg.

„So ist es. Als die Meldefrist verstrichen war, hat Vedder-Maas sich erkundigt, wo der Ausgleich bleibt. Daraufhin hat Waltermann ihn mit einer lächerlichen Summe abgefertigt."

„Sagt der Bauer", fügte Alexas Mutter wieder hinzu.

„Und darüber haben sich die beiden zerstritten?"

„Das brauche ich wohl nicht weiter auszuführen." Hans Schnittler schlug mit der Hand auf den Tisch. „Stell dir das mal vor. Der Vedder verläßt sich darauf, daß er das Geld auch sieht, und dann zahlt der Waltermann nachher nur einen kleinen Teil der Summe. Eine linke Tour! Wo gibt es denn so was? Nicht unter Jagdgenossen, meine ich."

„Offensichtlich schon", gab ich trocken zurück. „Und die beiden haben im Geschäft lauthals diskutiert?"

„Diskutiert ist wahrlich nicht der rechte Ausdruck", widersprach mein Schwiegervater mir. „Ich dachte, der Vedder geht dem Waltermann gleich noch an die Gurgel. Deshalb habe ich mich eingeschaltet und die beiden auseinandergebracht."

„Hat es was genutzt?"

„Zumindest, daß die beiden nicht unmittelbar aufeinander losgegangen sind. Aber Vedder war ganz außer sich. Der hatte noch eine Viertelstunde später weißen Schaum vor dem Mund."

„Hat er Waltermann gedroht?"

„Das kann man wohl sagen. Er würde es ihm schon heimzahlen, hat er gesagt. Übers Ohr hauen lasse er sich nicht, und mit Betrügern mache er kurzen Prozeß."

„Der redet manchmal so", versuchte meine Schwiegermutter zu beschwichtigen, „ein bißchen aufbrausend ist der Vedder halt."

Ich hing weiter an den Lippen meines Schwiegervaters. „Er hat ein Schrotgewehr, nehme ich an."

„Der hat ein Schrotgewehr, so wahr ich eine Heckenschere habe."

Die Vergleiche meines Schwiegervaters waren manchmal etwas unkonventionell.

„Und du meinst, der Vedder-Maas könnte zu Täuschungszwecken am Hochsitz herumgemacht haben?"

„Im Leben nicht", meine Schwiegermutter wurde richtig aufbrausend. „Daß der in Wut und Zorn mal draufhaut, das kann ich mir noch vorstellen, aber daß der sich hinsetzt und überlegt, wie er seine Tat am besten tarnen kann, das glaub' ich einfach nicht. Das glaub' ich einfach nicht."

„Sie glaubt es einfach nicht", verkündete mein Schwiegervater zynisch. „Und wenn die Frau was nicht glaubt, dann verhält es sich nicht so. Verstanden?"

Unsicher blickte ich von einem zum anderen. Nur Ommma strahlte mich an.

„Die Frauenansprache beim Menschenwild", sagte sie frech.

Ich selbst nahm mir schnell noch ein paar Rosenköhler. Ein bißchen was essen, konnte sicher nicht verkehrt sein.

5

Die Idee stammte natürlich von Alexas Vater persönlich. Offiziell waren wir mit Süffel unterwegs. Der Gute hatte immerhin während des gesamten Mittagessens brav im Flur gewartet. Jetzt brauchte er Bewegung. Warum dann nicht im Revier von Richard Waltermann, hatte mein Schwiegervater unschuldig gefragt.

„Jetzt will ich es doch wissen", waren seine Worte gewesen, „wie groß der Acker ist und ob an der Summe wirklich was Reales dran sein kann."

„Klar", hatte ich fröhlich retourniert, „irgendwo müssen die 3000 Euro ja vergraben sein. Und vielleicht auch noch das Motiv für einen Mord."

Schwiegervaters grüner Kombi hatte uns dann zielstrebig in die richtige Gegend gebracht. Die Straßen waren nach wie vor frei. Daher stellten die ersten fünf Kilometer auch wirklich kein Problem dar. Erst als wir mit dem Auto in einen Wirtschaftsweg einbogen, wurde es auf Anhieb glitschig. Alexas Vater ließ sich davon nicht beeindrucken. Mit Schwung nahm er eine Steigung und ließ sich auch nicht vom Glitzern des Eises irritieren, das sich in der hin und wieder aufblitzenden Sonne zeigte. In den Kurven rutschten wir gelegentlich ein wenig aus der Bahn, aber Schwiegervater verfügte über die Souveränität des gebürtigen Sauerländers, für den kein Weg zu eisig, keine Schneewehe zu hoch und kein Sommerreifen zu abgefahren ist.

Schließlich hielt er in einer provisorischen Haltebucht – oder besser er parkte im Graben, so daß ich, als ich die Tür öffnete, praktisch in einem Schneehaufen stand. Offenbar waren wir von einer ganz anderen Seite an Waltermanns Revier herangefahren. Die Treibjagd hatte am Tag zuvor im entgegengesetzten Zipfel des Waldes begonnen.

Süffel freute sich wie ein König, als er aus dem Kofferraum befreit wurde. Vielleicht erkannte er das weitläufige

Aroma von abtransportierten Jagdopfern wieder, auf jeden Fall war er vollends aus dem Häuschen. Es war eine Schande, daß ich ihn nicht von der Leine lassen konnte, aber das Risiko war mir zu groß. Auf eine weitere Suchaktion mit unbestimmtem Ausgang hatte ich wirklich keine Lust.

Auf unserem Spaziergang durch den Wald zeigte mir mein Schwiegervater eine Fuchsfährte, die sich phantastisch auf dem Schnee abzeichnete. Mit etwas Suchen fanden wir auch den passenden Bau. Außerdem hörten wir eine außergewöhnliche Vogelstimme. Eigentlich also ein wunderbarer Spaziergang zum Thema *Sauerländische Fauna und Flora zu Zeiten eisigen Schneefalls*, wenn sich der Schnee nicht schon nach fünf Minuten durch meine Schuhe gefressen und meine Füße in einen Schockzustand versetzt hätte. Wahrscheinlich reichte ein Fitzelchen des weißen Matsches, um sie an den unseligen Tag der Treibjagd zu erinnern.

Auf jeden Fall war ich ganz dankbar, als wir endlich den Waldrand erreichten, wo sich der Blick auf eine riesige Landwirtschaftsfläche eröffnete. Von Schaden war natürlich jetzt nicht mehr ein Funke zu sehen. Ein überschneiter Acker, aus dem hier und da ein bißchen braune und matschige Erde herauslugte. Nichts weiter! Mein Schwiegervater aber in seinen gefütterten Gummistiefeln war richtig aufgeregt und wühlte mit den Stiefeln am Ackerrand herum.

„Weizen", erläuterte er, als hätte ich jemals danach gefragt. „Ich hätte ja auf Mais getippt, aber hier hat Weizen gestanden. Das macht die Sache tatsächlich teurer. Nehmen wir an, daß zwei Hektar verwüstet waren. Pro Hektar 40 Doppelzentner Ernteverlust. 40 Euro kostet der Doppelzentner. Ja, da kommt man mit der Summe tatsächlich hin."

Emsig marschierte Hans Schnittler jetzt ein wenig am Acker entlang. „Von dort hinten müßten sie reingekommen sein. Ich frag' mich, warum der Waltermann keinen Stromzaun angebracht hat. Damit hätte er die Rotten doch abhalten können."

Ich nickte. Schließlich war ich Landwirtschaftsexperte. Zumindest hielt mein Schwiegervater mich dafür.

„Aber vielleicht war im Herbst ein Zaun da, der inzwischen abgebaut ist. Natürlich gehen die Schweine oft genug über den Draht drüber, man kennt das ja schließlich."

Ich persönlich kannte das nicht, aber wen kümmerte das?

„Die Frage ist nur: Hat auch der Bauer etwas getan, um den Schaden zu verhindern? Immerhin ist das ja hier hochbrisantes Gebiet."

Hochbrisant. Sah man dem Acker auf den ersten Blick gar nicht an.

„Von drei Seiten vom Wald eingeschlossen. Da muß man mit Wildschweinen rechnen."

Hans Schnittler ließ noch einmal seinen Blick schweifen. Dann war er zufrieden. Ich nickte ihm aufmunternd zu. Hauptsache, meine Füße kamen bald ins Trockene.

Der Weg zurück zum Auto erschien mir kürzer als der Hinweg. Zehn Minuten und Schwiegervaters Auto war bereits in Sicht. Süffel kam wieder hinten ins Auto, wo er den Kofferraum des Kombis vollsauen konnte. Ich selbst kletterte durch den Schneehaufen hindurch und ließ mich dankbar auf dem Beifahrersitz nieder.

Noch während ich an der Heizungsregulierung herumfummelte, hörte ich das Durchdrehen der Reifen.

„Etwas unglücklicher Untergrund", kommentierte mein Schwiegervater. Er fand immer so treffende Umschreibungen. Schon wieder drehten die Räder durch. Dabei machte Hans das nicht ungeschickt. Dieses stetige Drehen des Lenkrads und das sachte Gasgeben machten sicher einen Sinn. Trotzdem bewegte sich der Wagen keinen Millimeter vor oder zurück.

„Soll ich anschieben?" fragte ich mit wenig Überzeugung. Insgeheim hoffte ich auf die Antwort, Schwiegervater zöge nur geschwind die Schneeketten auf, doch konnte davon keine Rede sein. Er hatte gar keine im Auto. Daß ich anschiebe, hielt Alexas Vater indes für eine prima Idee.

Es ist übrigens phantastisch, wenn man anschieben soll, ohne selbst irgendeinen Halt zu haben. Zum einen stand ich zwischen Graben und Schneehaufen, zum anderen hatten meine Sonntagsschühchen die Griffigkeit eines Luftballons und konkurrierten daher mit Schwiegervaters Reifen um die Wette. Folglich simulierte ich nur, ich würde den Wagen anschieben, während ich in Wahrheit an der Stoßstange hing wie ein wagemutiger Skateboardfahrer. Der Höhepunkt der Aktion war erreicht, als ich dank eines Ausrutschers ins Schleuderfeld eines Hinterrades geriet und durch den durchdrehenden Reifen wie von einer Schneekanone eingeseift wurde. Von oben bis unten mit Schneematsch eingesaut konnte dieser Sonntag nur noch besser werden. Selbst Süffel hatte bei seinem Blick durch die Rückscheibe etwas Mitleidvolles in den Augen.

„Klappt wohl nicht so richtig", tönte mein Schwiegervater aus dem geöffneten Fenster der Fahrertür heraus.

„Nicht so richtig, du hast recht", stieß ich aus der Ansammlung von Schnee hervor, die mein Gesicht getroffen hatte.

Mein Schwiegervater bereicherte den Spaßgehalt der Situation noch, indem er die Autotür öffnete, im Sitzen ein Bein nach draußen setzte und auf diese Weise versuchte, beim Anschieben nachzuhelfen. Der Effekt war ungefähr so, wie wenn man versucht, mit bloßen Händen ein Wohnhaus wegzuschieben.

„Hat wohl keinen Zweck", sagte er irgendwann ärgerlich und machte unverhofft den Motor aus.

„Und jetzt?" murmelte ich und begann, mit der rechten Hand mein Gesichtsfeld freizuschaufeln.

„Da muß uns einer rausziehen", knurrte mein Schwiegervater sauer, ganz so, als hätte sich der Wagen allein aufgrund meiner Anwesenheit festgefahren.

„Rausziehen?" wiederholte ich stupide und klopfte mißmutig an meiner Jacke herum, „an wen denkst du denn da?"

„Na, an den Bauern natürlich."

Der Bauer natürlich. Ich hielt einen Moment inne. Dann warf ich einen Blick auf die Reifenspuren im Matsch. Wieviel kostete solch ein Grabenschaden wohl? Unter 2000 Euro kamen wir bei den hiesigen Preisen sicher nicht weg.

6

Der Hof, den wir nach kurzem Fußmarsch erreichten, war recht groß und ausgesprochen gut in Schuß. Aus einem Stall war das Geräusch von quiekenden Schweinen zu hören, ansonsten lagen die Gebäude in märchenhafter Ruhe im Schnee. Noch bevor wir das Wohnhaus erreicht hatten, öffnete sich die Haustür und ein älterer Mann kam heraus. Er schien über achtzig zu sein, hatte eine dicke Wolljacke an und schlurfte uns mit schlecht rasiertem Gesicht entgegen.

„Schönen Tach auch", grüßte mein Schwiegervater aufgeräumt. Kein Wunder bei dem Anliegen, das er in der Tasche hatte.

Der Alte hielt seinen Kopf schief. Ganz offensichtlich war er schwerhörig.

„Guten Tag!" brüllte ich daher mit allem, was meine Stimmbänder in der Kälte hergaben.

Der Alte nickte griesgrämig. Immerhin schien er uns verstanden zu haben.

„Lausiges Wetter, woll?" brüllte mein Schwiegervater gesellig.

„Muß sein", brummte der Alte, mehr zu sich selbst als zu uns. „Anders geht das Kröppzeug nich' kaputt."

„Kröppzeug?" Ich sah meinen Schwiegervater fragend an. Wieder so eine sauerländische Vokabel. Unübersetzbar wahrscheinlich.

„Wir haben uns festgefahren", überging Hans Schnittler meinen Blick und brüllte wieder Richtung Bauernsenior.

„Hinten am Hittenkamp. Ich glaube, ohne Hilfe kriegen wir den Wagen nicht raus."

„Festgefahr'n", wiederholte der Bauer monoton. Ich stutzte einen Augenblick. Würde sich der Alte jetzt auf einen Trecker schwingen? Im Sauerland war nichts unmöglich. Da fuhr auch noch, wer zunächst mit einem Kran auf den Fahrersitz gehievt werden mußte.

„Bei Festgefahr'n", brummte der Alte nach einer kurzen Denkunterbrechung, „bei Festgefahr'n hole ich besser mal den Jungen dazu."

Den Jungen! Ich atmete erleichtert auf. Jetzt kam der Macher, jetzt ging's weiter. Eine knappe halbe Stunde noch, und meine Füße würden sich daran erinnern, daß sie einmal zu mir gehört hatten. Der Alte schlurfte jetzt zum Schweinestall hinüber, was allein schon eine Ewigkeit in Anspruch nahm. Dann dauerte es noch dreimal so lange, bis sich dort etwas tat. Jemand kam aus dem Stall heraus, stracks auf uns zu.

Das war der Junge. Der Junge mußte schlappe fünfundsechzig sein.

„Festgefahr'n" sagte er zur Begrüßung. Offensichtlich war das eine Art Stichwort. *Parole Festgefahr'n.*

„Drüben am Hittenkamp", bestätigte mein Schwiegervater. „Schitt Untergrund derzeit. Wir haben schon alles versucht. Kannst du uns mal eben mit dem Trecker rausziehen?"

„Mal eben", grunzte der Junior-Bauer. „Mensch, ich bin im Schweinestall zugange." Der Mann zeigte auf seine Arbeitskleidung, die wahrlich nicht auf einen Sonntag hindeutete. „Eine Sau hat geferkelt vorhin. Gut, die Jungen sind raus, aber ob ich die jetzt schon alleine lassen kann? Du weißt ja, wie's ist. Wenn die Alte an die Kleinen geht, dann kann das böse enden."

„Jau, jau", sagte mein Schwiegervater aus einer Mischung aus Volksnähe und Verständnis heraus. „Ist der Junior nicht zu Hause? Dauert ja nicht lange."

Aha, es gab also noch einen Junior. Das war ja wie bei den russischen Babuschka-Puppen hier auf dem Hof. Schon dachte man, man sei am Ende der Generationenfolge angelangt, kletterte auch schon ein jüngeres Exemplar aus dem Schweinestall. Und ich hätte einen Hunderter darauf gewettet, daß alle gleich hießen, nämlich Hubbert.

„Der ist ja mit dabei, der Hubbert", erklärte unser Gegenüber folgerichtig. „Der steht noch drüben im Stall." Dann erbarmte er sich. „Gut, ich will mal gucken, ob er alleine klarkommt. Aber nur, weil du es bist, Hans." Der Bauer sah meinem Schwiegervater fest in die Augen.

Der Angesprochene hob dankend die Hände in die Höhe. „Ich weiß es zu schätzen", sagte er, „soll auch so schnell nicht wieder vorkommen."

Kurz drauf erschien die nächste Generation in der Stalltür. Hubbert, der Dritte, war um die Vierzig, trug einen beigefarbenen Cordhut und nickte unfreundlich zu uns herüber. Wie auch immer. Zehn Minuten später saß ich in zwei Metern Höhe auf dem Traktorbeifahrersitz, neben meinen Schwiegervater gequetscht, der sich bei dem Lärm ernsthaft mit Bauer Vedder-Maas, dem vorläufig Mittleren, zu unterhalten versuchte.

„Verdammte Kiste, die hier gestern passiert ist, woll?" brüllte er dem Bauern ins Ohr. „Ich meine, mit dem Waltermann das."

„Ich sag's ja immer", brüllte Vedder zurück, „diese Tierfanatiker, die bringen uns noch alle ins Grab."

„Meinst du wirklich, die waren das?"

„Ja, wer denn sonst?" Vedder gab sich überrascht. „Die haben doch da am Hochsitz rumgemacht. Der Waltermann hat die erwischt. Ist doch ein ganz klarer Fall."

„Nu ja", warf mein Schwiegervater vorsichtig ein, „Waltermann hat ja wahrlich noch andere Feinde gehabt. Du kennst ihn doch selbst. Wenn mich nicht alles täuscht, hattet ihr selber mal Ärger mit ihm."

„Der Junge eher", sagte Vedder-Maas klassischerweise. Er mußte seinen Sohn meinen, den mit dem Cordhut, der noch im Stall herumwuselte. „Wegen des Wildschadens – du weißt ja davon."

„Ich hab' mitgekriegt, wie sich die beiden deshalb im Agro-Markt gestritten haben. Der Hubbert war ganz schön in Rage."

„So ist er halt, der Junge, etwas aufbrausend manchmal. Und ich sag' dir, der wird auch heute noch fuchsig, wenn er nur an Waltermann denkt. Ich hab' damals gesagt: Laß gut sein, Junge! 1800 Euro hat Waltermann bezahlt. Viel mehr hätte uns der Gutachter auch nicht zugebilligt. War auch nicht ganz geschickt, da oben Weizen einzusäen. Bei dem Wildschweinbestand, den wir derzeit haben. Aber manchmal will der Junge eben mit dem Kopf durch die Wand. Zwei Hektar Schaden sind zwei Hektar Schaden, hat er gemeint. Und überhaupt – die Art und Weise, wie der Waltermann aufträte, das wär' das letzte unter Jägern."

„Hat er ihn angezeigt?"

Wir fuhren über einen Huckel, was die an sich schon holprige Treckerfahrt noch ein bißchen kirmesartiger gestaltete. Selbst Vedder-Maas wartete einen Augenblick, bevor er antwortete.

„Du weißt doch selber, wie das ist, Hans. Wenn man das nicht rechtzeitig meldet, dann hat man nachher keinen Anspruch. Insofern war das schon eine Sauerei mit dem Waltermann. Erst sagen, man übernimmt den Schaden voll, und nachher nur das zahlen, was man selbst für richtig hält." Vedder-Maas machte eine Kunstpause, bevor er weitersprach. „Andererseits habe ich immer zu dem Jungen gesagt: So leicht ist das auch nicht, heutzutage gute Pächter zu finden. Und wenn sich rumspricht, wie hoch der Wildschaden bei unserem Land ist, dann will da keiner mehr drauf. Im nächsten Jahr werden doch die Stücke neu vergeben."

„Du meinst also, ihr wart mit den 1800 Euro gut bedient?"

„Das will ich nicht gesagt haben", sagte Vedder-Maas. „Ich sag' nur: Waltermann hat uns auch in anderer Hinsicht die Pistole auf die Brust gesetzt. Du weißt ja selbst, wie die Holzpreise sind. Aber Waltermann ist tot, und jetzt verlier' ich kein Wort mehr darüber."

Ich blickte den Bauern nachdenklich an. Leider hatte ich keine Gelegenheit mehr nachzufragen. Inzwischen waren wir an Schwiegervaters grünem Mercedes angekommen. Zusammen mit dem Bauern befestigte ich ein Abschleppseil an der Abschleppöse. Das Ganze dauerte keine drei Minuten, dann war der Wagen wieder frei. Erst in diesem Moment fiel mir auf, daß etwas fehlte: Süffel: Wir hatten den Hund im Auto gelassen. Dort war jedoch nichts mehr von ihm zu sehen. Schwiegervater hatte bei unseren Anfahrversuchen die Scheibe unten gehabt – und offensichtlich nicht wieder geschlossen. Süffel war weg. Nur ein paar Matschklumpen hatte er auf den Sitzen zurückgelassen.

„Süffel", stammelte ich, „der Hund war doch eben noch im Auto."

„Der Hund ist weg?" brüllte vom Fahrersitz des Treckers der Bauer herunter. „Na, wenn das mal gut geht, unsere Ella ist läufig."

Ach du liebes bißchen. Wenn mich nicht alles täuschte, konnte es ein Rüde über Kilometer riechen, wenn eine Dame in der Hitze war.

„Läuft sie denn frei herum?" schrie ich zu Vedder-Maas hinauf.

„Eigentlich ja nicht", erklärte der Bauer, „nur manchmal, wenn der Junge die Tür offenläßt, dann –"

Ich hörte den Rest nicht mehr. Ich dachte nur an die Alimente, die ich in Zukunft zu zahlen hatte. Dann sah ich plötzlich einen Wuschel auf mich zuspringen, lebhaft und fröhlich und verdächtig gut drauf.

„Na, da bist du ja", begrüßte ich den Hund mit gemischten Gefühlen. Für meinen Schwiegervater war der Fall erledigt.

„Hubbert, wie kann ich dir das wiedergutmachen?" brüllte er zum Bauern empor und nestelte sein Portemonnaie aus der Tasche.

„Laß stecken!" rief der Landwirt zurück. „Eine Hand wäscht die andere, versteht sich doch von selbst."

„Vielen Dank dann!“ Mein Schwiegervater hob erfreut die Hand. Ich selbst hatte immer noch ein komisches Gefühl im Bauch. Vielleicht hatten wir dem Bauern ja doch was dagelassen. Fragte sich nur, ob er sich auch in ein paar Monaten darüber freuen würde.

7

Auch die Rückfahrt mit meinem Schwiegervater war nicht ganz abenteuerfrei. Es war mitten in der Ortschaft Wulfringhausen, als er plötzlich heftig auf die Bremse trat. Ich rammte in meinen Anschnallgurt. Mein Schwiegervater, der sich grundsätzlich nicht anschnallte, hielt sich tapfer am Lenkrad fest.

„Da!“ sagte er. Jetzt endlich sah ich, was ihn gestoppt hatte. Ein Polizeiwagen stand in der Einfahrt eines Einfamilienhauses. Grund genug für Alexas Vater, mal eben stehenzubleiben und die Lage zu peilen. Und mehr noch. Der Mann hatte keinerlei Hemmungen. Nicht nur, daß er hemmungslos als Schaulustiger auftrat, nein, jetzt quatschte er auch noch einen Mann an, der gerade auf dem Bürgersteig gegenüber heranschlurfte.

„Andacht schon vorbei, Franz-Josef?“ brüllte er aus seinem geöffneten Fenster heraus bis auf die gegenüberliegende Straßenseite. Immerhin kannte er den Passanten, wobei – alles andere hätte bei meinem Schwiegervater auch verwundern müssen, selbst, wenn er sich im Nachbardorf aufhielt.

Der alte Herr, der ein kariertes Käppi auf dem Kopf trug, kam nun über die Straße auf unser Auto zu. Tatsächlich trug er ein Gesangbuch in der Hand. Mein Schwiegervater hatte messerscharf gefolgert.

„Einer muß ja beten“, erwiderte Franz-Josef, nachdem er unser Auto erreicht hatte.

„Jau, jau", sagte mein Schwiegervater. Es schien die passende Vokabel für solche Gelegenheiten zu sein.

„Die Polizei ist ja schwer im Einsatz", sagte er dann mit Blick auf den Streifenwagen zur Rechten, „wirbelt ganz schön Staub auf, diese Sache mit dem Waltermann."

„Bei mir waren die auch schon", steuerte Franz-Josef bei. „Die gehen überall herum und fragen, ob man im Wald etwas gesehen hat. Dort stehen sie mit Sicherheit", Franz-Josef zeigte extra noch mal auf die Einfahrt, „weil da dieser Knippschild wohnt."

„Knippschild?" erkundigte sich Hans Schnittler. „Knippschild kenne ich nicht."

Mein Schwiegervater sagte das so, als sei allein das schon eine Frechheit.

„Zugezogen", erklärte Fanz-Josef jetzt. „Seit zwei Jahren wohnt er hier im Dorf. Weiß auch nicht, was die Polizei so lange bei ihm macht." Franz-Josef guckte ganz unschuldig. Um so mehr erweckte er den Eindruck, daß ein Zugezogener von Natur aus ein bißchen verdächtig war.

„Hat wohl einen Hund", erklärte er dann, „streift damit andauernd durch den Wald. Vielleicht hat er deshalb der Polizei mehr als unsereiner zu erzählen." Schon wieder war nicht klar, wie die Bemerkung zu verstehen war.

„Alle meinen ja, daß es die Tierschützer waren", sagte Alexas Vater jetzt. „Wegen der Schmiererei am Hochsitz. Da hast du ja sicher von gehört."

„Sicher, sicher", bestätigte Franz-Josef jetzt. „Wer hat das nicht? Und wer weiß, wohin diese Tierheinis überall Kontakte haben." War es Zufall, daß er wieder zu Knippschilds Einfamilienhaus blickte? „Dem Knippschild seine Frau, die ist ja übrigens bei Grienspieß aktiv. Was aber nichts heißen soll."

Es dauerte einen Augenblick, bis ich wußte, daß er Greenpeace meinte.

Dann fiel unserem Passanten plötzlich etwas ein. „Ist ja nicht lustig so ein Mord. Ist ja nichts zum Lachen. Aber trotzdem, ich erzähl' dir mal was. Gehen zwei Jäger durch den Wald, als einer mittemang zusammenbricht. Ganz glasige Augen hat er und atmet nicht mehr. Da nimmt der eine Jäger sein Handy aus der Tasche und wählt die Notrufnummer. „Mein Freund ist tot", sagt er ganz aufgeregt, „was soll ich tun?" „Beruhigen Sie sich erst mal", ist die Antwort. „Versichern Sie sich zunächst, ob der Mann wirklich tot ist." Einen Moment ist es still. Dann fällt ein Schuß. Zurück am Telefon fragt der Jäger: „So, und was soll ich jetzt machen?"

Franz-Josef warf einen Blick ins Auto und wartete ab, wie sein Witz ankam. Dann prustete mein Schwiegervater los. Franz-Josef fiel ein.

„Darf man ja gar nicht machen, den Witz", sagte Franz-Josef erneut. „Darf man ja eigentlich gar nicht machen im Moment." Trotzdem hatten die beiden Mühe, sich zu beruhigen. Franz-Josefs Gesicht war trotz der Kälte rot geworden.

„Ach nee", kriegte er sich langsam wieder ein. „Ob das wirklich die Tierschützer waren? Ich meine, es ist ja nicht so, daß der Waltermann überall nur Freunde gehabt hätte."

„Das habe ich auch schon gesagt", stimmte mein Schwiegervater aufgeregt ein.

„Aber so ist das", fügte Franz-Josef hinzu, „wenn man eine Firma hat, dann macht man sich beizeiten unbeliebt."

„Wie meinst du das?"

„Ja, nu –", Franz-Josef streckte sich. Er zierte sich ein wenig. Das machte die Sache spannender. „Der hat ja damals eine ganze Reihe Leute entlassen, als er die Firma übernommen hat. Das kam nicht gut an."

„Wen wundert das?" meinte ich trocken.

„Und bei den Waldbauern ist er auch nicht gern gesehen. Der drückt die Holzpreise derart in den Keller, daß die alle ganz schön stinkig sind. Aber wenn jemand nicht mitspielt, ist das gar kein Problem. Ich sehe doch immer die Tieflader aus Polen, die dem Waltermann das Holz für den halben Preis vor die Tür fahren."

„Tatsächlich?" Die Augen meines Schwiegervaters blitzten.

„Da sind sie ja", sagte plötzlich Franz-Josef mit Blick auf Knippschilds Haus. „Da sind sie ja endlich."

Tatsächlich kamen gerade zwei Streifenbeamte aus dem Haus und gingen zu ihrem Auto hinüber.

„Wo wollen die denn jetzt hin?" fragte Franz-Josef, als der Polizeiwagen wendete und in die Straße einbog, aus der wir eben gekommen waren. „Na, wenn die mal nicht –"

„Zum Vedder-Maas fahren die", sagte mein Schwiegervater nüchtern. „Hundert zu eins. Die fahren zum Bauern Vedder-Maas."

8

Max hatte ziemlich genaue Vorstellungen von dem, was ihn erwartete, als er zur Vinckestraße aufbrach. Bevor er losgefahren war, hatte er ausführlich im Internet recherchiert. *Jagdgegner* und *Sauerland* hatte er in die Suchmaschine eingegeben – und das Ergebnis hatte ihn umgehauen. Er hatte nicht im Traum gedacht, daß es eine so stark organisierte Gruppe von Leuten gab, die sich in dieser Sache engagierte. Max' Verhältnis zur Jagd war denkbar simpel: Er hatte keins. Weder verstand er, warum Leute stundenlang auf einem Hochsitz hockten, noch hatte er sich jemals Gedanken darüber gemacht, daß das andere Leute stören konnte. Er war im Sauerland aufgewachsen. Folglich kannte er die Jagd – oder besser: er kannte ein paar Jäger. Er wußte, welche Autos sie fuhren. Und wenn er sich recht erinnerte, hatte er während seiner Taxifahrerzeit gelegentlich welche nach Hause kutschiert, wenn sie nach dem Kesseltreiben den Wagen lieber hatten stehen lassen wollen. Jagen war für Max ein exzentrisches Hobby – vergleichbar mit dem Sammeln von Bierdeckeln oder dem Freiwandklettern im Ruhrgebiet. Daß es Leute gab, die einen Großteil ihrer Kraft aufwandten, um das Jagen zu verhindern, wäre ihm nicht im Traum eingefallen. Da war vom *blutigen* „Abschlachten unserer Mitgeschöpfe" die Rede, von „grüngekleideten Lustmördern" und auf der Gegenseite von „militanten Chaoten", die nicht einsehen wollten, daß in einer nicht mehr naturbelassenen Landschaft das Jagen zur Arterhaltung notwendig war.

Schon nach wenigen Minuten war Max klar: Die Fronten waren unauflöslich. Auf der einen Seite die Jäger, die – aus welchen Motiven auch immer – ihrer Leidenschaft frönten, auf der anderen die sogenannten Tierschützer, hauptsächlich Veganer, die nicht nur auf Fleisch verzichteten, sondern alle Produkte ablehnten, die tierischen Ursprungs waren – seien es Wollkleidung, Eier oder Lederschuhe. Die Tierschützer kämpften „gegen die Ermordung jedes einzelnen Wildstücks" – und das mit Mitteln, die nicht immer legal waren. Die Störung von Treibjagden gehörte genauso zu den Erfahrungsberichten im Internet wie die Zerstörung von Jagdeinrichtungen wie Hochsitzen und Futterkrippen. „Wir machen weiter, bis der letzte Jäger aus dem Wald vertrieben ist", war ein Slogan, den Max in einer Stellungnahme fand. Auch die Namen der Jagdgegner waren nicht ohne: *Tierbefreiungs-Forum* oder *Anti-Jäger-Front*. Und die Gruppen verfolgten ein einziges großes Ziel: daß die Jagd in Deutschland verboten würde. Eine Sache, die Max allein schon wegen der Lobby der Grünröcke für schlichtweg undenkbar hielt.

Wie auch immer: Die Internet-Recherche hatte in Max ein bestimmtes Bild vom Jagdgegner entstehen lassen, das sich nur in Details von RAF-Sympathisanten unterschied. Als er zur Vinckestraße aufbrach, erwartete er daher eine vermiefte Studentenbude, in der die Flugblätter von der letzten Wild-und-Hund-Demo aushilfsweise als Klopapier eingesetzt wurden. Von außen sah das Haus schon mal denkbar harmlos aus. Es gab sechs Türschilder. Auf dem obersten stand *Abel* sowie zwei weitere Namen – eine WG augenscheinlich. Als er geklingelt hatte, dauerte es eine Wcile, bis der Summer ging. Immerhin, es war jemand zu Hause. Max' erste Solobefragung konnte beginnen. Jetzt ging es um die Wurst. Obwohl – das war sicher ein unpassender Vergleich, wenn man bei Veganern zu Gast war.

Das Treppenhaus war gesichtslos ordentlich, nicht gerade im Studentenhausstil. Im zweiten Stock stand die Wohnungstür offen, Max klopfte und machte dann vorsichtig einen Schritt in den kleinen Flur der Wohnung hinein. Einen Moment später schnellte ein Kopf um die Ecke, hellblond gefärbt und modisch strubbelig. Die Frau, zu der das Haar gehörte, hatte ein strahlendes Lächeln auf den Lippen, das jäh erstarb, als sie Max erspähte.

„Ach du liebe Güte", sagte sie irritiert, „ich dachte, es wäre Rüdiger." Sie kam jetzt ganz um die Ecke, offensichtlich aus der Küche heraus. Jedenfalls trug sie eine grüne Schürze, was zu ihrer wild-fröhlichen Frisur ein wenig seltsam aussah.

„Tut mir leid, damit kann ich nicht dienen", konterte Max. „Schneidt ist mein Name." Umständlich zog er seinen Dienstausweis aus der Tasche, „Polizeikommissariat Dortmund. Ich würde gern mit Rüdiger Abel sprechen. Wahrscheinlich ist das der Mensch, auf den Sie gerade warten?"

„Polizei?" Die Frau musterte aufmerksam den Ausweis, den Max immer noch hinhielt, „ist etwas passiert?"

„Wie man's nimmt", wich Max aus, „aber Herr Abel wohnt doch hier?"

„Ja, natürlich", die Frau strich sich durchs Haar. „Allerdings ist er kurz zum Kiosk gegangen. Uns fehlt etwas Rotwein zum Kochen."

„Darf ich warten?" Max versuchte, einen vertrauenswürdigen Eindruck zu machen.

„Natürlich", unsicher fuhr sich die Frau mit den Händen über ihre Schürze. „Wie gesagt, ich bin grad' beim Kochen. Vielleicht warten Sie drinnen in der Küche, sonst brennt mir glatt das Essen noch an."

„Gern!" Max kam weiter in die Wohnung hinein und sah sich neugierig um.

Lag hier irgend etwas, das für sein Auge nicht gedacht war? Demoplakate? Flugzettel? Und hier und da eine Schrotflinte, mit der renitente Jäger auf Abstand gehalten wurden? Eigentlich sah alles ganz normal aus. Ein kleiner Flur, von dem aus drei Türen irgendwo hinführten. Ein Tischchen mit einem Telefon darauf, daneben ein bequemer Sessel. Die Frau führte Max weiter in die Küche, die sehr gemütlich eingerichtet war. Alles in Blau und Weiß. Das Ganze war ein bißchen auf griechisch getrimmt.

„Schön haben Sie es hier", sagte Max und stellte sich ans Fenster. Die Frau wirkte jetzt nervös.

„Es ist etwas chaotisch im Moment", entschuldigte sie sich und räumte ein paar Zeitschriften auf der Fensterbank zusammen. Max schaffte es, einen Blick darauf zu werfen. Nicht gerade Revolutionsschriften, die dort lagen. Eine Frauenzeitschrift und ein Stadtmagazin.

„Sie leben hier zu dritt?"

„Ja, mein Freund Rüdiger und ich, und dann noch Roland Schilling, ein Maschinenbaustudent, der gestern aus dem Urlaub zurückgekommen ist. Deshalb haben wir ein bißchen gefeiert gestern abend, und darum wird auch heute groß gekocht."

„Ich verstehe", Max lächelte. „Darf ich fragen, was es gibt?"

„Gemüseratatouille."

Natürlich, Max hatte recht gehabt. Hier wurde streng vegetarisch gekocht. Hoffentlich hatte kein Maulwurf auf die Kohlrabi gepieselt.

„Und dazu ein Lammsteak. Dafür brauchen wir den Rotwein, den Rüdiger holt."

Vertan! Max sah verdutzt auf die Arbeitsplatte. Tatsächlich lag da Fleisch. Zwei Stücke, schön mager und von angenehmem Rot. Gab es inzwischen eine Grünkern-Alternative? Mit Roter Beete gefärbt, nur im Biß etwas weich?

„Ich hab' mich gar nicht vorgestellt", die Strubbel-Frau griff nach einem Holzlöffel und rührte vorsichtig durch einen Topf, der auf dem Herd stand. „Beatrix Gerstner heiße ich. Können Sie mir vielleicht sagen, warum Sie hier sind?"

„Es geht um die Tierschutz-Aktionen Ihres Freundes."

Beatrix Gerstner schaute irritiert. „Aber das Ganze liegt doch schon Ewigkeiten zurück."

„Was meinen Sie mit „das Ganze"?"

„Nun, der Prozeß wegen der angesägten Hochsitze, die Ordnungsstrafe wegen der Sitzblockade vor der Hühnerfarm – ich meine den ganzen Tierschutzaktivismus."

„Das heißt, Ihr Freund ist in diesem Zusammenhang nicht mehr aktiv?"

„Nein, überhaupt nicht. Seine Schwerpunkte haben sich verlagert. Rüdiger hat jetzt ganz andere Dinge im Kopf."

„Was denn zum Beispiel?"

„Seine Arbeit. Rüdiger hat vor einem Jahr das Examen gemacht. Er ist Sonderpädagoge und steht jetzt im Referendariat."

„Aber Ihr Freund war aktiver Jagdgegner. Das ist man nicht einen Tag lang und versucht am nächsten Tag etwas ganz anderes."

Beatrix Gerstner rührte noch einmal in dem Topf herum. „So ist es ja auch gar nicht. Rüdiger und ich, wir setzen uns noch immer für den Tierschutz ein, aber Rüdigers Hardcore-Zeit, die ist vorbei. Man wird ja älter", fügte die Frau etwas leiser hinzu.

„Haben Sie noch Kontakt zu Leuten von damals? Ich nehme an, Sie waren damals gut vernetzt."

„Eins vorweg: Damals kannte ich Rüdiger kaum. Erst nach dem ganzen Streß sind wir zusammengekommen. Wir haben gemeinsam studiert. Eher habe ich dazu beigetragen, daß Rüdiger damals ausgestiegen ist. Diese Aktionen sind für mich nicht akzeptabel. Nach meiner Überzeugung kann man Tierschutz betreiben, auch ohne Veganer zu sein. Ich persönlich setze mich für artgerechte Tierhaltung ein, aber ich lehne Tiere als Nutztiere nicht grundsätzlich ab."

„Es gibt also graduelle Unterschiede in der Tierschutzliga", Max' leicht zynischer Kommentar wurde von einem Geräusch unterbrochen. Der Schlüssel in der Wohnungstür. Rüdiger Abel war zurück. Als er die Küche betrat, schaute er Max verdutzt an.

„Ist noch Besuch gekommen?" erkundigte er sich.

„Allerdings! Besuch von der Polizei!" Beatrix Gerstner rührte entschlossen in ihrem Kochtopf herum. Mittlerweile durfte aus dem Ratatouille Gemüsesuppe geworden sein.

„Von der Polizei? Ist etwas passiert?" Abel stellte besorgt die zwei Flaschen Rotwein in der Küche ab. Max musterte den Typ. Das Haar etwas zu lang, wie man das wohl trug, wenn man einigermaßen modisch drauf war. Als Jacke ein dickes Daunenexemplar, dazu eine einfache Jeans. Ein unauffälliger Typ. Aber was sagte das schon?

„Es geht um die Sache von damals", erklärte Beatrix, bevor Max etwas antworten konnte, „dein Prozeß, du weißt schon."

„Ich bitte Sie, die Sache ist erledigt." Abel wirkte verärgert. „Warum wird darin herumgegraben? Das interessiert doch keinen Menschen mehr."

„Vielleicht schon", Max betrachtete den jungen Mann ruhig. „Gestern abend ist in Wulfringhausen ein Jäger erschossen worden. Mit einer Schrotflinte. Ich habe Fotos gesehen. Das sah ziemlich übel aus."

Abel stierte Max ernst an, sagte aber nichts.

„Die Leiche lag neben einem Hochsitz, und der war mit der Aufschrift *Jäger sind Mörder* versehen. Fällt Ihnen dazu irgend etwas ein?"

„Was soll mir dazu einfallen? Wulfringhausen kenne ich überhaupt nicht." Abel fauchte mehr, als daß er sprach. „Außerdem habe ich mit dieser Szene nicht mehr das geringste zu tun."

„Hochsitze gehören also nicht mehr zu Ihrem Betätigungsfeld?"

„Schon lange nicht mehr! Wenn Sie meine Akte gelesen haben, wissen Sie vielleicht, daß ich seit zwei Jahren nicht mehr aufgefallen bin. Deshalb weiß ich nicht, warum Sie hier sind."

„Herr Abel, es geht nicht darum, Sie zu beschuldigen. Aber Sie hatten Kontakt zu der Szene, speziell wenn es um Aktionen im Sauerland ging. Haben Sie eine Ahnung, wer da heute noch aktiv ist?"

Abel antwortete nicht. Er schien zu überlegen, ob er sich auf das Gespräch einlassen sollte. Schließlich zog er die Jacke aus und hängte sie über einen Stuhl.

Max startete einen neuen Versuch. „Darf ich Ihnen eine Frage stellen? Sie haben Zeit Ihres Lebens im Ruhrgebiet gewohnt. Wie sind Sie damals an diese Aktionen im Sauerland gekommen? Ich meine, Sie müssen sich doch ausgekannt haben – wo welche Hochsitze standen, bei wem es sich am meisten lohnte, um welche Uhrzeit die Sache am ungefährlichsten war. Damals hat man Sie erwischt, aber immer war klar, daß es Komplizen gegeben haben muß. Komplizen, die Sie nicht nennen wollten, wenn man den Prozeßakten Glauben schenken darf."

„Und jetzt haben Sie sich gedacht, ich könnte Ihnen ein paar Namen nennen, damit Sie bei Ihrer Suche nach dem Jägermörder einen Anhaltspunkt haben."

„Herr Abel, es geht hier nicht um ein paar umgesägte Jagdeinrichtungen. Hier dreht es sich um Mord. Und das ist beileibe kein Kavaliersdelikt, von dem man sich bei Gesinnungswandel abwenden kann."

Beatrix Gerstner rührte inzwischen unentwegt in ihrem Kochtopf herum. Ihr Körper zeigte Anspannung. Schließlich blickte sie Abel von der Seite an. Der spürte ihren Blick, wich ihm aber aus.

Max versuchte weiterzubohren. Leider setzte Abel sich immer noch nicht hin. „Es muß Leute vor Ort gegeben haben, die Ihre Gruppe überhaupt erst darauf gebracht haben, im Sauerland zu agieren. Sind diese Leute heute noch aktiv?"

„Das weiß ich nicht."

Max merkte, daß Abel aufweichte. Jetzt mußte er vorsichtig sein, er durfte nichts überstürzen.

„Sie haben also keinen Kontakt mehr zu den Leuten von damals?"

„Mich hat man erwischt, die anderen nicht. Das findet man nie so richtig gerecht." Abel zog sich den Stuhl heran und setzte sich.

„Das heißt: Sie haben für alle gebüßt."

„Nun, ich bin mit einer Geldstrafe davongekommen. Gott sei Dank. Hätte ich mehr als 90 Tagessätze gekriegt, dann wäre ich jetzt vorbestraft. In dem Fall hätte ich mit einer späteren Verbeamtung als Lehrer nicht mehr rechnen können. Ich habe Schwein gehabt, anders kann ich das nicht sagen."

„Was ist mit den anderen? Haben die ebenfalls mit der Sache abgeschlossen? Oder sind die immer noch dabei?"

„Dem Stefan ist der Arsch auf Grundeis gegangen. Sein Vater ist Rechtsanwalt und hat ihm anschließend die Leviten gelesen. Rai allerdings ist wahrscheinlich noch immer dabei."

„Rai?"

„Raimund Sigg. Er war schon damals der fanatischste von uns. In meinem Prozeß ist er davongekommen, doch später ist er immer wieder aufgefallen. Stefan hat mir davon erzählt, und Raimund hat auch mehrfach versucht, mich zu weiteren Aktionen zu überreden."

„Zu Aktionen, die im Sauerland stattfinden sollten?"

„Raimund lebt in Olpe. Von dort aus hat er in verschiedenen Ortschaften Aktionen organisiert."

„Kannten Sie sich aus dem Studium?"

„Nur indirekt. Raimund hat zwar eine Weile hier studiert, allerdings einen anderen Studiengang als ich. Wir haben uns in der Mensa kennengelernt. Ich war damals aktiv bei den Tierrettern. Wir hatten einige Aktionen zum Thema Tierversuche gemacht. Raimund lernte ich bei einer Spontandemo kennen, die er ins Leben gerufen hatte, als es in der Mensa Schweineschnitzel gab."

„Sie selbst sind inzwischen fleischmäßig auf den Geschmack gekommen?" konnte Max es nicht lassen und warf einen Blick auf die Lammkoteletts, die immer noch roh auf der Anrichte lagen.

„In der Regel verzichte ich auf Fleisch", sagte Abel leise. Es klang fast ein wenig entschuldigend. „Nur ab und zu esse ich einen Happen mit."

„Wann ist der Mordfall passiert?" Beatrix Gerstner, deren Arm inzwischen in den Topf gefallen sein mußte, blickte plötzlich auf.

„Am Freitag", antwortete Max, „irgendwann so um die Dämmerung. Gegen vier vielleicht oder etwas später." Beatrix Gerstner dachte einen Augenblick nach.

„Da standen wir am Flugplatz", sagte sie schließlich und lächelte dabei. Die Erleichterung war ihr anzumerken. „Das hätten Sie doch sicher als nächstes gefragt – wo Rüdiger am Freitag um 16 Uhr war?"

„Nun, ich glaube eigentlich nicht."

„Wir waren am Flughafen", sagte Beatrix noch mal, „wir haben Roland abgeholt, unseren Mitbewohner. Der kam gerade aus dem Urlaub, das habe ich Ihnen ja eben schon erzählt."

„In Ordnung", sagte Max, „Ich glaube, das reicht dann fürs erste."

„Roland Schilling", sagte Beatrix. Sie wurde richtig ausgelassen jetzt. „Er kommt gleich zum Essen. Im Moment ist er noch bei seinen Eltern. Wenn Sie warten wollen, ist das kein Problem."

„Bea, ich glaube nicht, daß ich hauptverdächtig bin", Abel wirkte etwas ungeduldig.

„Das glaube ich auch nicht", bestätigte Max, stand auf und gab den beiden die Hand. „Vielen Dank für Ihre Hilfe."

Rüdiger Abel brachte Max noch bis zur Tür.

„Wegen dieser Sache von damals", sagte er, als Max schon beinahe draußen war, „werden Sie das wieder aufrollen, jetzt, wo ich die Namen genannt habe?"

„Mit Sicherheit nicht", Max versuchte ein Lächeln, „es geht um diesen Mord, Herr Abel. Die Sache von damals interessiert mich gar nicht."

„Wissen Sie, ich habe die Namen noch niemals genannt. Obwohl ich auch später danach gefragt worden bin."

„Sie sind später danach gefragt worden?" Max schaute interessiert. „Wie meinen Sie das?"

„Nun, es war mal eine Journalistin bei mir. Nein, keine Journalistin. Eine Studentin war es, aus der Forstwissenschaft. Sie schrieb ihre Arbeit über Jagdbrauchtum in der sauerländischen Region. Und ein Aspekt ihrer Arbeit war die Jagdgegnerschaft. Dabei ist sie wohl damals auf mich gestoßen. Aber, wie ich schon sagte, ich habe keine Namen genannt."

Max wandte sich zum Gehen. „Einen schönen Abend wünsche ich noch!" Er hob die Hand zum Abschied. An der Treppe drehte er sich doch noch einmal um. „Und lassen Sie sich Ihr Lammkotelett schmecken."

„Die sind nicht für mich", jetzt endlich grinste Rüdiger Abel einmal, „die sind für Bea und Roland. Nur ganz vielleicht probiere ich heute abend einmal."

9

Max' Idee, nach Olpe zu fahren, war denkbar spontan gekommen. Er hatte zunächst versucht, Marlene Oberste auf ihrem Handy zu erreichen. Als das nicht gelungen war, hatte er sich einfach ins Auto gesetzt.

Je weiter er Richtung Osten fuhr, desto mehr wurde ihm bewußt, daß bereits der Winter Einzug gehalten hatte. Während in Dortmund noch praktisch kein Schnee gefallen war, sah es ab Werl, wo er von der A 44 auf die 445 wechselte, richtig winterlich aus. Zumindest rechts und links der

Autobahn. Die Straßen selber waren topp gestreut. Kein Wunder, sollte doch der Skitourismus aus Holland und dem Ruhrgebiet freie Bahn haben. Blieb nur zu hoffen, daß auch abseits der Autobahn die Straßen gestreut waren, denn an Winterreifen hatte Max bislang nicht einmal einen Gedanken verschwendet. Zum Glück war die Hinfahrt kein Problem. Und selbst das Auffinden der Adresse stellte sich als gar nicht schwierig dar. Max hatte per Telefonbuch im Internet die Anschrift von Raimund Sigg herausgefunden: *Freienohler Straße* stand da. Wie sich herausstellte, die Hauptstraße, die mitten durch den Ort führte. Das Siggsche Haus war unauffällig. Ein biederes Einfamilienhaus mit gehäkelten Gardinchen in den Fenstern und einer Porzellankatze im winzigen Vorgarten. Ein Blick auf die Türklingel zeigte, daß hier verschiedene Generationen unter einem Dach lebten. *Hannelore Sigg* stand auf einem Türschild, *Raimund Sigg* auf einem anderen. Offensichtlich hatte sich Sohnemann das Dachgeschoß ausgebaut, wie das in sauerländischen Familien häufiger der Fall war. Kurz bevor Max den Klingelknopf drückte, hielt er noch einen Augenblick inne. Sollte er es noch einmal bei Marlene Oberste versuchen? Womöglich war die Hauptkommissarin sauer, wenn er so im Alleingang vorging. Andererseits – was, wenn sie wirklich abwinkte? War er dann die Stunde aus Dortmund hierher umsonst gefahren? Kurz entschlossen drückte er auf den Klingelknopf. Nichts war zu hören. Dann nahm Max plötzlich hinter der Milchglasscheibe in der Haustür eine Bewegung wahr. Einen Moment später öffnete sich die Tür und eine alte Frau in hellblauem Kittel und Pantoffeln stand im Türrahmen.

„Wollen Sie zu unserem Raimund?" fragte sie mit einer zittrig-hohen Stimme.

„Ich kann selber zur Tür gehen, Mama." Die Stimme aus dem Hintergrund war ärgerlich. „Wie oft soll ich dir das noch sagen, Mama? Wenn es bei *mir* klingelt, dann gehe *ich* zur Tür und nicht du!" Der Mann, den Max inzwischen hinter seiner Mutter erkennen konnte, war von unten gekommen. Noch hielt er das Treppengeländer mit einer Hand fest.

Max schmunzelte. Wenn mehrere Generationen unter einem Dach wohnten, war das zwar in vielen Fällen praktisch, aber nicht selten mit gewissen Konflikten verbunden.

„Sind Sie Raimund Sigg?" überging Max die Streiterei.

„Das bin ich. Und Sie?"

„Max Schneidt. Ich bin von der Polizei." Max war plötzlich in den Sinn gekommen, er sollte besser nicht preisgeben, daß er aus Dortmund stammte. Sigg könnte ansonsten ahnen, wer Max hergeschickt hatte. Deshalb hielt Max seinen Ausweis nur für den Bruchteil einer Sekunde in den Türrahmen. Sigg jedoch ließ sich damit nicht abfertigen.

„Darf ich mal sehen?" brummte er und kam auf Max zu. Seine Mutter trat ängstlich einen Schritt zurück in ihre Wohnung. Ganz wollte sie ihren Beobachtungsposten jedoch nicht aufgeben. Sigg griff nach Max' Ausweis und studierte ihn sorgfältig. Erst jetzt, da er ins Licht trat, konnte Max den Mann richtig erkennen. Er hatte einen Zopf aus dunklem, lockigem Haar, ebenso dunkle Augenbrauen und einen intelligenten, stechenden Blick. Seine Figur war hager und steckte in einer weiten Baumwollhose und einem dunklen Hemd.

„Sie sind bei der Polizei in Dortmund?" Sigg sah Max argwöhnisch an. „Ich hab' sonst eher mit den Leuten hier aus der Region zu tun. Hat man mich jetzt weitergereicht?"

„Sie haben also öfter mit der Polizei zu tun?"

„Meistens völlig unberechtigterweise. Im übrigen sollten Leute wie Sie sich informieren, bevor Sie hier hereinschneien."

„Ich hätte ein paar Fragen an Sie."

„Bitte, ich habe nichts zu verbergen."

„Könnten wir dazu vielleicht hineingehen?" Max warf einen Blick auf Siggs Mutter, die noch immer mit besorgtem Blick in ihrem Türrahmen stand. Sigg sah sich um.

„Von mir aus", brummte er dann und ging voraus Richtung Kellertreppe.

„Du hast doch wohl nicht wieder – Raimund!" Siggs Mutter war anscheinend Kummer gewohnt.

„Mama, ich habe keine Ahnung, warum der Kerl hier ist. Wahrscheinlich haben die auf der Wache Langeweile, und dann schicken sie mal wieder jemanden los, um friedliche Bürger zu terrorisieren."

„Mein Hobby", sagte Max sarkastisch und folgte Sigg die Treppe hinunter.

Siggs Keller sah schon eher nach Räuberhöhle aus als die Dortmunder Stadtwohnung, die Max ein paar Stunden zuvor in Augenschein genommen hatte. Es schien nur einen großen Raum zu geben, denn es waren sowohl das Bett als auch ein altes Sofa hier untergebracht. Eine Musikanlage stand auf dem Fußboden, außerdem türmten sich in selbstgebauten Regalen Bücherstapel. Auch auf dem Fußboden lagen überall Bücher und Papiere herum, allerdings nichts, was Max sofort ins Auge gefallen wäre.

„Von mir aus können Sie sich da hinsetzen", kommandierte Sigg und ließ sich selbst auf einem Bürostuhl nieder, der vor einem Schreibtisch mit Hochleistungs-PC stand.

„Sie machen viel am Computer", begann Max das Gespräch.

„Deshalb sind Sie wahrscheinlich nicht hier."

Sigg hatte Erfahrung mit der Polizei. Das war ganz deutlich. Ihm brauchte man nicht mit Hintenrum-Manövern zu kommen. Der Bursche kannte seine Rechte – und vielmehr noch seine Position. Er war nicht nervös, eher genervt.

„Herr Sigg, Sie sind im Tierschutz aktiv. Oder besser gesagt, Sie gelten als militanter Jagdgegner."

„Militant ist eine Frage der Interpretation", erklärte Sigg distanziert. „Ich halte es für militant, wenn ein paar schießgeile Ballermänner im Wald auf unschuldige Tiere losgehen. Ich halte es nicht für militant, wenn ich in bestimmten Situationen versuche, das zu verhindern."

„Sie standen mehrfach vor Gericht wegen Ruhestörung während verschiedener Jagden."

„Ich habe die Strafen in Sozialstunden verbüßt. Warum sind Sie hier?" Sigg verschränkte ungeduldig die Arme vor der Brust.

„Gestern ist ein Jäger umgebracht worden." Max bemerkte, daß Sigg für einen Augenblick überrascht war. Dann nahm sein Gesicht wieder die undurchdringliche Haltung ein.

„Was habe ich damit zu tun?"

„Das frage ich Sie."

„Sie wollen mir doch wohl nicht unterstellen, daß ich Jäger abknalle. Tut mir leid – dazu lasse ich mich dieser Pisser wegen nicht herab. Ich habe nämlich keine Lust, den Rest meiner Tage im Gefängnis zu verbringen, nur weil ich einen von denen ausmerzen wollte."

„Ich würde auch nicht vermuten, daß Sie die Tat von langer Hand geplant haben. Ich rede mehr von einer Tat im Affekt."

Jetzt wurde Sigg doch nervös, vielmehr noch, er wurde ärgerlich und ungehalten.

„Wovon reden Sie eigentlich? Und wo soll das überhaupt passiert sein?"

„Der Mord geschah in Wulfringhausen, ein Dorf bei Hesperde, keine Stunde von hier. Und soll ich Ihnen etwas sagen? Der Jäger lag unter einem Hochsitz, an dem eine Aufschrift angebracht war. *Jäger sind Mörder*. Das gehört doch zu Ihren Slogans, nicht wahr? Steht wahrscheinlich auf jedem zweiten dieser Flugblätter, die hier überall herumliegen." Max tippte mit dem Fuß gegen einen der Stapel, die vor ihm auf dem Boden standen. „Herr Sigg, dieser Mord war eine Aktion von Jagdgegnern, und ich brauche Ihnen nicht zu sagen, daß man den Protest gegen die Jagd in dieser Gegend ganz eng mit Ihnen in Verbindung bringt."

„In Wulfringhausen bin ich überhaupt nie", schnauzte Sigg. Er wurde langsam ungemütlich. Genau der Zustand, den Max sich gewünscht hatte, wenn er etwas erfahren wollte.

„Ich weiß gar nicht, was Sie von mir wollen. Wenn, dann agiere ich hier im Umkreis von 20 Kilometern. In Wulfringhausen war ich noch nie – jedenfalls nicht im Zuge einer Aktion. Diesen Mord, den können Sie mir nicht andichten, auch wenn Ihnen das noch so gut in den Kram paßt."

„Haben Sie ein Schrotgewehr, Herr Sigg?"

„Ein Gewehr? Sie sind ja wohl bescheuert. Ich brauche kein Gewehr. Ich bin ein Tierfreund, verstehen Sie? Ich bringe niemanden um. Nicht mal Menschen, die aus der Art geschlagen sind, durch den Wald rennen und Mitgeschöpfe abknallen. Ich habe kein Gewehr. Aber soll ich Ihnen etwas sagen?" Siggs Augen wurden zu Schlitzen. „Das ist eine Verschwörung. Da will uns einer was ans Bein binden. So was macht kein Jagdgegner. Wir bringen keine Jäger um. Aber danach soll es aussehen – als wären wir brutale Terroristen. Ich sage Ihnen eins: Die wahren Terroristen, die stecken woanders. Die stecken in grünen Mänteln. Fragen Sie die mal, ob sie ein Gewehr haben. Die haben eins. Und zwar nur aus einem Grund: aus der reinen Lust am Töten." Sigg stieß sich mit den Füßen ab und rollte mit seinem Bürostuhl einen halben Meter nach hinten. „Ich kenne sie alle, die schalen Argumente, mit denen die Jagd verteidigt werden soll. Der Jäger als Nachfolger des Wolfes. Der Jäger, der den gesunden Bestand garantiert. Der Jäger, der die Hege und Pflege des Waldes betreibt. Alles Unfug. Ein Jäger fährt nur aus einem Grund in den Wald. Weil er töten will. Einzig und allein deshalb, weil er töten will. Wenn Sie wirklich einen Mörder suchen, dann versuchen Sie es dort. Weiß der Himmel, ob die nicht auch auf ihresgleichen schießen."

Max war sich einen Augenblick unsicher, ob Sigg bereits Schaum vor dem Mund hatte. Auf jeden Fall kochte er fast über. Er konnte langsam wieder herunterfahren.

„Herr Sigg, wo waren Sie am Freitag nachmittag gegen 16 Uhr?"

„Was soll der Scheiß? Ich war hier, in Olpe. Fragen Sie meine Mutter. Ich war hier im Haus, verdammt nochmal.

Und um halb vier habe ich mich mit einem Kumpel getroffen, der hierhergekommen ist. Jürgen Kissler. Fragen Sie den doch, wenn Sie weiter Langeweile haben."

„Sagt Ihnen der Name Waltermann etwas?"

Da! Eine Reaktion! Max hatte gar nicht damit gerechnet. Aber da war etwas! Raimund Sigg hatte mit den Mundwinkeln gezuckt. Und dann hatte seine Stirn eine Falte gezogen, noch tiefer als bei dem Ärger zuvor.

„Sie kennen jemanden mit diesem Namen in Wulfringhausen?"

„Ich kenne überhaupt niemanden in Wulfringhausen, das sagte ich doch schon!"

„Aber Sie haben diesen Namen schon gehört!"

„Dieser Name ist verdammt häufig im Sauerland. Vielleicht schon gemerkt?" Sigg pampte munter in der Gegend herum.

„Herr Sigg, wenn wir nachher herauskriegen, daß Sie uns irgend etwas verschwiegen haben, dann verspreche ich Ihnen eins: Wir nehmen Sie auseinander und zwar von hinten und von vorn. Die Wohnung und Ihre Organisation, so daß Sie nachher nicht mehr wissen, welches Ihr Lieblingstier ist." Max ließ Sigg eine Denkpause. Und die schien der zu brauchen. Er starrte einen Augenblick vor sich auf den Boden, dann stierte er Max trotzig an und sprach.

„Ich hatte da, glaube ich, mal eine Anfrage. Vor ein paar Monaten."

„Was für eine Anfrage?"

„Sie sagen ja selbst. Ich bin hierzulande ziemlich bekannt, wenn es um Jagdgegnerschaft geht. Und deshalb werde ich häufiger angerufen, wenn jemand etwas gegen einen Jäger vorzulegen hat."

„Und gegen Waltermann hatte jemand etwas vorzulegen?"

„Keine Ahnung, ob das dieser Waltermann war. Ehrlich. Waltermanns gibt's ja wirklich wie Sand am Meer. Aber diese Frau war aus Wulfringhausen. Und sie hatte tatsächlich Streß mit einem Jäger namens Waltermann."

„Was heißt Streß? Was war ihr Problem?"

Sigg runzelte die Stirn und schien sich ernsthaft zu konzentrieren.

„Ich glaube, es ging um ihren Hund. Genau, jetzt weiß ich's wieder. Der Mistkerl hatte ihren Hund abgeknallt, weil der angeblich gewildert hatte. Das muß man sich mal vorstellen. Diese Killer gehen los, um Tiere abzuschießen, und nehmen sich dann das Recht heraus, über vermeintlich wildernde Hunde zu urteilen."

„Wissen Sie noch, wie diese Frau hieß?"

Sigg dachte einen Augenblick nach. Dann gab er es auf. „Nee, beim besten Willen nicht. Ich hab' ja auch nur mit der Frau telefoniert. Die meisten nehmen Kontakt per E-Mail auf. Da ist das dann leichter zurückzuverfolgen. Aber einen Telefonanruf – ich weiß gar nicht, ob sie ihren Namen genannt hat."

„Aber sie war aus Wulfringhausen?"

„Da bin ich ziemlich sicher. Und an eins kann ich mich auch noch erinnern. Sie rief nicht von zu Hause aus an, sondern aus einer Telefonzelle. Keine Ahnung, warum."

„Okay." Max stand auf und bahnte sich einen Weg an den Papierstapeln vorbei. „Danke, daß Sie mir geholfen haben."

„Danken Sie mir nicht. Dann fühle ich mich noch beschissener. Schlimm genug, daß ich Ihnen die Sache erzählt hab'. Die Frau war's nämlich mit Sicherheit nicht."

„Ich denke, Sie kennen sie kaum."

„Stimmt auch. Aber wenn Sie mich fragen: So etwas bringt nur ein Jäger fertig. Denen ist doch egal, worauf sie schießen. Hauptsache, es knallt, und da liegt am Ende etwas bewegungslos am Boden. Glauben Sie mir: Ein Leben ist denen nicht das geringste wert."

„Danke für den Hinweis!"

Auf dem Weg nach oben fiel Max ein Kitschbild auf, das im Eingangsbereich hing. *Trautes Heim, Glück allein* stand darauf. Als er durch den Flur auf die Haustür zusteuerte, bemerkte er, wie hinter ihm die Tür aufging.

„Er hat doch nichts gemacht, der Junge?" Die Stimme der Mutter hatte einen stark besorgten Unterton.

„Nichts, was uns interessiert", antwortete Max vorsichtig. „Er hat uns geholfen", fügte er dann noch hinzu. Einen Moment später schloß er die Haustür hinter sich.

10

Am Sonntag abend überkam mich richtiger Katzenjammer. Meine Familie fehlte mir. So verdammt ruhig war es in unserer Doppelhaushälfte sonst nie. Ich vermißte es, bei jedem dritten Schritt auf ein Spielzeug zu treten. Wehmütig dachte ich zudem an Maries Geplapper und Pauls charmante Schmatzgeräusche beim Essen. Selbst der Boxenstopp an der Wickelkommode fehlte mir im Tagesablauf. Wäre meine Familie jetzt dagewesen, hätte ich mich gleich mit Alexa vor den *Tatort* gesetzt. Wir hätten ein Glas Rotwein getrunken, um nach spätestens fünf Minuten auf dem Sofa einzunicken So verlief unser Leben mittlerweile. Die Kinder bestimmten den Tagesablauf, wir wohnten in einer Doppelhaushälfte mit Garten, und sonntags machten wir einen Ausflug in die Region. Nicht mit meinem Junggesellenleben in Köln zu vergleichen. Ganz anders, aber bei weitem nicht schlechter. Gut, gelegentlich fehlte mir die rheinische Art, die mit der Mentalität der Sauerländer aber auch gar nichts gemein hatte, und natürlich die Aussicht auf den Dom. Aber ich war glücklich mit dem, was ich hatte. Sehr glücklich sogar. Wer hätte das gedacht? Daß ich, Vincent Jakobs, im Sauerland glücklich werden konnte!

Gelangweilt zappte ich mich gerade durch ein paar Fernsehprogramme, als es plötzlich schellte. Ich stutzte. Ungewöhnliche Zeit für einen Besuch. Es klingelte direkt noch mal. Süffel bellte. Ich sperrte ihn kurzerhand in die Küche und machte mich grimmig auf den Weg zur Tür. Draußen stand jemand ziemlich eingemummt und sagte: „Kalt im Sauerland."

„Danke für die Nachricht!" erwiderte ich. „Kann ich die Tür jetzt wieder schließen?"

„Nicht, bevor du mich reingelassen hast." Die Mumie machte einen Schritt vor und ließ ihre Kapuze fallen. Eine bekannte Gestalt. Der Pate meiner Erstgeborenen. Ein guter Freund – Max.

„Was machst du denn hier?" So pflege ich in der Regel gute Freunde zu begrüßen. Es schafft unmittelbar eine lockere Atmosphäre. „Laß mich raten: Du suchst ein Bett, eine Bockwurst mit Senf und vielleicht sogar ein halbes Glas Bier."

„So in etwa", meinte Max trocken.

„Mit einem Bett kann ich aushelfen, mit einer Bockwurst auch. Beim Bier mußt du dich allerdings mit einem Kölsch anfreunden."

„Urin im Reagenzglas? Nein danke, dann reichen mir Wurst und Schlafgelegenheit." Mein Kumpel griente.

„Max, schön, daß du da bist!" Ich klopfte ihm auf die Schulter. „Hast du ein paar Tage frei?"

„Das kann man so nicht sagen!" Max zog sich seine dicke Jacke aus. Ich selbst machte endlich die Tür zu. „Ich bin mal wieder vor Ort im Einsatz. Bei dem Mordfall im Jägermilieu."

Ich starrte Max an.

„Sag jetzt nichts!" Mein Lieblingspolizist grinste. „Ich weiß schon Bescheid. Die Oberste hat mir alles erzählt. Daß du wieder dein Unwesen treibst, meine ich jetzt."

„Ich treibe gar nichts, außer gelegentlich ein Kaninchen aus dem Wald. Und auch das war ein Riesenzufall. Denn eigentlich steh' ich wirklich nicht aufs Jagen. Ich war nur wegen Süffel dabei. Apropos: Den lasse ich besser mal aus der Küche heraus. Sonst zerkratzt er vor blindem Eifer die gesamte Tür."

Max zog sich indes die Schuhe aus. Kaum war er fertig, wurde er stürmisch von unserem Urviech begrüßt. Es dauerte ein paar Minuten, bis Süffel sich beruhigt hatte. Der Junge war heute ziemlich gut drauf.

Wir ließen uns in der Küche nieder und machten es uns gemütlich. Eine schöne Männerorgie. Kein fein dekorierter Tisch, sondern Sardinen aus der Dose. Max hatte tierischen Durst. Trotz aller Vorurteile mußte ich ihn nicht lange zum Kölsch überreden. Bevor ich gucken konnte, hatte er zwei Flaschen geleert.

„Und du ermittelst tatsächlich zusammen mit Frau Oberste im Mordfall Waltermann?" griff ich irgendwann kauend den Faden wieder auf. „Aber du bist doch derzeit in Dortmund im Dienst. Was treibt dich dann ins Sauerland?"

Max ertränkte zunächst seine letzte Bockwurst in Iserlohner Thomas-Senf, schlang sie dann mit zwei Bissen herunter, bevor er anfing zu erzählen – vom Anruf der Hauptkommissarin Oberste, vom Besuch bei den Jagdgegnern in Dortmund und Olpe und von dem Hinweis, den Raimund Sigg ihm gegeben hatte.

„Der Punkt ist, jetzt so schnell wie möglich herauszufinden, wer die Person war, die sich damals telefonisch an Sigg gewandt hat."

„Bist du sicher, daß deine Kollegen noch nichts darüber wissen? Von Waltermanns Familie vielleicht?"

„Ich habe eben mit der Oberste telefoniert – direkt nach dem Besuch bei Sigg. Sie wußte nichts von einem erschossenen Hund."

„Und was hat die First Lady sonst gesagt? War sie zufrieden mit dir?"

„Ja, ich glaube schon"; Max wurde ein bißchen rot, während er sprach. „Zunächst war ich unsicher, weil ich mich zwischendurch nicht abgesichert habe. Aber ich glaube fast, sie mag es, wenn jemand selbständig arbeitet."

„Dann macht ihr euch morgen also auf die Suche nach der Frau ohne Hund?"

„Genau", Max kratzte mit einem Stück Brot den letzten Senf vom Teller und lehnte sich kauend zurück. „Heute ist es dafür zu spät." Dann setzte er sich aufrecht. „Oder findest du nicht?" Nachdenklich sah mein Kumpel auf die Uhr. „So spät ist es ja noch gar nicht. Halb acht erst. Man könnte doch noch etwas erreichen, aber nur, wenn man ganz gezielt anfragen würde."

„Vielleicht hat die Oberste das längst gemacht" wiegelte ich ab. „Ich könnte mir vorstellen, daß die sich nach deinem Anruf direkt darum gekümmert hat."

„Meinst du wirklich?" Max blickte mich irritiert an. Der Gedanke, daß nicht er selbst an dieser Spur weiterarbeiten konnte, schien ihm gar nicht zu gefallen. „Meinst du wirklich? Dann laß uns selbst auch noch recherchieren! Wer weiß denn über solche Jagdbeschwerden Bescheid?" Max wurde plötzlich von neuem Aktivismus übermannt. Die Bockwürste waren ihm nicht gut bekommen. Zuviel Eiweiß, schätzte ich. „Vielleicht der Förster, der für dieses Gebiet zuständig ist? Wie kommt man an den Förster?"

„Es ist Sonntag abend", versuchte ich auf meinen Kumpel einzuwirken. „Du erreichst jetzt keinen mehr."

„Irrtum", korrigierte Max energisch. „Um die Zeit sitzt fast jeder zu Hause und wartet auf die *Tagesschau*. Eine ideale Zeit, um jemanden zu erreichen. Und in einem Mordfall guckt man nicht auf den Wochentag, das ist dir doch wohl klar?"

„Klar!" brummte ich und entschied, daß, wenn Max in einer Schulklasse säße, er sicher schon zum Oberstreber ernannt worden wäre.

„Also, wie kommen wir an den Förster?"

„Ich könnte natürlich meinen Schwiegervater fragen" brummte ich.

„Natürlich! Dein Schwiegervater!" Max sprang beinahe auf vor Begeisterung. So kannte ich ihn gar nicht. „Warum sagst du das nicht gleich?"

„Ich hatte heute schon das Vergnügen mit ihm." In kurzen Sätzen erzählte ich Max von meinen Erlebnissen in Wulfringhausen. Von dem Besuch bei Vedder-Maas und den

Bemerkungen, die anschließend dieser Franz-Josef gemacht hatte.

Max wurde richtig euphorisch. Gleich noch eine Spur! Wahrscheinlich spekulierte er schon auf das Bundesverdienstkreuz für besondere Ermittlungserfolge.

Max war furchtbar aufgeregt. „Weißt du, wenn man in solch eine Sache einsteigt, dann wird man von einem richtigen Jagdfieber gepackt."

„Jagdfieber?" wiederholte ich ungläubig.

Dann wählte ich die Nummer von Alexas Eltern.

Leider waren die Schnittlers nicht da. Nur Ommma kam ans Telefon und war dabei ganz munter drauf.

„Den Förster?" brüllte sie in die Leitung. Offensichtlich stellte sie sich Telefonieren immer noch vor wie die Sache mit den beiden Blechdosen und der Verbindungsschnur dazwischen.

„Woher soll ich denn wissen, wer hier Förster ist?" machte sie schnoddrig all unsere Hoffnungen zunichte. „Damals, als ich noch jung war, da war das ja noch Bergners Fritz. Das war ein schnieker Mann. Immer in so einem grünen Anzug, immer adrett. Ich glaube fast, wenn der Willi nicht so geduldig um mich geworben hätte, dann hätte ich mich auch für Bergners Fritz engagieren können."

„Engagieren", staunte ich. Ommma verblüffte einen immer wieder mit originellen Ausdrucksweisen.

„Übrigens habe ich mir gerade das Abendessen ganz alleine gemacht", wechselte Ommma jetzt abrupt das Thema. „Früher war es eine Selbstverständlichkeit, daß pünktlich um sieben zu Abend gegessen wurde. Aber Hans und Elisabeth sind ja schon wieder unterwegs."

„Wo sind sie denn hin?"

„Irgendein Geburtstag. Die jungen Leute nehmen ja alles mit."

„Diese jungen Leute, ja." Ich wurde langsam ungeduldig.

„Apropos", griff Ommma den Faden wieder auf, „ist Alexa immer noch nicht wieder zu Hause?"

„Nein, seit heute mittag hat sich da wenig geändert", erklärte ich.

„Die Frauen heutzutage hält aber auch gar nichts mehr im Haus. Und weißt du, was ich gehört habe? Die Frau vom Elmar Schulte-Vielhaber, die soll auch einfach mit dem Kind in Urlaub gefahren sein."

Ich sparte mir die Auskunft, daß just diese beiden Frauen gemeinsam unterwegs waren.

„Elmar!" sagte ich indessen erfreut.

„Genau. Der den Hof jetzt macht."

„Warum bin ich nicht gleich darauf gekommen?"

„Auf den Hof?"

„Vielen Dank, Ommma. Bis demnächst!" Dankbar legte ich auf. „Ich weiß jetzt, wer das noch wissen könnte", erklärte ich in Maxens Richtung, „Elmar Schulte-Vielhaber. Mit dem war ich doch am Samstag auf der Jagd."

Hastig wählte ich die Nummer. Und ich hatte Glück. Elmar war nicht im Stall.

„Ich brauche eine Auskunft", erklärte ich ihm eilig. „Es geht um Waltermann, vielmehr um sein Revier. Dort ist angeblich irgendwann mal ein Hund erschossen worden, der Hund einer Frau, die sich darüber mächtig aufgeregt hat. Mein Freund Max, der jetzt bei der Polizei arbeitet, möchte gern wissen, wie die Frau heißt. Dazu möchten wir den Förster befragen. Du wirst doch wissen, welcher Förster da zuständig ist."

„Klar weiß ich das", antwortete Elmar sofort. „Becker heißt er. Heinz-Joachim Becker. Dort könnt ihr es versuchen. Vielleicht weiß er Bescheid, wenn die Sache wirklich vorgefallen ist. Allerdings – wer das auf jeden Fall wissen müßte –" Elmar zögerte einen Augenblick „– das ist Georg."

„Der Georg, der mit auf der Jagd war?"

„Genau der. Immerhin war er bis vor kurzem beim Waltermann als Jagdaufseher tätig."

„Als Jagdaufseher? Das wußte ich ja gar nicht. Warum hat er am Samstag nichts davon erzählt?"

„Wir standen wohl alle ein bißchen unter Schock. Außerdem macht Georg ungern große Worte."

„Georg war Waltermanns Jagdaufseher", murmelte ich gedankenverloren. „Ich nehme an, als Jagdaufseher kümmert man sich im Namen eines anderen um dessen Revier?"

„Genau. Das betrifft vor allem Leute, die nicht hier vor Ort wohnen, aber durchaus eine Jagd betreiben. Im Falle von Waltermann war es wohl eher ein zeitliches Problem. Da kommt ja einiges zusammen: Man kriegt Anrufe, wenn ein Reh angefahren wird, man muß sich um etwaige Wildschäden kümmern ..."

„Wird ein Jagdaufseher für seine Arbeit bezahlt?"

„In der Regel nicht. Das machen Leute, die sich kein eigenes Revier leisten können. Im Gegenzug dürfen sie das Revier mitbejagen."

„Weißt du, warum Georg bei Waltermann aufgehört hat? Hat es Streit gegeben?"

„Nicht daß ich wüßte. Ich nehme an, es war von Anfang an so vereinbart, daß Georg die Arbeit nur für ein, zwei Jahre übernimmt. Auf jeden Fall hat Waltermann seit einiger Zeit alles wieder alleine gemacht."

„Und du meinst, dieser Georg könnte uns weiterhelfen? Wie heißt er überhaupt mit Nachnamen?"

„Georg Bruns. Ich schätze, er weiß das eher als der Förster."

„Gut, dann versuchen wir es da. Danke, Elmar."

„Keine Ursache. Man sieht sich!"

„Georg Bruns", sagte ich zu Max, nachdem ich den Hörer aufgelegt hatte. „Den kenne ich. Einer der Jäger, die mit auf der Treibjagd waren. Nach Elmars Worten hat er mal eine Zeitlang als Jagdaufseher bei Waltermann gearbeitet."

Wir ließen uns die Nummer von der Auskunft ansagen und dann weiterverbinden. Auch bei Georg hatten wir Glück. Er war direkt am Apparat.

Natürlich war er überrascht, als ich mich am Telefon meldete.

„Eine Leiche verbindet offensichtlich“, sagte er trocken in den Hörer hinein.

„Das stimmt“, bestätigte ich. „Hast du das Bild noch lange vor Augen gehabt?“

„Ja, schon.“ Im Gegensatz zu unserer letzten Begegnung schien Georg heute ziemlich wortkarg zu sein.

„Elmar hat mir erzählt, daß du bei Waltermann früher als Jagdaufseher tätig warst. Und genau deshalb rufe ich dich jetzt an. Jemand hat verbreitet, es gebe eine Frau, deren Hund von Waltermann erschossen wurde. Kannst du mir dazu irgend etwas sagen?“

„Arbeitest du nebenberuflich für die Polizei?“

Ich schmunzelte und erklärte ihm die Sache mit Max.

„Hm, der Vorfall mit dem Hund“, seufzte Georg dann, „ist schon eine Weile her. Ein halbes Jahr vielleicht. Genau. Kurz nachdem ich die Revieraufsicht abgegeben habe, muß das passiert sein.“

„Was genau?“ wollte ich wissen.

„Nun ja, Richard hat den Hund tatsächlich erschossen. Ein Schäferhund, wenn ich mich nicht irre.“

„Weil er gejagt hat?“

„Genau.“

Mein Gott, dem Kerl mußte man aber auch alles aus der Nase ziehen. War wohl ein Sauerländer Original. Tagespensum: 48 Worte.

„Dann nur noch eine Frage“, erlöste ich meinen Gesprächspartner, „weißt du, wem der Hund gehörte?“

„Natürlich, die Frau kennt hier jeder.“

„Aha.“

„Aber die ist harmlos.“

„Wie meinst du das?“

„Ihr fragt doch nicht einfach nur so.“ Ich wartete.

„Ich meine, ihr verdächtigt womöglich diese Frau, irgend etwas mit diesem Mordfall zu tun zu haben.“

„Ich verdächtige niemanden. Aber daß die Polizei dem nachgehen will, ist doch nur allzu verständlich.“

„Na ja, sie ist etwas seltsam." Gleich würde ich Georg warnen. Er hatte seine 48 Worte fast verbraucht.

„Aber deshalb ist sie trotzdem keine – Also, sie würde nie Gewalt anwenden, glaube ich."

„Gut, ich werde meinem Freund das genau so ausrichten. Und du kannst mir glauben, er ist ein behutsamer Typ." Ein Seitenblick auf Max, der mich unwillig anstarrte, bestätigte das nicht gerade.

„Ich weiß gar nicht, ob –"

„Georg, du würdest uns sehr helfen, wenn du den Namen – sagtest", ich verkniff mir ein *endlich*, „weißt du, daß die Jungs das rausfinden, ist eine Frage der Zeit. Und sie müssen dieser Spur nachgehen, glaub mir."

„Also gut. Sie heißt Gisela Mühldorff und wohnt am Ortsrand von Wulfringhausen. Das erste Haus, wenn man von Hesperde kommt. Man erkennt es sofort. Es sieht von außen ziemlich urig aus."

„Vielen Dank, Georg", sagte ich. Gerne hätte ich noch gefragt, ob Max sich gegebenenfalls noch wegen anderer Dinge, die Waltermann betrafen, an ihn wenden dürfte, aber das wäre zuviel gewesen. Eindeutig zuviel.

11

„Es schneit!" tönte ich, als wir die Stufen an unserem Haus hinuntermarschierten. Wir waren ein super Team. Kommissar Max, der zwei Flaschen Kölsch intus hatte und allein deshalb auf meine Mitarbeit angewiesen war, dann natürlich Süffel, der mit Polizeihund Rex soviel Ähnlichkeit hatte wie Donald Duck mit Albert Einstein, nicht zu vergessen ich selbst, der ich gerade eine ganze Dose Sardinen allein verspeist hatte, daher leichtes Sodbrennen verspürte und lieber vorm *Tatort* eingeschlafen wäre, als selbst einen nachzuspielen.

„Wir können ja mein Auto nehmen", motzte Max, als ginge es nur darum, mein Fahrzeug unfallfrei zu halten.

„Du hast keine Winterreifen drauf", protestierte ich sofort. „Wenn ich das übrigens anmerken darf: Du bist Polizist. Wenn irgend jemand in diesem unserem Lande Winterreifen drauf haben sollte, dann doch wohl du!" Mürrisch ging ich zu meinem Auto hinüber.

„Wir haben Anfang Dezember!"

„Ja und?"

„Was ist denn das?" Mit einem geschickten Ablenkungsmanöver unterbrach Max das Gespräch. Aber vielleicht war er wirklich nur geschockt. Er kannte die Deko unserer Nachbarn noch nicht. Jedenfalls nicht die der ganz speziellen.

„Das hängt schon seit Mitte November", erklärte ich im Nebensatz, „aber lenk jetzt nicht von den Sommerreifen ab. Ich war heute schon mit meinem Schwiegervater unterwegs, und da hätte ich auch nicht gedacht –"

„Ist das erlaubt?" fragte Max noch immer unter Schock.

„Ob das erlaubt ist? Natürlich ist es erlaubt, sein Grundstück mit 230 Lichterketten zu schmücken, was einer Gesamtsumme von 24.000 Einzellichtern entspricht, auch wenn die Adventszeit noch Lichtjahre entfernt ist."

„Da!" Max stand noch immer unter Schock. Mich konnte das Spektakel schon lange nicht mehr aufregen. „Ein Elch – aus Lichtern – und dahinter ein Schlitten – auch aus Lichtern."

„Den hat er neu", erklärte ich, „der war letztes Jahr noch nicht im Rennen. Die sieben Zwerge mit Schneewittchen allerdings, die waren schon im vorigen Jahr dabei."

„Und die macht er jeden Abend an?" fragte Max ungläubig.

„Ja, meinst du, die sind nur für bestimmte Festtage gedacht? Zweieinhalb Monate – schonungslos. Danach kommt dir Weihnachten zu den Ohren heraus. Alexa duscht aus Protest schon im Dunkeln, weil wenigstens sie ein wenig Strom sparen will."

„Ich glaub's ja nicht", ächzte Max.

„Ich glaub's auch nicht", ahmte ich ihn nach, „ich glaub' nicht, daß ich jetzt hier stehe und bei permanentem Schneefall meine Autoscheibe freikratze."

„Ich hätte ja gerne bei dieser Mühldorff angerufen", verteidigte Max sich, „aber du hast es ja selbst im Telefonbuch gesehen, sie hat kein Telefon. Wahrscheinlich mußte sie deshalb von der Telefonzelle aus bei Sigg anrufen. Wie auch immer – es ist sowieso besser, solch ein Gespräch persönlich zu führen."

„Persönlich!" wiederholte ich lautstark. „Persönlich gucke ich am liebsten *Tatort*. Aber gut, ich will nicht weitermeckern. Wir fahren da jetzt hin. Aber danach geht's nach Hause, einverstanden?"

„Einverstanden." Max grinste. Ich ließ inzwischen den Hund auf den Rücksitz springen. „Es sei denn, wir müssen anschließend die Verhaftung einleiten."

„Unsinn", schimpfte ich. „Im Zweifelsfall war's wie immer die Ehefrau. Vielleicht hat sie einen Lover gehabt."

„Der ihr mehr bieten konnte als der traute Ehemann?"

„Genau!" Endlich konnten wir uns ins Wageninnere fallenlassen. „Etwas Abenteuer zum Beispiel. Oder ein Spitzenhaus." Dann fiel mein Blick auf das Grundstück meines Nachbarn. „Vielleicht auch eine megageile Lichterkette."

12

Das Haus von Gisela Mühldorff war dank einer Straßenlaterne leicht zu erkennen. Georg hatte recht gehabt. Es war urig und unterschied sich damit deutlich von den Nachbarhäusern, bei denen man ahnte, daß sich unter der Schneedecke ein akkurat geschnittener Rasen verbarg. Eine bröcklige Steinmauer grenzte das Grundstück zur einen

Seite ab. Ansonsten hatte man auf weitere Begrenzungen verzichtet. Das Haus war aus grauem Bruchstein, dessen Fassade im Dämmerlicht der Laterne etwas Schauriges vermittelte. Die Fensterläden waren grün gestrichen, allerdings vor ziemlich langer Zeit. Speziell in der Schneelandschaft hatte das Ganze einen anheimelnden Reiz, wobei allerdings eine Handvoll mehr Pflege sicher gutgetan hätte. Als Max klingelte, kam mir eine Krimi-Szene in den Sinn, die ich vor kurzem gesehen hatte.

„Wie geht das noch mal mit der Verhörtechnik?" haute ich meinen Partner von der Seite an. „Einer spielt den guten Bullen, der andere den bösen. Und am Ende vertraut sich der Verhörte dann dem guten Bullen an?"

„Das ist nur im Film so", raunte Max zurück. „Außerdem bist du gar kein Bulle. Eigentlich solltest du jetzt dahinten im Auto sitzen. Bei Süffel."

„Aber wenn ich jetzt einer wäre, dann wäre ich der gute, einverstanden?"

„Du wärst der, der die Schnauze hält. Verstanden?"

„Gut, ich halte den Mund, und am Ende vertraut mir die Verhörte gerade deshalb alles an."

„Kopf zu jetzt!"

Frau Mühldorff, die genau in diesem Augenblick die Haustür öffnete, schaute reichlich verwirrt ob Maxens heftiger Beleidigung.

„Er meinte mich", erklärte ich entschuldigend. „So sind sie manchmal, die bösen Bullen."

Max räusperte sich gehaltvoll und zog dann seinen Dienstausweis heraus.

„Max Schneidt", stellte er sich vor.

„Jakobs", ergänzte ich. Max strafte mich direkt mit einem Blick.

„Hier mein Polizeiausweis. Frau Mühldorff?"

„Polizei?"

Die Frau im Dämmerlicht des Flurs schaute irritiert. Sie selbst allerdings war auch nicht wenig irritierend. Gisela

Mühldorff hatte langes, graues Haar, das nicht allzu oft gekämmt wurde, so wie ich die Lage einschätzte. Auf ihrem Kopf trug sie außerdem eine türkisgrüne Schirmmütze, was ihr ein wahrlich skurriles Aussehen verlieh. Eine Jogginghose sowie ein Sweatshirt mit der Aufschrift *Riesenbaby* komplettierten das Ensemble. Bemerkenswert war außerdem ein seltsamer Geruch, der uns aus dem Haus entgegenwehte. Ich fragte mich, ob die Besitzerin selbst ihn an sich hatte oder ob die ganze Wohnung muffelte.

„Wir hätten da ein paar Fragen an Sie, Frau Mühldorff. Sicher nicht gerade eine annehmbare Zeit, aber die Sache eilt, verstehen Sie?"

„Polizei?" wiederholte die Hausbesitzerin und sah noch immer nicht wirklich verstehend aus. Dann änderte sich ihr Gesichtsausdruck ganz plötzlich.

„Die Reinke, woll?" fauchte sie. „Die Reinke hat Sie bestellt, wegen ihrem Rasen, woll? Weil sie glaubt, daß meine Muschis ihren Rasen vollmachen, woll? Aber das stimmt nicht." Unser Gegenüber wirkte plötzlich völlig außer sich. „Sie macht allen nur was vor. Weil sie mich weghaben will. Weghaben will sie mich wegen meiner Muschis und wegen Pit und Paulchen und wegen der Vögel, und weil sie glaubt, ich hab' sie nicht mehr alle."

Weder Max noch ich wußten, was hier abging. Nur in dem letzten Punkt waren wir versucht, Frau Mühldorff am ehesten zu glauben.

„Wir kommen nicht wegen Frau Reinke", faßte Max sich als erster, „wir kommen wegen einer ganz anderen Angelegenheit. Richard Waltermann – sagt Ihnen der Name etwas?"

„Sie sind wegen dem Waltermann hier?" schwatzte die Mühldorff verdrießlich. „*Den* sollten Sie mal –", dann erhellte sich ganz plötzlich ihr Gesichtsausdruck, „oder ist man ihm jetzt endlich beigekommen?"

„In gewisser Weise schon", grummelte ich in meinen Kragen.

„Frau Mühldorff, würde es Ihnen etwas ausmachen, uns kurz hereinzulassen?" erkundigte sich Max höflich. „Es spricht sich etwas ungemütlich hier."

Ich wußte gar nicht, ob das solch eine prächtige Idee war. Inzwischen kam der seltsame Geruch nämlich ziemlich massiv von drinnen heraus. Viel gemütlicher schien es dort nasenscheinlich nicht zu sein.

„Aber seien Sie nett zu meinen Tieren!" ermahnte uns die Hausbesitzerin ernst und mit durchdringendem Blick. Dann endlich ließ sie uns herein, und ich war mir bereits nach drei Sekunden sicher: Das war keine gute Entscheidung. Kaum waren wir nämlich in den Windfang eingetreten, verstärkte sich der Geruch um ein Zehnfaches. Als unsere Gastgeberin dann auch noch den Durchgang zum eigentlichen Wohnbereich öffnete, überkam es uns mit ganzer Macht. Es war einfach unbeschreiblich. Jeder normale Mensch konnte hier ausschließlich mit Sauerstoffmaske überleben. Aber hier schien ja auch kaum ein normaler Mensch zu wohnen. Dafür allerdings zeigte sich jetzt eine Unmenge von Tieren, die aus allen Ecken auf uns zusteuerten. Drei oder vier Katzen bevölkerten das Wohnzimmer, das sich direkt an den winzigen Flur anschloß, zwei Wellensittiche hackten auf der Gardinenstange munter aufeinander los. Ein Hund lag in einem Körbchen vor der Heizung, ein anderer stand abwartend unter dem Eßtisch. Dieses Exemplar war eine besonders auffällige Erscheinung, weil es nur noch über ein Auge verfügte, das arme Vieh.

„Oh", sagte Max, und ich muß zugeben, daß auch mir in diesem Augenblick nichts wirklich Bedeutenderes einfiel. Zumal ich gerade bei einem Blick in die angrenzende Küche zwei Schildkröten entdeckt hatte, die sich neben einem selbstgebauten Bassin zum Schlafen zurückgezogen hatten.

„Sie fühlen sich sicher nie alleine", wandte ich mich dann doch an Frau Mühldorff. Zur Strafe für diesen Satz kam jetzt der Zyklopen-Hund auf mich zugelaufen und schnüffelte schwanzwedelnd an meiner Hose herum. Wahrscheinlich hatte er gerade Bekanntschaft mit Süffels unverwechselbarem Aroma gemacht.

„Die Tiere sind mein ein und alles", erklärte Gisela Mühldorff, während sie ein Kätzchen herzte, das ohne Ankündigung auf ihren Arm gesprungen war.

„Nun, wer kann Ihnen das verdenken!" tönte ich, besann mich dann aber eines besseren und entschied, von nun an zu schweigen.

„Im Zusammenhang mit Ihren Tieren haben Sie auch Richard Waltermann kennengelernt?" Max war es, der endlich zur Sache kommen wollte. Ich war ihm dankbar, denn nach meinen Berechnungen gab es nur noch 480 Milliliter Sauerstoff in diesem Raum. Damit hatten wir bestenfalls noch drei Minuten zu leben.

„Er hat meinen Hund ermordet", preßte Mühldorff hervor und ließ die Katze vorsichtig auf den Boden hinunter.

„Weil er gejagt hat?" fragte Max mit Unschuldsmiene.

„Gringo hat nicht gejagt", zischte die Frau entrüstet. „Gringo hat nie gejagt. Dieser Mörder hat nur einen Vorwand gesucht, um Gringo umzubringen." Ich sah an einer Bewegung der Augenbraue, wie Max das Wort Mörder zur Kenntnis nahm.

„Er duldet keine Tiere in seinem Wald. Deshalb schießt er ja auch die Rehe tot. Und die Füchse. Und die Kaninchen und Hasen. Glauben Sie mir, dieser Mann kennt keine Gnade. Mit nichts und niemandem." Gisela Mühldorff blitzte Max aus halb zugekniffenen Augen an. „*Dem* müssen sie mal auf die Leiter steigen. *Dem* müssen Sie mal –"

„Richard Waltermann ist tot", unterbrach Max ihren Redeschwall. „Er wurde erschossen."

Die Mühldorff blickte einen Moment lang verdutzt, dann lächelte sie versonnen.

„Erschossen?"

„Frau Mühldorff, wo waren Sie am Freitag nachmittag gegen 16 Uhr?"

„Erschossen?" Immer noch schien die Angesprochene in einer anderen Welt zu sein. „Erschossen!" jetzt wieherte sie leise vor sich hin. „Der Mann hat seine gerechte Strafe bekommen", sagte sie dann plötzlich wieder ernst in Maxens Richtung, „endlich einmal hat jemand seine gerechte Strafe bekommen."

„Frau Mühldorff, ich habe Sie etwas gefragt. Wo waren Sie am Freitag nachmittag gegen vier Uhr?"

Die Mühldorff blickte erst in die Ferne, genauer auf die Zimmerwand ihr gegenüber.

„Bei meinen Tieren", antwortete sie dann leichthin. „Wie immer, bei meinen Tieren."

„Sie wissen, daß Sie damit kein Alibi haben", Max preßte diesen Satz hervor. Ich war mir nicht sicher, ob er bereits in Luftnot geraten war oder diese Technik als rhetorisches Mittel einsetzte. „Oder meinen Sie, eines Ihrer Tiere hier sagt vor Gericht für Sie aus?"

Gisela Mühldorff lächelte nur. Sie lächelte stumm in sich hinein.

„Frau Mühldorff, besitzen Sie eine Waffe?"

„Oh ja." Schon wieder dieses Grinsen.

Max schaute angespannt.

„Meine Intelljenz!" Jetzt lachte Gisela Mühldorff laut auf. Ja, sie schüttelte sich beinahe vor Lachen. Max schien einen Augenblick zu überlegen, was zu tun war.

„Wir kommen wieder, Frau Mühldorff", sagte er schließlich. „Und zwar nicht allein. Und wenn Sie mit dieser Sache irgend etwas zu tun haben, dann finden wir das heraus. Glauben Sie mir!"

Max' Sätze sollten Eindruck schinden. Dafür waren Sie gedacht. Allerdings hatten sie vollständig ihre Wirkung verfehlt. Wir hörten Gisela Mühldorffs Lachen noch, als die Haustür bereits hinter uns ins Schloß gefallen war.

13

„Die spinnt doch!“ schnauzte Max beim Einsteigen. „Die spinnt doch total.“

„Aber ist sie auch gefährlich?“ fragte ich, während ich mich auf den Fahrersitz fallen ließ. Als ich von hinten angeschleckt wurde, erinnerte ich mich, daß der Hund auf dem Rücksitz gewartet hatte.

„Ach, Süffel“, seufzte ich, drehte mich nach ihm um und blickte in seine dunklen, sanften Augen. „Wie freue ich mich, daß du noch beidäugig bist.“

„Wie lebt die da eigentlich? *Wovon* lebt die?“ Max war noch immer ganz in Fahrt.

„Wahrscheinlich nicht von Sauerstoff“, antwortete ich kurz, „aber mal im Ernst. Die Frau ist ziemlich durchgeknallt, aber im Grunde genommen wahrscheinlich gar kein schlechter Mensch. Ich nehme an, die nimmt sich Tiere ins Haus, die ansonsten keine Chance haben. Eine ihrer Katzen zum Beispiel hatte ein verkrüppeltes Bein. Von Süffels einäugiger Verwandtschaft gar nicht zu sprechen. Wenn diese Tiere eine Chance haben, dann wahrscheinlich nur bei Gisela Mühldorff.“ Ich ließ den Wagen an und wendete. Gott sei Dank hatte es aufgehört zu schneien. Die Straße war nur mit einer leichten Schneedecke überzogen.

„Na, wenn das denn eine Chance ist“, murmelte Max leicht sarkastisch.

„Es ist schon verrückt“, führte er dann nach kurzer Pause aus. „Heute erst wurde ich in diesen Fall hineingestoßen und seitdem habe ich drei verschiedene Leute getroffen, die sich allesamt als Tierschützer bezeichnen würden.“ Max zog die Stirn kraus. „Wußtest du, daß es einen Haufen Leute gibt, die die Jagd abschaffen wollen? Ich habe vorher nie davon gehört, daß so etwas auch nur diskutiert wird.“

„Weil du dich nie damit beschäftigt hast.“

„Dann tue ich das jetzt", Max drehte sich ganz zu mir um. „Du hast doch inzwischen Erfahrung. Sag mir, warum man Jäger wird!"

Ich schnaubte. „Woher soll ich das wissen? Naturverbundenheit, Traditionsbewußtsein, Geselligkeit. Vielleicht ist in jedem von uns der Jagdtrieb angelegt? Keine Ahnung, ehrlich nicht."

Max sah mich nachdenklich an. „Dieser Typ aus Olpe, dieser Sigg, der verbringt seine ganze Freizeit damit, andere davon zu überzeugen, daß Jagd etwas Unverzeihliches ist. Der betreibt zwei Internetseiten. Und der läuft mit einer Trillerpfeife durch den Wald, wenn er das Gefühl hat, daß er damit einen Rehbock retten kann."

„Das kann ich nicht nachvollziehen", erklärte ich. „Ich bin kein Vegetarier. Und ich finde es nicht verwerflicher, einen Rehbock im Wald umzubringen als ein Schwein in Masthaltung. Zumindest hat der Rehbock vorher ein angenehmeres Leben geführt."

„Sigg meint, Jäger gehen ausschließlich in den Wald, um zu töten."

„Nach meiner Erfahrung gehen Jäger dreißigmal in den Wald, und wenn sie Glück haben, schießen sie beim einunddreißigsten Mal ein Kaninchen. Nein, nein, da muß noch etwas anderes dahinterstecken. Eine Nähe zur Natur. Bei meinem Freund Elmar ist das ganz sicher der Fall."

„Tierschützer Sigg sieht das grundsätzlich anders."

Ich verzog das Gesicht. „Ich bin sicher, man würde sich niemals einigen können, wer nun wirklich Tierschützer ist. Sind die Jäger Tierschützer, weil sie den Bestand gesund halten? Oder sind die Jagdgegner Tierschützer, weil sie versuchen, das Wild am Leben zu erhalten? Oder ist man Tierschützer, wenn man so lebt wie Gisela Mühldorff?"

„Dabei wären wir wieder bei der entscheidenden Frage", grummelte Max vor sich hin. „Ist die Frau gefährlich oder ist sie es nicht?"

„Was glaubst du?" Ich antwortete mit einer Gegenfrage. „Zieht sie gleich ihr Schrotgewehr aus dem Katzenschrank und macht sich über ihre Nachbarin her?"

„Wahrscheinlich nicht", erwiderte Max und hatte dabei eine Sorgenfalte auf der Stirn, „aber Marlene Oberste sollte ich wohl trotzdem informieren."

Noch während er sprach, zog er sein Handy aus der Tasche. Die Nummer seiner neuen Chefin kannte er offenbar schon auswendig.

14

War Gisela Mühldorff gefährlich oder war sie es nicht? Eine Frage, die mich bis in meine Träume begleitete. Gisela Mühldorff spielte darin die herausragende Rolle. Natürlich trug sie ihre türkisfarbene Kappe, dazu allerdings den Talar einer Richterin, salopp geöffnet. Darunter lugte ein T-Shirt mit der Aufschrift *Nieder mit den Bambikillern* hervor.

Das Ganze spielte im Wald auf einer Lichtung, die mir seltsam bekannt vorkam. Hier hatte ich vor kurzem Waltermanns Leiche entdeckt. Und sofort war mir klar. Hier ging es um Rache. Immerhin hatte ich 38 Jahre lang tote Tiere gegessen. Na ja, nicht ganz, in den ersten zwei Lebensjahren hält man sich da ja ein wenig zurück. Aber trotzdem. Auch 36 Jahre sind zuviel, zumindest, wenn man dafür anschließend von einer Richterin wie Gisela Mühldorff zur Rechenschaft gezogen wird. Viel entsetzlicher jedoch, wer zu den Anklägern gehörte. Ein ganzes Rudel heimischer Wildtiere, angeführt von meinem Freund Süffel.

„Sie sind angeklagt, Ihr ganzes verfluchtes Leben lang Fleisch und Wurst gegessen zu haben", schleuderte mir jetzt Gisela Mühldorff entgegen, die sich auf einem riesigen Baumstumpf niedergelassen hatte, der wohl als Richterstuhl dienen sollte. „Ungeachtet der Tatsache, daß dadurch Hunderte von Tieren ihr Leben gelassen haben."

„Das kann ich bestätigen." Der Satz kam von Süffel. Ich war wie vom Donner gerührt. Seit wann konnte Süffel sprechen? Und warum hatte er überhaupt die Seite gewechselt? Vorsichtig schob ich mich hinter einen Baum. Eine Kiefer, wenn ich mich nicht täuschte. Deren Stamm deckt mich in der Breite leider nicht so ab.

„Wie oft haben Sie im letzten Sommer gegrillt?" scholl mir Richterin Mühldorffs Stimme entgegen. „Und was ist mit dem rheinischen Sauerbraten, den es im Hause Jakobs mit Vorliebe gibt? Von der italienischen Edelsalami ganz zu schweigen, die Sie sich fast täglich zwischen die Lippen schieben."

„Nun, ich gebe zu –", hilflos druckste ich herum. „Allerdings esse ich auch sehr gern Salat."

„Mit Putenbruststreifen!" warf Süffel vielsagend ein.

„Nicht immer", schleimte ich herum. Ich empfand die Situation jetzt wirklich als bedrohlich. Immerhin war Süffel nicht allein. Gut, das Kleinvieh machte mir nicht richtig angst. Vier Füchse waren da, drei Marder und eine ganze Meute Hasen. Auch die Gruppe von Rehen wirkte nur bedingt aggressiv, lediglich ein Hirsch, der eindeutig der Hahn im Korbe war, machte richtig was her. Was mich jedoch am meisten erschreckte, waren die Blicke aus der Wildschweinrotte. Drei Eber mindestens, sicherlich genauso viele Frauen und eine ganze Heerschar Kinder im Schlepp.

„Daß du dein Leben lang Fleisch gegessen hast, Vincent, das ist schlimm genug." Wieder war es Süffel, der sprach. Er war der Wortführer, ganz klarer Fall. Frau Mühldorff hatte eine Lauerposition eingenommen. Die anderen Viecher stierten mich lediglich haßerfüllt an. „Aber daß du dich jetzt auch noch auf die Seite der Jäger geschlagen hast, das ist zuviel."

„Wie kommst du denn darauf?" versuchte ich mich herauszuwinden. „Ich bin doch gar kein Jäger. Such doch alles nach! Keine Flinte im Gepäck!"

„Sie sind kein Jäger, das wissen wir auch", Gisela Mühldorff lehnte sich auf ihrem Richterbaumstamm selbstgefällig zurück. „Was Sie sind, ist noch schlimmer. Ein Treiber. Die schießen nicht mal selbst. Die hetzen lediglich ihre Mitgeschöpfe den Kollegen vor den Lauf."

Wumm. Das saß. Was sollte ich da sagen?

„Aber ich bin doch nur mitgegangen, weil –", die Sauentruppe kam einen Schritt näher auf mich zu. Ich warf einen Blick auf den Stamm, hinter den ich mich geklemmt hatte. Da würde ich im Leben nicht hinaufkommen. Also versuchte ich es weiter verbal.

„Laut gerufen habe ich auch nicht. Höchstens so", ich fiepte ein leises „hopp hopp!".

„Jetzt leugne nicht auch noch!" Süffel hatte plötzlich etwas Gefährliches an sich. Aus dem guten alten Zottelbär war ein Wolfsbruder geworden.

„So sind sie, die Menschen", kommentierte ein Fuchs. Mein Kopf fuhr herum. Die anderen Tiere konnten also genausogut sprechen. Na, das war doch wenigstens eine Basis. Auch wenn das, was der Fuchs sagte, nicht gerade ermutigend klang.

„Brutal und rücksichtslos", fauchte er zu mir herüber, „und dann auch noch feige dabei."

„Rambos in Grün! Fehlt nur noch, daß sie bald mit dem Maschinengewehr kommen." Diese Sprüche kamen von einem Eichhörnchen, das ich bislang noch gar nicht bemerkt hatte.

„Ich weiß doch, was die denken", grunzte eins der Wildschweine verbittert: „Nur eine tote Sau ist eine gute Sau."

„Wir haben uns lange genug unterdrücken lassen", piepste ein Hase. Offensichtlich hatte das Kleinvieh die Rolle des Pöbels übernommen. „Länger machen wir das nicht mehr mit."

„Erst füttern sie uns", bestätigte ein Reh, „und wenn's ihnen in die Gesellschaftsjagd paßt, dann knallen sie uns ab." Wie zur Bestätigung marschierte die Truppe weiter auf mich zu.

Ich warf einen Blick nach hinten. Nichts als Bäume. Und keiner lud wirklich zu einer Kletterpartie ein.

„Waltermann haben wir schon aus dem Weg geräumt", erklärte einer der Hasen fast stolz. „Dieser Sylvester Stallone mit Jägerhut hatte es wirklich verdient. Jetzt ist der nächste an der Reihe. Diesmal ein Treiber."

„Das könnt ihr doch nicht machen, Leute", versuchte ich mein Glück, „Frau Mühldorff! Lassen Sie uns reden!" Ich warf einen verzweifelten Blick zur Chefin hinüber.

„Genug geredet!" Süffels Ton war unangenehm. Seine Reißzähne schienen sich vergrößert zu haben. Jedenfalls blitzten sie bei jedem Wort, das ihm aus der Schnauze schlüpfte. Gleichzeitig brachten sie mich auf die richtige Idee.

„Wer im Glashaus sitzt, der sollte nicht mit Steinen werfen", herrschte ich meinen Köter unvermittelt an. „Als lebtest du vegetarisch! Was frißt du denn am liebsten? Chappi oder Pal? Ja, meinst du vielleicht, das wird aus Bambusblättern gemacht? Rindfleisch ist dadrin und Schweinefleisch auch. Und Eichhörnchenfüße habe ich im Napf auch schon gesehen. Erzähl du mir was von vegetarischer Alternativlebensart. Das sind die Schlimmsten, die ihre Beute erst noch in Dosen verstauen."

Die Taktik klappte. Allgemeines Gebrummel hatte eingesetzt. Die Hasen und das Eichhörnchen hatten sich empört in Süffels Richtung gedreht, und auch das Schwarzwild ließ sich nicht lumpen und starrte Süffel zornerfüllt an. Die Gelegenheit war günstig. Ich nahm Reißaus. Süffels Gebell hörte ich noch lange in meinem Rücken. Und es hörte gar nicht auf. Im Gegenteil. Es wurde immer lauter. So laut, daß ich es kaum noch aushalten konnte. Ich schreckte hoch. Süffel lebte. Er stand vor meinem Bett. Außerdem bellte er mir gerade mein Trommelfell kaputt. Ich starrte seine Reißzähne an. Normale Größe, zum Glück. Ich sank zurück ins Kissen. Dann streckte ich meinen Arm zu ihm aus. Gott sei Dank, er war noch immer unser Wuschelbär. Dann wußte ich plötzlich, warum Süffel bellte. Das Telefon klingelte, und zwar gnadenlos. Ich robbte mich hinüber zu Alexas Seite und griff mir den Hörer.

Die Stimme war kaum zu hören. Ein Flüstern war es, mehr nicht. Drei Anläufe, erst dann wußte ich, wer dran war. Ommma rief mich an. Nachts um halb eins.

„Da ist jemand", wisperte sie in den Hörer hinein. „Und Hans und Elisabeth sind noch immer nicht da."

„Wie – da ist jemand?" fragte ich zurück. Hatte Ommma geträumt? Vielleicht ähnlich schlimm wie ich?

„Da ist jemand am Haus!"

„Ein Fremder? Meinst du, jemand, der einbrechen will?"

„Ja – oder besser nein. Er hantiert da unten an der Hauswand herum."

Ich versuchte, mir das Schnittlersche Wohnhaus vor Augen zu führen. Das Telefon stand im oberen Flur, nicht gerade in der Nähe des Eingangsbereichs.

„An der Hauswand?" fragte ich aufgeregt. „Was soll das heißen – er hantiert an der Hauswand herum?"

„Ich hab' ihn nicht gefragt", krächzte Ommma zurück. „Ehrlich gesagt hat mir da ein bißchen der Mumm gefehlt."

„Und es ist sonst keiner da?" vergewisserte ich mich.

„Würde ich sonst anrufen?"

„Nein, natürlich nicht." Ich überlegte krampfhaft. „Am besten ist, du verhältst dich ganz ruhig. Ich alarmiere jetzt sofort die Polizei."

„Aber das dauert Stunden, bis die hier sind. Deswegen rufe ich bei dir an."

„Aber bei mir dauert es genauso lange!" Schließlich brauchte ich für die Strecke durchs Borketal und dann noch bis Renkhausen mehr als dreißig Minuten – genauso wie die Polizei, die um diese Uhrzeit auch von hier aus aufbrach.

„Soll ich mal das Licht anmachen?"

„Stehst du da im Dunkeln?"

„Ja, natürlich, ich wollte dem Einbrecher vorgaukeln, daß keiner zu Hause ist."

„Na prima, dann freut er sich besonders."

„Was macht der da eigentlich?" Ommma schien zu sich selbst zu sprechen. „Dumm, daß ich im Dunkeln meine Brille nicht gefunden habe. Ich glaube fast, der will gar nicht rein."

„Wie – der will gar nicht rein?"

„Ich sagte doch schon, der hantiert da unten an der Hauswand herum. Der kratzt da rum."

„Der kratzt da rum?" Inzwischen war ich mir nicht mehr so sicher, ob Ommma nicht vielleicht im halbwachen Zustand durchs Haus geisterte.

„Ich glaube, der malt. Der malt da an unserer Hauswand herum. Nee, das sehe ich aber nicht ein." Ommmas Tonfall hatte etwas unheilvoll Energisches angenommen.

„Paß auf, wir können jetzt nicht länger –"

Ich merkte, wie der Telefonhörer beiseite gelegt wurde. Was heißt gelegt. Ommma hatte ihn eher auf den Telefontisch gepfeffert.

Dann ein Geräusch. Ommma schien das Fenster geöffnet zu haben. Atemlos hörte ich zu, was weiter passierte.

„Jetzt reicht es aber!" vernahm ich ihre Stimme. Sie war voller Zorn, „Einfach hier an unserem Haus herumschmieren! Das gehört sich doch nicht!"

Dann ein Krachen. Ich hielt den Atem an. War der Einbrecher gewalttätig geworden? Lag Ommma bereits in ihrem Blute danieder, während ich hier bewegungslos in den Telefonhörer kroch?

„Unverschämtheit so was!" hörte ich jetzt ihre Stimme. Sie lebte noch und war noch immer voll in Fahrt.

„Ommma? Ommma?" Ich brüllte in den Hörer. „Bist du noch da?"

„Ich schon, aber der Kerl ist weg." Ommma war jetzt wieder am Apparat.

„Was hast du gemacht?"

„Ich habe die Blumenvase nach unten geschmissen."

„Eine Blumenvase?"

„Keine Angst, nicht die gute, sondern die olle von meiner Schwester Mia, die sie mir damals zum Achtzigsten geschenkt hat."

„Und dann ist er verschwunden?"

„Aber Hals über Kopf. Hat wohl nicht gedacht, daß jemand hier im Haus ist."

„Und? Hat da tatsächlich jemand etwas an die Hauswand geschmiert?"

„Mal nachschauen." Jetzt dauerte es etwas. Ommma nahm den Hörer mit. Ich wollte sie zunächst abhalten. Vielleicht war der Täter ja doch noch in der Nähe. Dann allerdings war Ommma schon so weit.

„Ich glaub's ja nicht", krähte sie erbost in den Hörer.

„Jägerlust" las sie Buchstabe für Buchstabe *„Jägerlust* = *Tierfr-*. Hier steht *Tierfr-"* sagte sie verdutzt.

Mir lief es kalt den Rücken herunter. „Jägerlust = Tierfrust", ergänzte ich langsam, „der Maler ist nicht fertiggeworden." Dann kam ich endlich in Fahrt.

„Ich bin gleich da", rief ich in den Hörer. „Und die Polizei verständige ich auch."

„Ist doch nicht nötig", hörte ich Ommma noch rufen. „Das reicht doch, wenn die morgen kommen. Weck die doch deswegen nicht auf!"

Ich schmiß den Hörer auf die Gabel. Auf eine weitere Diskussion wollte ich mich nun wirklich nicht einlassen.

15

Es gibt Montage, bei denen meint man, die ganze Woche geht den Bach runter. Dieser Montag war so einer. Erst hatte ich schlecht geträumt, dann war ich mit Max nach Renkhausen gefahren, hatte mir dort mit Ommma, meinen Schwiegereltern, die endlich zurückgekommen waren, und der Polizei die Nacht um die Ohren geschlagen, und jetzt war es kurz vor acht, ich stand vorm Schulkopierer und es dauerte Stunden, bis ein Blatt nach dem anderen aus der Maschine gekrochen kam.

„Ich wußte, daß es wieder Sie trifft, Herr Jakobs."

Ich fuhr herum. Ich duckte mich. Schwester Gertrudis konnte hellsehen. Andauernd, wenn ich mit einem Mordfall zu tun bekam, war sie eine der ersten, die davon erfuhr. Klar, sie war Nonne und gehörte zu dem Orden, der Träger meiner Schule, des katholischen Elisabeth-Gymnasiums, war, aber hatte sie deshalb zwangsläufig eine direkte Verbindung nach oben? Schwester Gertrudis blätterte vergnügt in der Zeitung herum. Also hatte sie dort ihre Informationen her. Typisch. Hatte die Sekretariatsnonne eigentlich nichts anderes zu tun? Blätterte in Zeitungen herum und suchte interessante Artikel über mich. Und überhaupt: Wer von der Polizei hatte den Zeitungsleuten meinen Namen genannt? Durften die das eigentlich?

„Hören Sie zu, Schwester Gertrudis!" Da half nur Offensive. Ich drehte mich um und gab mich souverän. „Ich habe diesmal nichts damit zu tun. Gut, wir haben die Leiche gefunden, der Hund und ich. Das war Zufall. Weiß der Himmel, wer mir andauernd diese unerfreulichen Dinge in den Weg legt. Aber ich sage Ihnen eins: Ich werde mich nicht an Ihren aufklärerischen Ergüssen beteiligen. Ich werde mir nicht Ihre Vorträge über psychologische Aspekte von Mordvarianten anhören. Ich werde jetzt einfach meine Arbeit tun und dieses Aufgabenblatt kopieren. Einverstanden?"

Schwester Gertrudis starrte mich an. Gut, ich war barsch gewesen. Aber ich war auch übernächtigt. Und genervt. Und nicht in Mordsstimmung.

„Sie – Sie haben –", Schwester Gertrudis brauchte drei Anläufe, um ihren Satz zu formulieren. „Sie haben eine Leiche gefunden?"

Ach du Scheiße! Sie hatte es gar nicht gewußt.

„Doch nicht etwa diesen Jäger?" Jetzt wühlte Gertrudis wie angestochen in der vor ihr liegenden Zeitung herum. Schließlich schien sie fündig geworden zu sein.

„Den hier?" Sie zeigte auf ein Foto. Wie geschlagen ging ich die paar Schritte auf sie zu. Zwei Bilder waren zu sehen, zum einen der Hochsitz, auf dem undeutlich die bekannte Aufschrift zu erkennen war, zum anderen ein Bild des Opfers, allerdings zum Glück noch in ganz lebendigem Zustand. *„Richard Waltermann"*, stand darunter, *„erfolgreicher Unternehmer aus Henningloh. Wurde er das Opfer militanter Jagdgegner?"*

„Den haben Sie –?" Schwester Gertrudis stand noch immer unter Schock. Ich selbst übrigens auch.

„Aber warum haben Sie denn nichts davon gesagt?"

Doch, in ihren Worten lag auf jeden Fall etwas Anklagendes. Immerhin sah sich Schwester Gertrudis in diesen Dingen als durchaus kompetente Ansprechpartnerin.

„Weil ich nichts weiter damit zu tun haben will. Das sagte ich doch schon."

„Aber Sie können die Sache nicht verdrängen. So etwas rächt sich später, glauben Sie mir."

„Aha."

„Im übrigen haben sich meine Theorien in Sachen Mordvarianten ein ums andere Mal als richtig erwiesen. Geben Sie's doch zu!"

„Na ja."

„Mehr oder weniger zumindest. In diesem Fall", Gertrudis vertiefte sich noch einmal kurz in den Artikel, „in diesem Fall wurde das Opfer", Gertrudis blickte entsetzt hoch, „mit einer Ladung Schrot ums Leben gebracht."

„So ist es."

„Schrot", Gertrudis hatte schon wieder ihren Miss Marple-Blick drauf. „Bei Schrot handelt es sich um viele kleine Kügelchen, ein Meer von Geschossen. Das Ganze dürfte ziemlich unappetitlich ausgesehen haben."

„In der Tat."

„Wo hat es ihn getroffen?"

„Im Bauch und – im Unterleib."

„Das ist interessant. Ich muß wohl nicht erklären, warum. Was war der Mann denn von Beruf?"

„Er besaß ein Sägewerk", antwortete ich resigniert. Widerstand hatte bei Gertrudis sowieso keinen Zweck. „Sein Betrieb liegt in Wulfringhausen, gar nicht weit von dem Revier, wo wir ihn tot aufgefunden haben."

„Ein Sägewerk", sagte die Sekretariatsnonne mehr zu sich selbst. Ich ahnte schon, welche Bilder sie vor Augen hatte. Kleinratzelnde Sägeblätter und wild geschwenkte Kettensägen. Hätte jemand Waltermann aus beruflichen Gründen ermordet, so Gertrudis' Theorie, dann hätte er ihn in hundert Stücke geschnitzelt.

„Schwester Gertrudis, darf ich Ihnen eine Frage stellen? Was wollten Sie mir ursprünglich sagen, eben, als ich am Kopierer stand? Sie sagten, Sie hätten gewußt, daß es wieder mich trifft. Was meinten Sie damit?"

„Den Kopierer." Schwester Gertrudis sah mich unschuldig an. „Papierstau. Ich höre das immer schon im Vorfeld. Die Maschine grunzt dann so komisch. Sehen Sie nur. In der Anzeige blinkt schon wieder alles wie wild."

Es stimmte. Sechzehn Blätter hatte das Monster kopiert, den Rest wollte es einfach nicht ausspucken. Man kannte das schon. Unser Kopiergerät führte ein wundersames Eigenleben und entschied selbst, wann es arbeiten wollte und wann nicht.

„Ich werde ihm mal gut zureden", sagte Schwester Gertrudis und machte tatkräftig einen Schritt auf das Ungetüm zu.

„Leider kann ich Ihnen nicht zur Seite stehen", brummelte ich, nahm meine Arbeitsblätter und ging zur Tür. „Ich muß dringend los. Müssen eben immer zwei zusammen aufs Blatt gucken." Ich war schon fast hinaus, als Gertrudis' Stimme mich noch einfing.

„Waltermann", sagte sie. „Haben wir nicht einen Schüler, der so heißt?"

Eine hundertstel Sekunde später war ich wieder im Raum. „Einen Schüler?" fragte ich irritiert. „Nicht daß ich wüßte."

„Ich kann mich natürlich täuschen“, murmelte Gertrudis hektisch, während sie zum Aktenschrank hastete und sich eine Kiste mit Karteikarten vornahm. „Aber eigentlich täusche ich mich selten, wenn es um Namen geht.“ Eilig durchforstete Schwester Gertrudis die Karten. Dann verlangsamte sie das Tempo. „Volbert. Vollmer. Wächter. Wagner. Waltermann. Da ist einer. Ich wußte es doch.“ Sie zog die Karteikarte hektisch heraus. „Waltermann, Sebastian“, las sie stockend vor. „8d, das ist die Klasse von Frau Fischbach.“

„Wo wohnt er?“ Ernst ging ich zu Gertrudis hinüber.

„In Henningloh, ich werd' ja nicht mehr.“

Mir fuhr ein Schreck in die Glieder.

„Vater: Richard Waltermann. Das ist er!“ Auch Gertrudis war das Entsetzen ins Gesicht geschrieben. „Der Junge hat seinen Vater verloren. Warum wissen wir das nicht?“

„Woher?“ gab ich zurück. „Wenn die Familie sich bislang nicht gemeldet hat! Die erste Stunde hat noch nicht begonnen, das heißt Sebastians Freunde hatten noch keine Gelegenheit, davon zu erzählen. Ich nehme an, in einer Viertelstunde ist es wie ein Lauffeuer herum.“

„Ich rufe im Lehrerzimmer an.“ Gertrudis griff nach dem Hörer.

Ich selbst ging wortlos aus dem Sekretariat hinaus. Mein Körper fühlte sich an wie gelähmt. Wenn ich mir auch bislang eingeredet hatte, ich hätte mit dem Mordfall emotional nichts zu tun. Jetzt war ein Schüler unserer Schule betroffen, da hatte sich alles deutlich geändert.

16

Der nächtliche Einsatz am Haus von Vincents Schwiegereltern hatte ihm den Rest gegeben. Man mußte sich das mal vorstellen! Ommma Schnittler hatte mit einer Blumenvase einen Mörder in die Flucht geschlagen! Hörte sich an wie eine sauerländische Räuberpistole. War aber Ernst. Polizeialltag. Sauerländischer Polizeialltag, wenn man so wollte.

Müde sah sich Max im Besprechungsraum um. Außer ihm waren noch vier andere Personen da, von denen er keine einzige kannte. Zwei Polizisten in Uniform waren dabei, einer um die Fünfzig, der andere zehn Jahre jünger. Außerdem ein schlaksiger Kerl mit lichtem Haar, der einen Stapel Papiere vor sich liegen hatte, sowie eine junge Frau mit einem frechen Kurzhaarschnitt, die ihn zumindest angelächelt hatte. Zunächst hatte Max vorgehabt, sich schon beim Hereinkommen vorzustellen. Dann hatte ihn die Atmosphäre im Raum jedoch davon abgehalten.

Kurz nach neun öffnete sich die Tür, und sie kam herein. Marlene Oberste. Nicht allein. Direkt hinter ihr ging jemand, den Max sehr wohl kannte. Jan Vedder, der Kripo-Mann, mit dem die Hauptkommissarin auch im letzten Fall zusammengearbeitet hatte und bei dem Max zwei-, dreimal mitgefahren war. Vedder trug wie fast immer eine Jeansjacke und hatte eine Baseballkappe auf. Mittlerweile fragte Max sich, ob er darunter seine spärlicher werdenden Haare versteckte. Marlene Oberste trug einen Mantel, ein Daunenmodell in einem dunklen Rotton. Dazu eine helle Cordhose und schwarze Stiefel. Am interessantesten war allerdings ihre Frisur. Die Haare waren blondiert. Außerdem trug Oberste sie länger als noch damals vor drei Jahren. Die Frau hatte bestimmt auch eine dieser Typberatungen mitgemacht. Anders war nicht zu erklären, wie aus der zwar selbstbewußten, aber gänzlich unmodischen Person die Frau geworden war, die jetzt vor ihm stand.

„Ich sehe, wir sind vollzählig", sagte Marlene Oberste und legte ihre Tasche auf einem der freien Plätze ab. Vedder ließ sich auf der gegenüberliegenden Seite des kleinen Hufeisens nieder. Er schaute kurz zu Max herüber, zeigte aber keine erkennbare Regung.

„Herr Pohl, wenn Sie wieder das Protokoll übernehmen würden?" Marlene Oberste lächelte dem jüngeren der beiden uniformierten Polizisten zu. Der nickte. Offensichtlich hatte er bereits damit gerechnet, denn Din A4 – Block und Stift lagen schon vor ihm bereit.

„Eins vorweg, damit wir alle auf einem Stand sind. Heute nacht kam es zu einem Vorfall in Renkhausen, einer Ortschaft nicht weit von Wulfringhausen, dem Tatort, sowie Henningloh, dem Wohnort des Opfers, entfernt. Jemand hat dort die Aufschrift *Jägerlust = Tierfr* an eine Hauswand geschmiert. Wahrscheinlich hat der Täter *Tierfrust* schreiben wollen, doch wurde er dabei gestört."

Allgemeines Gemurmel. Nur Jan Vedder schien schon eingeweiht. „Der nächtliche Vorfall ist auch der Grund dafür, warum die Spurensicherung zu dieser Besprechung nicht erschienen ist. Die Jungs sind vor Ort. Wir können nur hoffen, daß sie Erkenntnisse darüber gewinnen, ob es sich hier um denselben Täter handelt wie bei unserem Hochsitzmörder."

„Du sagtest, der Täter wurde gestört", unterbrach die Frau mit dem kurzen, dunklen Haar Marlene Oberste, „gibt es eine Beschreibung?"

„Nein, leider nicht. Die Zeugin ist über achtzig und hat den Täter nur vom Fenster aus gesehen. Sie kann nicht mal sicher sagen, ob es sich um einen Mann handelt oder um eine Frau."

Marlene Oberste sah sich in der Runde um. „Bevor wir jetzt aber weiter in die Sache einsteigen, möchte ich noch kurz ein neues Mitglied in unserem Team begrüßen, Max Schneidt, mit dem ich bereits in einem früheren Fall zusammengearbeitet habe. Herr Schneidt ist in Dortmund eingesetzt und hat dort auf meine Bitte hin den Tieraktivisten Abel befragt. Ich bin zwar nach wie vor der Meinung, daß Tierschützer nicht mit einer Flinte durch den Wald stiefeln, um kaltblütig den erstbesten Jäger um die Ecke zu bringen. Dennoch ist es wichtig, in alle Richtungen zu ermitteln. Nicht zuletzt wegen des Vorfalls heute nacht müssen wir herausfinden, ob es in der Umgebung eine militante Jagdgegnerschaft gibt. Dortmund war da sicher ein Ansatz. Möchten Sie selbst kurz zusammenfassen, Herr Schneidt, was sich dort ergeben hat?"

Max hatte damit gerechnet. Es war üblich, daß jedes Mitglied eines Ermittlungsteams seine Ergebnisse vortrug. In der letzten Stunde hatte er hundertmal darüber nachgedacht, wie er seine Sätze formulieren würde. Und trotzdem war er plötzlich aufgeregt und verhaspelte sich schon beim ersten Satz.

„Nun, ich war da, also in der Wohnung des Betroffenen, also des Rüdiger Abel, wo ich ihn selbst und seine jetzige Lebensgefährtin antraf." Max wußte, daß man es viel steifer eigentlich nicht formulieren konnte. Warum fiel ihm das nur so schwer? Bei den Zeugenbefragungen des vergangenen Tages hatte er vor Selbstbewußtsein gestrotzt. Und jetzt? Nervös hantierte er mit dem Stift herum, den er vor sich abgelegt hatte. „Beatrix Gerstner heißt die Lebensgefährtin übrigens."

„Interessant. Und wie heißt die Großmutter?" Der Satz kam von Vedder, der zurückgelehnt dasaß und fett über seine Bemerkung grinste. Die anderen hielten sich zurück, nur der Schlaksige konnte sich ein Schmunzeln nicht verkneifen. Plötzlich wurde Max wütend. Er ahnte, was hier im Gange war. Vedder war eifersüchtig auf ihn. Er war Oberstes Kronprinz. Und es war ihm sicher gar nicht recht, daß Oberste Max angefordert hatte. Denn das brachte den Kronprinzen in Gefahr.

„Sie heißt Mathilde und sieht beim Grinsen ähnlich panne aus wie du."

Der Satz war einfach herausgekommen. Ihm, Max, der alles andere als schlagfertig war, er, der immer nur staunend zuhören konnte, wenn Vincent seine Einmann-Nummern brachte, ihm war einfach dieser Satz aus dem Mund herausgerutscht. Er hörte, wie die Anwesenden sich kringelten. Selbst Marlene Oberste konnte sich ein Lächeln nicht verkneifen.

Und dann legte er los. Flüssig und ohne zu haspeln, auf das Wichtigste beschränkt und überhaupt. Es lief einfach, und es lief gut.

„Nach dem Besuch bei Gisela Mühldorff habe ich Ihnen ja bereits einen mündlichen Bericht abgegeben", schloß Max in Oberstes Richtung.

„Woraufhin ich mich anschließend direkt mit Herrn Urban in Verbindung gesetzt habe", sie nickte zu dem älteren der beiden Streifenpolizisten hinüber. „Für Herrn Urban ist Gisela Mühldorff nämlich durchaus ein Begriff. Es gab häufiger Probleme mit den Nachbarn, was mich nach Herrn Schneidts Bericht nicht wirklich wundert. Wie auch immer, Herr Urban und ich sind zu dem Schluß gekommen, daß von Frau Mühldorff keine unmittelbare Gefahr ausgeht. Selbstverständlich werden wir sie heute verhören. Zwei von uns werden gleich nach der Besprechung hinfahren und mit der Frau sprechen."

„Es gibt dazu doch noch etwas zu sagen", Urban räusperte sich und sprach dann weiter, „wegen unseres Gesprächs in Sachen Mühldorff habe ich heute morgen sicherheitshalber noch mal bezüglich einer Waffe recherchiert. Ich war mir ja gestern sicher, daß sie keine Waffenbesitzkarte hat."

Oberste sah interessiert zu Urban hinüber. „Hat sie doch eine?"

„Nicht direkt. Oder besser: doch. Also, ihr Mann hatte eine. Der ist vor sechs Jahren gestorben. In einem solchen Fall darf die Erbin die Waffen behalten, sofern sie nicht gerade vorbestraft ist. Sie muß nicht mal, wie sonst üblich, wenn man sich um eine Waffenbesitzkarte bemüht, ein Bedürfnis und entsprechende Sachkunde belegen."

„Kurz und gut: Gisela Mühldorff hat eine Waffe zu Hause", sagte Marlene Oberste schroff.

„Ja", sagte Urban verlegen, „und zwar ein Schrotgewehr."

Wieder allgemeines Gemurmel. Marlene Oberste knetete einen Moment lang ihre Unterlippe. Dann schien sie sich über das weitere Vorgehen im klaren zu sein.

„Ich fahre hin. Jetzt sofort. Jan, du kümmerst dich um einen richterlichen Durchsuchungsbefehl. Wir brauchen ihn so schnell wie möglich." Marlene Oberste packte ihre Sachen zusammen. „Christian, du gehst den Bericht der Streifenbeamten durch, die mit der Anwohnerbefragung beauftragt waren."

„Hab' ich schon", beeilte sich der Schlaksige zu sagen, „und tatsächlich hat sich etwas ergeben." Er sprach sehr schnell. Es war jetzt Hektik im Raum. „Es gibt da einen Bauern, mit dem Waltermann im Streit lag, Vedder-Maas heißt er. Es ging um einen Wildschaden, den Waltermann nicht beglichen haben soll. Vedder-Maas ist zur voraussichtlichen Tatzeit von einem Hundebesitzer namens Knippschild im Wald gesehen worden."

„Hat er ein Gewehr? – Blöde Frage", korrigierte Marlene Oberste sich, „hier hat ja jeder Bauer ein Gewehr. Christian und Ina, ihr geht der Sache nach. Prüft das Alibi. Schaut nach Farben auf dem Hof. Jan, wenn du den Durchsuchungsbefehl hast, kümmerst du dich um die Pressekonferenz. Ich glaube, für elf Uhr hatten wir die Leute bestellt. Sollte ich bis dahin nicht wieder hier sein, ziehst du die Konferenz alleine durch. Aber kein Wort über unsere Tierbeschützerin – und auch nicht über den Bauern. Wenn an der Sache nichts dran ist, will ich die beiden nicht in der Lokalpresse haben. Herr Urban, Sie halten hier die Stellung und nehmen etwaige Hinweise aus der Bevölkerung an. Heute müßte einiges kommen." Die Oberste sah sich um. „Ist damit alles klar?"

„Was mache ich?" beeilte sich Max noch zu fragen.

„Sie? Na, Sie fahren mit mir. Sie kennen Frau Mühldorff doch schon."

Als Max hinter der Hauptkommissarin nach draußen ging, fühlte er deutlich Jan Vedders Blick in seinem Rücken.

17

„Wissen Sie, was ich mir damals vorgenommen habe, als ich den Mordfall im Krankenhaus bearbeitet habe?“ Marlene Oberste blickte aus dem Seitenfenster, während sie mit Max sprach. Ein Tal tat sich zur Rechten auf. Wälder, Wiesen, das klassische Panorama des Sauerlandes – und die ganze Landschaft verzaubert durch eine Puderzuckerschicht.

„Ich habe mir vorgenommen, irgendwann zum Skifahren hier ins Sauerland zu kommen. Das ist drei Jahre her. Jetzt ist es Winter, überall liegt Schnee, und ich bin noch immer nicht zum Skifahren gekommen.“

„Vielleicht wird es ja bald was“, sagte Max leichthin. „Der Winter ist noch lang.“

Unwillkürlich sah er Marlene Oberste in einem Skianzug vor sich. Das fiel nicht schwer, die Hauptkommissarin hatte eine sportliche Figur. Würde sie die Unternehmung allein in Angriff nehmen? Oder mit Partner? Max wurde bewußt, daß er nichts, aber auch gar nichts über das Privatleben seiner Vorgesetzten wußte. Sie trug keinen Ring, aber was sagte das schon?

„Fahren Sie Abfahrt oder Langlauf?“ fragte er jetzt.

„Keins von beiden. Ich müßte das Skifahren erst noch lernen.“ Marlene Oberste grinste. „Vielleicht habe ich ja Lust, wenn dieser Fall hier abgeschlossen ist.“

Max warf seiner Chefin einen Blick zu und konzentrierte sich dann wieder auf die Straße. Er fuhr zügig und wollte nicht bei der erstbesten Gelegenheit den Wagen seiner Chefin in den Graben setzen. Erst kurz vor Wulfringhausen stellte er wieder eine Frage.

„Was haben Sie für ein Gefühl, was Gisela Mühldorff angeht?“

Die Hauptkommissarin drehte sich in Max’ Richtung. „Das müßte ich Sie fragen. Ich habe die Frau noch nie gesehen. Was glauben Sie, Max, ist sie eine Mörderin?“

Genau diese Frage hatte Max sich in der Nacht ein dutzendmal gestellt. War Gisela Mühldorff eine Mörderin? Sie war eine verwirrte Person, aber eine, die jemanden umgebracht hatte?

„Suchen wir doch erst mal ihr Gewehr", sagte er schließlich. Dann hielt er vorsichtig am Straßenrand.

Die Hauptkommissarin klingelte ziemlich penetrant. Leider ohne jeden Erfolg. Max fürchtete schon, sie wären vergebens gekommen, als plötzlich ein Bellen zu hören war.

„Die Hunde sind jedenfalls da", stellte Oberste fest. Dann ging sie ums Haus herum und warf einen Blick in die Fenster hinein. Max nahm die andere Hausecke. Das erste Fenster war so hoch, daß er gar nicht hineinschauen konnte. Die Hunde kläfften immer noch. Das zweite Fenster war auf seiner Höhe. Es dauerte einen Augenblick, bis er etwas erkennen konnte. Die Küche. Max erinnerte sich an die braunen Wandfliesen, die man vom Wohnzimmer aus hatte erkennen können. Und dann sah er sie. Sie saß einfach da. Sie saß auf der Küchenbank und stierte vor sich hin.

„Frau Mühldorff!" Max klopfte kräftig an die Scheibe, um die Hunde zu übertönen. Frau Mühldorff zuckte kurz, sah Max mit wütendem Gesichtsausdruck an und starrte anschließend noch grimmiger auf den Tisch. Einer der Hunde kam jetzt in die Küche gerannt und sprang an der Fensterbank hoch.

„Frau Mühldorff, machen Sie bitte auf!" Plötzlich stand die Hauptkommissarin neben Max. Sie hielt die Hände über die Augen und warf einen Blick durch die Scheibe.

„Frau Mühldorff, ich möchte gern mit Ihnen sprechen", versuchte sie es in lockendem Ton. Gisela Mühldorff bewegte sich immer noch nicht.

„Ich habe eine Frage bezüglich Ihres Mannes."

Frau Mühldorffs Kopf fuhr hoch. Sie war verunsichert. Das war eine Chance.

„Es geht um etwas, das Ihr Mann Ihnen hinterlassen hat." Die Mühldorff musterte Marlene Oberste kurz. Dann starrte sie weiter wütend vor sich hin.

„Frau Mühldorff, nun nehmen Sie Vernunft an, wir möchten nur mit Ihnen sprechen."

„Verschwinden Sie hier!" Ganz unvermittelt stand die Hausbesitzerin auf. „Sie glauben mir ja doch nicht!" Sie kam aufs Fenster zu und riß mit einem Ruck die Gardine davor. Das einzige, was Max und seine Chefin jetzt noch sahen, war ein braun-grün gemusterter Baumwollappen. Die Hunde bellten um so kräftiger.

„Schitte", murmelte die Oberste jetzt. „Ich möchte so nichts weiter unternehmen. Zumindest, solange wir keinen Durchsuchungsbefehl haben."

„Das heißt, wir sollen hier rumstehen und warten?"

„Nein, wir warten nicht. Ich rufe vom Auto aus bei Vedder an. Ich will wissen, wie weit er mit der Hausdurchsuchung ist", Marlene Oberste war schon auf dem Weg zu ihrem Auto. „Falls es noch dauert, fahren wir zu Waltermann nach Hause. Warum hat mir dort eigentlich keiner etwas über Gisela Mühldorff erzählt? Die Ehefrau mußte doch wissen, was da im Gange war. Für die Zwischenzeit bestelle ich ein paar Streifenbeamte hierher. Nur damit Frau Mühldorff nicht auf dumme Gedanken kommt."

Im Auto gab es einen Anschiß für Jan. Offensichtlich hatte er den zuständigen Richter noch gar nicht erreicht.

„Verdammt, die Sache eilt", herrschte Oberste ihn durchs Telefon an. „In einer halben Stunde will ich das Papier gefaxt haben, ist das jetzt klar?"

„Die tanzen nicht nach meiner Pfeife", motzte Vedder zurück. „ich heiße nämlich nicht Oberste, und wenn der diensthabende Richter gerade wegen einer Drogensache auf Durchsuchung entscheidet, dann hat der noch lange keine Zeit für mich."

„Soll ich ihn anrufen?" fragte die Hauptkommissarin erregt.

„Eine halbe Stunde“, knurrte Vedder, „in einer halben Stunde habe ich den Durchsuchungsbefehl hier.“

Wütend beendete Oberste das Gespräch.

„In wieviel Minuten möchten Sie bei den Waltermanns sein?“ Max grinste, als er die Frage stellte.

„Weniger als dreißig.“ Die Antwort kam prompt. Und das Lächeln danach eigentlich auch.

18

Das Haus der Waltermanns lag in einer Neubausiedlung mit Blick auf ein phantastisches Tal. Ein großes Haus, schneeweiß verputzt, mit glänzend blauen Dachziegeln obendrauf. Vorm Haus stand eine dicke Limousine in Dunkelgrün. Ein Senioren-Auto. Es wurde bald klar, wem es gehörte.

„Sie schon wieder“, sagte eine unfreundliche Stimme, als die Tür geöffnet wurde. „Können Sie meine Tochter nicht in Frieden lassen? Die Situation ist so schon schwierig genug.“ Der Mann, dem die Stimme gehörte, hatte einen grauen Haarkranz, trug eine Trachtenjacke und war im Normalfall sicher der großväterliche Typ. Jetzt allerdings wirkte er ziemlich erbost.

„Was soll denn diese Fragerei? Wir haben Ihnen doch schon alles gesagt. Für die Kinder ist es auch nicht hilfreich, wenn Sie andauernd hier auftauchen!“

„Wir machen unsere Arbeit, Herr Schauerte“, Oberstes Tonfall ließ keinen Widerspruch zu. „Und ich würde Sie bitten, uns nicht daran zu hindern.“

„Ist schon gut, Papa.“ Eine Frau kam die Treppe herunter. Langes blondes Haar, das zu einem Dutt gebunden war. Dazu ein unglaublich scharfes Gesicht. Die Frau konnte im Nebenberuf Ballerina sein.

„Geht es einigermaßen?“ Der Vater strich seiner Tochter zärtlich über die Wange. „Hast du ein wenig geschlafen?“

„Ist schon in Ordnung, Paps.“ Durch die rotgeweinten Augen versuchte die Witwe ein Lächeln, das aber in einer verzerrten Fratze steckenblieb.

„Gehen wir am besten ins Wohnzimmer.“

„Soll ich mitkommen?“ Schauerte sah seine Tochter besorgt von der Seite an.

„Danke, Papa, ich sagte ja schon, ich schaffe das allein.“

Endlich ging sie Max und der Hauptkommissarin voran in ein Wohnzimmer hinein. Ein Junge lag dort auf dem Sofa und spielte mit einem Gameboy. Ein Mädchen saß neben ihm und schaute über seine Schulter auf das kleine Gerät.

„Hier seid ihr, Kinder“, die Mutter gab dem Jungen einen freundschaftlichen Klaps und strich dem Mädchen übers Haar. Der Junge war vierzehn, schätzte Max, das Mädchen etwa fünf Jahre jünger.

„Laßt ihr uns einen Moment allein?“

Der Junge musterte die beiden Neuankömmlinge stumm, dann zog er durch eine zweiflüglige Tür ab, die offenstand und den Blick auf ein Eßzimmer freigab. Das Mädchen folgte ihm auf dem Fuß.

„Es tut mir leid, Frau Waltermann“, begann die Oberste, während sie sich auf dem Ledersofa niederließ, „es tut mir leid, daß wir Sie immer wieder belästigen müssen. Sie können sich vorstellen, daß wir das nicht gerne tun. Aber im Zuge der Ermittlungen eröffnen sich natürlich immer wieder ganz neue Fragen. Und wer könnte uns die besser beantworten als Sie.“

Frau Waltermann zuckte mit den Schultern. Sie hatte unglaublich spitze Achseln. Das konnte man durch ihren Wollpullover hindurch sehen. Die ganze Frau schien nur aus Haut und Knochen zu bestehen.

„Wir sind auf ein Ereignis gestoßen, das sich vor etwa einem halben Jahr im Revier Ihres Mannes zugetragen hat. Ihr Mann hat einen Hund erschossen“, erklärte die Hauptkommissarin, „und zwar den Hund von Gisela Mühldorff. Sagt Ihnen der Name etwas?“

„Ist das diese Verrückte?“ Frau Waltermanns Stimme war kalt.

„Frau Mühldorff lebt in der Tat ziemlich seltsam. Ob sie verrückt ist, sei mal dahingestellt.“ Max bewunderte Oberste für die Sachlichkeit, die sie an den Tag legen konnte.

„Auf jeden Fall war diese Frau sehr erzürnt über den Vorfall. Sie behauptet, der Hund habe nicht gewildert, und trägt Ihrem Mann die Sache noch heute nach.“

„Natürlich weiß ich davon. Meinen Sie, sie hat mit dem Mord etwas zu tun?“

„Ich meine gar nichts“, sagte die Hauptkommissarin bestimmt. „Mich interessiert vielmehr, was Ihr Mann Ihnen über den Vorfall erzählt hat. Hat es Drohungen von Seiten der Frau gegeben? Hat sie hier angerufen? Oder fällt Ihnen sonst irgend etwas zu der Sache ein?“

„Als das damals passiert ist, hat Richard durchaus davon erzählt. Er meinte, der Hund habe ein Rehwild gehetzt, da habe er keine andere Wahl gehabt und abgedrückt. Anschließend hat diese Hexe ihn kaum gehen lassen. Sie hat ihn angeschrieen und gekreischt, er sei ein Mörder. Mein Gott, warum ist mir das nicht früher eingefallen?“

„Das frage ich mich auch. Ich habe Sie gestern und vorgestern mehrfach gefragt, ob Ihr Mann Feinde gehabt hat. Und Sie haben mehrfach geantwortet, Ihnen falle niemand ein.“

„Aber ich konnte ja nicht – Ich habe es vergessen!“ Frau Waltermann fing plötzlich an zu weinen. „Die Sache ist eine ganze Weile her. Richard hat die Frau nicht ernst genommen. Gut, sie hat versucht, ihn madig zu machen. Sie hat beim Förster angerufen und behauptet, Richard halte sich nicht an die Schonzeiten. Wegen ihres Hundes hatte sie natürlich auch schon alle verrückt gemacht. Aber die Frau spricht für sich. Der glaubt doch keiner. Nach ein paar Wochen ist das Ganze verpufft.“

„Ihr Mann hat also keine Drohungen erhalten, schon gar nicht in letzter Zeit?"

„Nun, Richard war verschwiegen, das habe ich ja gestern schon gesagt. Erzählt hat er mir nichts. Aber jetzt, wo ich drüber nachdenke. Die Frau könnte wahrhaftig –"

„Die Schlußfolgerungen überlassen Sie bitte uns." Marlene Oberste erhob sich. „Wenn Ihnen noch etwas einfällt, vielleicht etwas, von dem Sie jetzt denken, daß es keine größere Bedeutung hat, dann wissen Sie, wo Sie mich erreichen können."

„Da wäre tatsächlich noch eine Kleinigkeit", Frau Waltermann massierte sich die Schläfe, „diese Verrückte, Frau Mühldorff – oder vielmehr deren Mann – der hat früher im Betrieb meines Vaters gearbeitet."

„Ach", Marlene Oberstes Gesichtsausdruck veränderte sich, „eine interessante Kleinigkeit."

„Es ist so, daß Richard ihn entlassen hat."

„Wie bitte?"

„Richard mußte eine ganze Reihe Leute entlassen. Das war notwendig. Die Firma war personell total überladen. Und nachdem in neue Maschinen investiert worden war, war für die Masse an Hilfsarbeitern nicht mehr genug zu tun. Dabei hat es dann auch diesen Mühldorff erwischt. Das hat Richard mir erzählt, als die Sache mit dem Hund passiert war."

„Das ist wahrlich eine Nachricht", bemerkte Marlene Oberste.

„Im Zimmereibereich hat Richard später durchaus Leute eingestellt", schien Verena Waltermann ihren Mann verteidigen zu wollen, „aber ganz zu Anfang, als er den Betrieb übernahm, da mußte schnell etwas passieren. Sonst hätte man Konkurs anmelden müssen. Das müssen Sie mir glauben."

„Frau Mühldorffs Mann hat seine Stelle verloren", wiederholte Oberste, um auf den Kern zurückzukommen.

„Und nicht nur das", fügte Frau Waltermann leise hinzu, „ein halbes Jahr später war er dann tot."

„Tot?" entfuhr es Max.

„Krebs. Es ging ganz schnell. Als dann die Sache mit dem Hund passierte, hat die Mühldorff behauptet, Richard habe ihren Mann auf dem Gewissen."

„Das heißt, sie hat ihm tatsächlich die Schuld dafür gegeben?"

„Völlig zu Unrecht", empörte Verena Waltermann sich.

„Aber sie hat ihm die Schuld gegeben?" beharrte die Oberste auf ihrer Frage.

„Ja, schon."

„Danke, das hat uns ein gutes Stück weitergebracht." Die Hauptkommissarin stand auf, als plötzlich ihr Handy klingelte.

Der Durchsuchungsbefehl, schätzte Max und hielt einen Augenblick inne. Oberste sagte lange überhaupt nichts. „Ich kümmere mich drum", sagte sie schließlich. „In einer Viertelstunde sind wir da." Dann knipste sie das Handy weg und drehte sich wütend zu ihrer Gastgeberin um.

„Frau Waltermann, Ihr Mann hat eine Jagdhütte!"

„Das stimmt." Frau Waltermann korrigierte ihre kerzengerade Haltung.

„Sie haben uns aber nichts von einer Jagdhütte erzählt. Sie haben uns das Arbeitszimmer Ihres Mannes gezeigt, wo wir nichts Interessantes gefunden haben. Sie haben uns sogar die Garage Ihres Mannes gezeigt. Warum wissen wir nichts von einer Jagdhütte?"

„Die Jagdhütte, die ist – Mein Mann hat sie selten benutzt."

„Himmelherrgott, Frau Waltermann! Lassen Sie bitte uns entscheiden, was in diesen Ermittlungen von Wichtigkeit ist! Ich möchte nicht noch mehr solcher Überraschungen erleben."

„Schreien Sie meine Tochter nicht an!" Plötzlich stand Verena Waltermanns Vater im Flur.

Die Hauptkommissarin schnaubte und riß dann die Haustür auf. Max folgte ihr auf dem Fuß. Als er sich umdrehte, sah er, wie ein Schatten die Treppe nach oben hinaufhuschte.

19

„Sind Sie eigentlich von allen guten Geistern verlassen?" Max saß noch nicht ganz im Auto. Da ging schon ein Gewitter über ihm nieder.

„Ich? Was habe ich damit zu tun, wenn die Ehefrau Ihnen eine Jagdhütte verschweigt?"

„Wissen Sie, was man mir gerade am Telefon erzählt hat? Gisela Mühldorff sitzt in Hesperde auf der Polizeiwache und möchte eine Aussage zu dieser Jagdhütte machen", die Oberste schnappte fast über. Dagegen war der Ausbruch im Haus geradezu harmlos gewesen.

„Was ist das Problem, wenn Frau Mühldorff eine Aussage machen möchte? Genau da wollten wir sie haben."

„Nichts ist dagegen einzuwenden. Es ist wunderbar, daß sie sich von unseren Streifenbeamten zur Wache hat kutschieren lassen. Aber wissen Sie, was ein Skandal ist? Sie möchte sich nicht von irgendwem befragen lassen. Nein, sie möchte ihre Aussage bei einem ganz bestimmten Kollegen machen. Ausschließlich und exklusiv. Und wissen Sie bei wem? Beim Kollegen Jakobs."

Wusch. Ein Stich fuhr Max in den Magen. Ihm blieb die Spucke weg.

„Die Kollegen wußten gar nicht, wer gemeint war, als Gisela Mühldorff auf der Wache von einem Jakobs rumgefaselt hat. Ich glaub' es einfach nicht. Wie konnten Sie nur Jakobs mitnehmen, als Sie zur Mühldorff hingefahren sind? Das ist unprofessionell. Das ist hochgradig unprofessionell."

„Ich brauchte ein Auto mit Winterreifen."

„Sie brauchten ein Auto mit Winterreifen? Sie spinnen ja wohl. Sie können doch nicht einen Amateur in diese Sache hineinziehen. Wenn wir es bei Frau Mühldorff nicht zufällig mit einer hochgradig gestörten Person zu tun hätten, die höchstwahrscheinlich gar nicht mitkriegen wird, was da gelaufen ist, dann hätten wir jetzt unweigerlich ein Verfahren am Hals. Sie können keinen Außenstehenden zu einer Zeugenbefragung mitnehmen. Ist Ihnen das nicht klar?"

„Doch, natürlich!"

„Dann fahren Sie jetzt endlich!"

Max ließ den Motor an.

„Aber bevor Sie losfahren, rufen Sie jetzt sofort Ihren Freund an!"

„Vincent Jakobs?"

„Ja, wen denn sonst? Und wenn er in dreißig Minuten nicht in Hesperde ist, dann hat er eine Anzeige am Hals wegen Amtsanmaßung."

„Schon verstanden. Dreißig Minuten."

„Na, endlich kapiert hier einer was."

20

Der Montag entwickelte sich auch später nicht besser. Der Moment, als ich unsere Wohnung betrat, wird mir immer in Erinnerung bleiben. Was ich erlebte, passiert einem im Normalfall nur mit einem Welpen. Mit einem kleinen, verspielten, ungezogenen Bündel Hund, dem man schon nach zwei Minuten wieder verziehen hat. Süffel war zwölf, ein richtiger Hundesenior also. Daher ließ sich sein Verhalten eigentlich nur mit Rache erklären. Nicht für meinen Fleischkonsum. Nein, die Sache war vom Tisch. Süffel hatte sich gerächt, weil am Morgen nur eine Minirunde für ihn herausgesprungen war. Einmal die Straße rauf und runter. 150 Meter. Maximal. Dafür hatte er sich gerächt. Und zwar mit allen ihm zur Verfügung stehenden Mitteln. Als ich den Flur betrat, lagen da Federn. Nicht eine, sondern viele. Hatte sich ein Huhn in die Nähe des auf Kippe stehenden Fensters gewagt und war dort mit einem gezielten Pfotenschlag ins Wohnungsinnere befördert worden?

Noch mehr Federn in der Küche, aber zum Glück noch immer kein Blut. Da – ein zerrissener Kopfkissenbezug. Ich atmete auf. Kein Huhn, bloß die Überreste meines Bettes. Ein paar Meter weiter die rote Kopfkissenhülle, außerdem zerkautes Papier. Ein Buch. Nicht irgendeins. Ein handsigniertes von David Sedaris. Nein!

„Süffel!"

Wo war das Vieh? Es war ohnehin eigenartig, daß er mich nicht freudig begrüßt hatte, nachdem ich das Haus betreten hatte. „Süffel!"

Ich schoß durch alle Räume. Im Arbeitszimmer hatte Süffel meinen Schreibtisch ruiniert. Zerkaute Stifte, angelutschtes Papier, nur die Klassenarbeiten hatten Gott sei Dank erhöht auf einem Seitenschrank gelegen. Im Wohnzimmer ein zerlegter Kalender. Im Schlafzimmer weitere Teile des Kopfkissenbezugs. Fragte sich nur: Wo war der Täter selbst? Ich fand ihn im Kinderzimmer. In Paules Kinderbett. Friedlich lag er auf dem Lammfell, auf dem sich sonst mein Kleiner räkelte, und schnarchte genüßlich vor sich hin. Ein paar Umschlagreste neben seiner Schnauze zeugten noch von meinem Sedaris-Exemplar. Verzweifelt hielt ich mich an den Gitterstäben fest, die Paules Bett umrahmten. Süffel war offensichtlich durch das Schlupfloch eingestiegen. Sollte ich ihn umbringen? Das würde die Sache ein für allemal beenden. Außerdem schien mir das die gerechte Strafe zu sein für einen, der mutwillig mein Lieblingsbuch zerstört hatte. Und mein Kopfkissen. Und meinen Bretagne-Kalender. Und meine angegriffenen Nerven.

Süffel schmatzte im Schlaf, wurde ein bißchen wach und öffnete ein Auge. Dann schien er zu lächeln, leckte über meine Hand, die auf den Gitterstäben lag, drehte sich auf die Seite und schlief wieder ein. In diesem Moment klingelte das Telefon. Ich würde mit dem Umbringen noch ein kleines bißchen warten müssen. Aber nur ein kleines bißchen.

Wieder klingelte das Telefon. Der nächste Apparat stand bei uns im Schlafzimmer. Ich hastete hin. Ich sagte ja schon, daß manche Tage von vorne bis hinten schrecklich sind. Deshalb war ich gar nicht überrascht, als sich auch hinter dem Telefonanruf eine Katastrophe verbarg.

„Vincent, du mußt sofort nach Hesperde zur Polizeiwache kommen“, sagte eine Stimme in gebieterischem Ton.

„Äh, bitte?“ leierte ich. „Werde ich verhaftet? Dann macht euch gefälligst die Mühe und holt mich hier zu Hause ab.“

„Das ist kein Witz, Vincent. Ich bin's, Max.“

Schlaumeier. Das hatte ich auch schon gemerkt.

„Hier auf der Polizeiwache sitzt Gisela Mühldorff und möchte eine Aussage machen.“ Noch nie hatte ich Max in einem so artikulierten Tonfall reden hören. Er konnte unmöglich alleine sein.

„Und sie möchte ausschließlich mit dir sprechen!“

„Mit mir? Das ist unmöglich.“ Mein Traum kam mir wieder ins Gedächtnis. Gisela Mühldorff im Talar.

„Leider ist es möglich. Jetzt rede nicht lange und komm!“

„Mal halblang, Max. Ich komme gerade aus der Schule. Süffel hat meine Wohnung zerlegt inklusive eines handsignierten Buches von David Sedaris. Weißt du, was das für mich bedeutet?“

„Herr Jakobs? Hier spricht Marlene Oberste. Sie sind in dreißig Minuten hier vor Ort!“

„Wie bitte? Wie darf ich das denn verstehen?“ Ich war schließlich nicht ihr Befehlsempfänger.

„Sie waren dabei, als Gisela Mühldorff befragt worden ist. Wenn Sie verhindern möchten, daß das strafrechtliche Konsequenzen hat, dann sind Sie in einer halben Stunde hier. Ist das jetzt klar?“

„Klar! Klar ist das klar!“

So klar war mir vorher noch nie was klar gewesen.

21

„Das isser."

Die Frau meinte es ernst. Sie hatte tatsächlich dort auf mich gewartet. Wieder hatte sie ihre türkisfarbene Baseballkappe auf, unter der ihr graues, lockiges Haar in wirren Strähnen heraushing. Passend irgendwie zu dem leicht muffigen Geruch, der sie auch in diesen Räumlichkeiten aufs heftigste umgab.

„Frau Mühldorff", sagte ich lahm.

„Ich will Ihnen was sagen", flüsterte die Wartende verheißungsvoll, „über Waltermann, das möchten Sie doch wissen."

„Sehr gern", antwortete ich mit Seitenblick auf Max. „Ich bin sehr dankbar, wenn Sie mir etwas erzählen."

„Aber ich muß allein mit Ihnen sprechen!"

„Oh nein, das geht leider nicht", fuhr es aus mir heraus. „Ich meine, das geht schon, aber mir wäre es lieber, wenn auch mein Freund, mein Kollege, meine ich –"

Frau Mühldorff musterte Max mit kaltem Blick, dann schien sie zu überlegen, schließlich sagte sie: „Er kann dabeisein, wenn es unbedingt sein muß."

„Wunderbar", piepste ich erleichtert. „Dann mal raus mit der Sprache."

„Ich sagte, ich will mit Ihnen allein sprechen", Gisela Mühldorff sah sich mißtrauisch um. „Hier laufen zu viele Leute herum. Haben Sie kein vernünftiges Zimmer?"

Ich sah mich um. Die einzige Person, die zu sehen war, war die Bezirksbeamtin, die hier in Hesperde tagsüber ihren Dienst tat. Das hier war eine Außenstelle mit einem winzigen Büro. Nicht umsonst hatte die Mordkommission ihren Sitz in der nächstgrößeren Polizeiinspektion genommen.

„Natürlich", improvisierte ich, „Max, vielleicht bereitest du eins vor. Dann können wir gleich zur Tat schreiten, zum Wort meine ich. Du weißt schon, was ich meine."

Max stand auf und kam nach zwei Minuten wieder. In der Zwischenzeit hatte Frau Mühldorff argwöhnisch die junge Polizistin beobachtet, die an ihrem Schreibtisch am Computer arbeitete.

„Wir könnten dann", forderte Max uns auf.

Im Gänsemarsch folgten wir ihm in ein Büro mit den Ausmaßen eines Abstellraums. Ich sah mich einen Moment lang um. Gab es hier die berühmte Spiegelwand? Saß Frau Oberste nur zwei Meter von uns entfernt? Natürlich nicht. In dieser Außendienststelle konnte man froh sein, wenn es eine funktionierende Kaffeemaschine gab.

„Frau Mühldorff, Sie wollten mir etwas sagen", begann ich wie der Märchenonkel, nachdem wir uns alle hingesetzt hatten.

„Über den Mörder", zischte meine holde Gesprächspartnerin.

„Sie meinen Herrn Waltermann", ergänzte ich flott.

„Genau den! Den Mörder meines Hundes."

„Also, Herr Waltermann."

„Der Mann war ein ganz durchtriebener Kerl."

„Inwiefern?"

„Er hurte herum."

„Er hurte herum? Wie meinen Sie das?"

„Er hatte eine Jagdhütte. Und dort hurte er herum."

„Sie meinen, er schlief mit einer Frau."

„Genau", Frau Mühldorff sah sich argwöhnisch um, bevor sie weitersprach. „Er erging sich in Sünde mit einer anderen Frau."

„Er hatte eine Geliebte?"

„Er hurte herum, das sagte ich ja schon."

„Also, noch mal langsam. Er traf sich in der Jagdhütte mit seiner Geliebten."

„Das habe ich selber gesehen."

„Und haben Sie noch etwas beobachtet?"

„Ist das nicht genug?" Frau Mühldorff klatschte mit der Hand auf den Tisch. „Der Mann hurte herum. Er schoß auf

Tiere. Auf unschuldige Tiere. Der Mann war ein Lügner. Er hat behauptet, mein Hund habe gejagt. Und er hat meinen Mann entlassen, so daß er kurz darauf sehr krank geworden ist. Er hat den Tod verdient, so sehe ich das jedenfalls."

„Er hat Ihren Mann entlassen?" Das war doch mal eine Neuigkeit. Für mich jedenfalls.

„Achtundzwanzig Jahre hatte Erich für die Schauertes geschafft. Und dann kam der Junge, und der hat ihn entlassen."

„Woran ist Ihr Mann gestorben?" bohrte ich vorsichtig nach.

„Ihn hat's zerfressen. Der Kummer hat ihn zerfressen. Und daran ist allein der junge Waltermann schuld."

„Und deshalb haben Sie ihn gestraft?" fragte ich vorsichtig und beglückwünschte mich innerlich zu dieser genialen Schachzugfrage.

„Nicht ich", sagte Gisela Mühldorff und keckerte. „Das haben schon andere gemacht."

„Aber Sie wissen, wer es war?"

„Ist das denn wichtig?"

„Oh ja, Frau Mühldorff, das kann man wohl sagen."

„Ich weiß es nicht. Für mich ist es nicht wichtig. Wichtig ist nur, daß es endlich passiert ist."

Ich warf einen Blick zu Max hinüber.

„Gestern habe ich Sie nach einer Waffe gefragt", wandte der sich jetzt an Gisela Mühldorff. „Sie haben die Schrotflinte Ihres Gatten geerbt. Könnten Sie mir vielleicht sagen, wo sie sich befindet?"

„Ich rede nicht mit ihm", schnodderte Frau Mühldorff zu mir herüber. „Sagen Sie ihm das!"

„Frau Mühldorff redet nicht mit dir", tat ich meinem Kollegen kund, „aber mich würde das auch interessieren, Frau Mühldorff. Was ist eigentlich mit der Waffe passiert?"

Frau Mühldorff wand sich etwas trotzig, bevor sie antwortete. „Sie liegt bei mir zu Hause", erklärte sie dann.

„Na, wunderbar", erwiderte ich. „Dann können Sie sie uns vielleicht gleich mal eben zeigen?"

Frau Mühldorff hob eine Augenbraue, was ich als Zustimmung nahm. Dann jedoch stellte sie sich quer. „Ich brauche sie, weil sie mich doch alle weghaben wollen."

„Die Nachbarn?" fragte ich.

„Zum Beispiel."

„Und dafür brauchen Sie ein Gewehr?"

Frau Mühldorff zog wieder ihre Augenbraue hoch.

„Es ist schon gut, wenn Sie den Kollegen das Gerät mal zeigen. Am besten gleich, wenn Sie nach Hause gebracht werden."

Angespannt stand ich auf. Als wir gerade das Zimmer verließen, fiel mir plötzlich noch eine Kleinigkeit ein. Frau Oberste stand draußen, außerdem ein anderer Polizist, der mir bekannt vorkam. Jan Vedder. Jetzt erinnerte ich mich.

„Ach, Frau Mühldorff", wandte ich mich ein letztesmal an meine Freundin, „warum wollten Sie eigentlich unbedingt mit mir sprechen, das ist mir nicht ganz klar."

Frau Mühldorff sah mich an, als hätte ich das wissen müssen. „Na, weil der Hund Sie mochte. Warum wohl sonst?"

Nachdem Frau Mühldorff zu zwei Beamten ins Auto verfrachtet worden war, ging alles ganz schnell. Ich mußte berichten, was die Dame erzählt hatte. Dann dachte die Hauptkommissarin eine Minute lang nach, bevor sie Anweisungen gab.

„Jan, du fährst mit dem Durchsuchungsbefehl zur Mühldorff hin und siehst dir alles an. Die beiden Kollegen, die Frau Mühldorff nach Hause bringen, sollen dir helfen. Ich selbst fahre direkt zur Familie Waltermann. Das Mordopfer hatte eine Affäre. Zumindest, wenn sich die Aussage von dieser Mühldorff tatsächlich bewahrheitet. Damit offenbart sich eine weitere Spur. Und soll ich euch was sagen, Leute? Ich bin verdammt froh, falls wir mit dieser neuen Spur diesen ganzen Jagdschlamassel hinter uns lassen. Eine Beziehungskiste – das ist wenigstens etwas, wo wir uns auskennen." Marlene Oberste legte eine kleine Pause ein. „Als erstes müssen wir wissen, wer die Frau ist, mit der Waltermann sich getroffen hat. Max, Sie fahren deshalb zur Jagdhütte und schauen, ob es dort irgendwelche Hinweise gibt. Irgendwie werden Sie da schon reinkommen."

„Ich weiß gar nicht, wo die Hütte ist." Max' Bemerkung war nicht ganz unberechtigt.

„Wo die Hütte ist? Na, irgendwo im Wald, in Waltermanns Revier. Fragen Sie einfach einen Einheimischen."

Max nickte. Dann gingen wir nach draußen.

„Frag doch einfach mich", bot ich ihm grinsend an, als wir vorm Polizeigebäude standen. „Ich war mit meinem Schwiegervater im Revier."

„Du hast ja wohl 'ne Macke. Noch so ein Ausflug, und die Oberste dreht mich durch den Fleischwolf."

„Ist nur ein Angebot", sagte ich und legte den Kopf schief. „Ich muß eh mit Süffel noch eine Runde drehen. An Jagdhütten habe ich nur von außen Interesse."

„Dann komm schon!" Max war wirklich leicht zu überreden. „Aber du kommst nicht mit rein!"

„Natürlich nicht!" antwortete ich. „Tu so, als wären Süffel und ich gar nicht dabei."

22

Die Jagdhütte machte wirklich nicht viel her. Eine Holzbehausung im Stil geräumiger Gartenhäuser mit winzigen Fensterchen links und rechts der Eingangstür. Wir hatten über eine Stunde gebraucht, um den Weg zu finden. Dabei hatten wir die Quelle angestochen, die sich schon beim letztenmal bewährt hatte: Georg, Elmars Jägerfreund. Zu Hause war er nicht zu erreichen gewesen – kein Wunder, beste Arbeitszeit, aber nach mehrmaligem Läuten hatte sich plötzlich der Klingelton verändert. Der Ruf war umgeleitet worden. Ein paar Sekunden später hatten wir Georg am Telefon gehabt.

„Wir bräuchten noch mal eine Auskunft", hatte ich einfach mal so festgestellt.

„Aha", hatte mein Gesprächspartner mit wenig Begeisterung erwidert.

„Waltermanns Jagdhütte", bohrte ich. „Wo ist die? Du mußt das doch wissen."

„Die Jagdhütte? Was willst du denn da?"

„Ich will gar nichts, aber für die Polizei ist die natürlich ungeheuer interessant."

„Warum?"

Ich stöhnte innerlich. Warum war der Kerl bloß so stur? Sollte er mir doch sagen, wo die Kiste stand, und fertig aus.

„Warum? Weil es dort vielleicht Hinweise gibt, die für die Polizei von Wichtigkeit sind", redete ich mich heraus. „Apropos: Weißt du zufällig, ob Waltermann ein Verhältnis gehabt hat?" Die Frage war mir ganz plötzlich in den Sinn gekommen. Georg war immerhin Waltermanns Jagdaufseher gewesen. Vielleicht hatte er irgend etwas mitbekommen.

„Ein außereheliches Verhältnis, meine ich. Eine Affäre – kannst du dazu irgend etwas sagen?"

„Nein." Die Antwort kam prompt und unmißverständlich.

„Aber du weißt, wo die Hütte ist?" fragte ich hoffnungsvoll.

„Schon!"

„Dann sag es uns bitte", flehte ich und stieß ein Stoßgebet aus, damit der liebe Gott für circa drei Minuten die sauerländische Sturheit von meinem Gesprächspartner nahm.

Georg legte los. Er erzählte etwas von einem Bienenhäuschen, einer Fichtenschonung, zwei abgedeckten Ameisenhügeln, und dann faselte er noch etwas von einer SGV-Wandertafel.

Im großen und ganzen war die Beschreibung etwas für Insider mit Naturkundekenntnissen. Na ja, immerhin erreichten wir nach einer knappen Viertelstunde eine Lichtung, von der Georg gesprochen haben könnte. Und tatsächlich, da stand eine Hütte in 200 Metern Entfernung am Waldrand.

„Im Sommer kann man sicher bis vor die Haustür fahren", überlegte Max laut.

„Jetzt bei Schnee würde ich das ungern probieren", warf ich ein.

„Gut, dann lassen wir den Wagen hier stehen. Und tu mir einen Gefallen!" Max sah mich von der Seite mit dicker Sorgenfalte an. „Bleib hier im Auto! Du hast gehört, was die Oberste gesagt hat. Noch so ein Fauxpas, und ich krieg' die rote Karte."

„Ist schon klar", lenkte ich ein. „Aber im Auto bleibe ich nicht. Süffel hat noch keinen Auslauf gehabt. Ich gehe ein bißchen hier in der Gegend herum. Aber ich verspreche", ernst hielt ich zwei Finger in die Luft, „näher als fünfzig Meter komme ich an die Hütte nicht heran."

„Bis gleich!" Max stieg schwungvoll aus und stapfte durch den Schnee davon. Süffel, der schon seit unserem Anhalten zwischen Fahrer- und Beifahrersitz klemmte, sah jetzt seine Chance gekommen. Ich schnappte mir die Leine, hakte sein Halsband ein und gab mich der Illusion hin, daß es nach einem anstrengenden Schultag nichts Schöneres gab, als hungrig mit einem Hund durch die Pampas zu spazieren. Ich ging den Weg weiter, auf dem wir mit dem Auto gekommen waren, und entfernte mich damit automatisch von Max. Als ich mich einmal umdrehte, sah ich, daß er gerade am Hexenhäuschen angekommen war und die Klinke probierte. Die Tür schien nachzugeben. Schwein gehabt. Mußte er sich also nicht durch ein eingedrücktes Fensterchen schieben. Max verschwand im Inneren. Ich selbst ging weiter, während mein Magen knurrte, als hätte ich drei Tage lang nichts zu essen gehabt. Griesgrämig sah ich mich in der schneebedeckten Landschaft um. Vielleicht wuchs hier und da unter der Eisschicht noch ein Himbeerchen, oder eine Brombeere hatte womöglich tiefgekühlt überlebt. Plötzlich blieb Süffel stehen und fing an zu bellen. Ich zog unwillig an der Leine.

„Komm, Süffel, Beeren sammeln", schimpfte ich, aber der Hund blieb stur und rührte sich nicht. Ein Münsterländer – die sind ja fast noch schlimmer als ihre Nachbarn im Sauerland – alles in allem schwerstwestfälische Bauart. Ich zog weiter. Inzwischen hatte der Hund derartig seine Pfoten in den Schneematsch gerammt, daß ich ihn keinen Zentimeter weiterbekam.

„Jetzt komm schon!" schimpfte ich unwillig und ergänzte die Rüge durch einen Baß, der aus den Tiefen meines Magens kam. Süffel bewegte sich noch immer keinen Schritt vorwärts, sondern bellte wütend vor sich hin.

„Max kommt nicht mit", versuchte ich es auf die pädagogische Tour. „Der muß arbeiten, wie Herrchen es zu Hause auch immer tut."

Der Hund blockierte weiter. Mit der *Wir-sprechen-drüber* – Masche war offenbar auch nicht viel zu reißen.

„Gut, dann wartest du eben im Auto", motzte ich und machte genervt eine Kehrtwende in dem Wissen, daß ich schon länger nicht mehr Herr meiner Entscheidungen war.

Ich sah den Rauch, sobald ich mich umdrehte. Schwarzer Rauch. Er kam aus dem hinteren Teil der Jagdhütte.

„Max!!" Ich brüllte und lief im selben Augenblick los. Süffel, dessen Leine ich losgelassen hatte, war weit vor mir da. Er bellte wie verrückt. Warum war Max nicht schon lange aus der Hütte herausgekommen? Ich stolperte mehrfach bei dem glatten Untergrund und brüllte immer wieder laut in die Landschaft hinein. Kurz bevor ich eintraf, wurde von innen die Tür aufgerissen. Max stürzte heraus, mit roten Augen und zwei schwarzen Striemen im Gesicht, in der Hand ein kleines Paket.

„Weg hier!" brüllte Max und lief mir entgegen. „Die Hütte geht gleich in die Luft!"

„Süffel!" kreischte ich. Zum erstenmal gehorchte der Hund. Er kam angelaufen, immer noch bellend, aber er kam. Zu dritt rannten wir in Richtung Auto. Die Explosion folgte, als wir etwa zwanzig Meter entfernt waren. Ein lauter Knall, dann folgte ein zweiter. Süffel bekam Panik und legte sich flach auf den Boden. Max und ich blickten entsetzt zurück. Die Hütte brannte lichterloh. Was auch immer die Explosion in Gang gesetzt hatte, die Sache hatte gut geklappt. Unpassenderweise knurrte mein Magen noch immer lautstark vor sich hin. Plötzlich nahm ich in der Nähe der flambierten Hütte eine Bewegung wahr. In etwa 100 Metern Entfernung – hinter einem Baum. Ich zeigte wortlos in die Richtung. Max folgte meinem Blick.

„Nein!" sagte er verdattert, als er die türkisfarbene Mütze sah. Er schmiß mir sein Handy zu und brüllte etwas von Feuerwehr. Dann rannte er los.

Im nächsten Augenblick war Gisela Mühldorff verschwunden.

23

Max kam nach einer Viertelstunde wieder. Völlig erschöpft und total außer sich.

„Sie war plötzlich weg", keuchte er. „Verschwunden, einfach so."

„Sie dürfte sich hier im Wald etwas besser auskennen als du", erklärte ich nüchtern.

„Die hat mich beinahe in die Luft gejagt", Max kam langsam wieder zu Atem. „Die ist ja wohl verrückt, einfach die Bude anzuzünden."

„Bist du sicher, daß sie es war?"

„Du machst ja wohl Witze", Max sah mich ungläubig an, „meinst du, die läuft zum Spaß durchs Unterholz? Warum ist sie überhaupt hier? Ich dachte, zu Hause würde gerade ihre Wohnung durchkämmt."

„Kein Wunder, daß sie dabei nicht vom Sofa aus zugucken will."

„Sag mal, hast du auch noch Verständnis für diese Frau?"

„Mach mal halblang, Max, sie ist krank. Gelegentlich etwas verwirrt. Aber ich glaube nicht, daß sie böswillig ist."

„Nein, überhaupt nicht!" Max schäumte jetzt. „Wahrscheinlich hat sie aus reiner Nettigkeit die Bude angesteckt. Damit ich's ein bißchen warm habe dadrin."

„Warum bist du nicht früher rausgekommen?" fragte ich. „Du mußt doch den Geruch viel eher bemerkt haben. Was hast du gesucht?"

So etwas wie Stolz stieg jetzt im Gesicht meines Freundes auf. Er zupfte am Reißverschluß seiner Winterjacke herum und holte das kleine Päckchen aus der Innentasche, das er zuvor in der Hand getragen hatte.

„In der Hütte gab es zwei Räume. Neben dem größeren Allzweckraum eine winzige Kabine als Schlafraum. Dort wurde das Feuer gelegt."

„Und deshalb hast du dir von da ein Andenken mitgebracht?"

„Unsinn, ich habe nur gedacht, das ist kein Zufall. Als ich das Feuer bemerkt habe, stand in der Kabine das Fensterchen auf. Die Mühldorff muß gehört haben, daß ich reingekommen bin, und ist deshalb durchs hintere Fenster verschwunden. Die Matratze stand zu der Zeit schon in Flammen, und auch die Holzverkleidung hatte Feuer gefangen. An Löschen war nicht mehr zu denken." Max legte eine kleine Pause ein. „Dann habe ich in Windeseile überlegt, ob es vor Ort irgend etwas Rettenswertes geben könnte. Also hab' ich mich hingeschmissen und unter dem Bett nachgeschaut."

„Obwohl die Matratze brannte? Du Held!"

An der Wand am Kopfende des Bettes war knapp über dem Boden eine kleine Lade eingebaut, ein Minischränkchen in der Holzpaneelverkleidung."

„Jetzt sag schon: Was war drin?"

Max kramte in dem eingeschlagenen Päckchen, das er mitgenommen hatte. „Keine Ahnung. Zum Lesen bin ich drinnen leider nicht mehr gekommen."

„Jetzt zeig schon!“ Am liebsten hätte ich ihm das Papierpäckchen aus den Händen gezogen. In diesem Moment hörte ich das Martinshorn. Die Feuerwehr kam. Ich blickte auf die Uhr. Nicht schlecht für eine freiwillige Feuerwehr. Seit meinem Anruf waren gerade mal 21 Minuten vergangen. Drei rote Autos kamen mit Blaulicht und Tatütata den Waldweg herauf. Zumindest die Rehe wußten jetzt, daß sie die Vorfahrt der Löscher berücksichtigen mußten. Der Fahrer des ersten Wagens hielt an und mehrere Männer kamen aus dem Auto gestürzt. Sie schwärmten aus und verteilten sich um die Hütte. Anweisungen wurden gerufen, in Windeseile wurde ein Schlauch ausgerollt. Einer aus der Mannschaft kam schließlich auf uns zu.

„Zu löschen gibt's nicht mehr viel“, Max ging geschäftig auf ihn zu. Tatsächlich, die Jagdhütte war inzwischen zu einem kleinen brennenden Häufchen zusammengesackt.

„Wie konnte das passieren?“ wollte der Mann wissen. Offensichtlich war er der Löschzugführer.

„Brandstiftung“, Max zog seinen Polizeiausweis aus der Tasche. „Ich habe die Hütte im Zuge von Mordermittlungen durchsucht. Dabei ist sie angesteckt worden, wahrscheinlich um irgend etwas zu kaschieren.“

Der Feuerwehrmann guckte verdutzt. „Dann haben Sie den Brandstifter gesehen?“

„Nur undeutlich!“ Die Antwort kam von mir. Max sah mich halb überrascht, halb ärgerlich an. „Wir wollen Sie nicht aufhalten“, wandte ich mich jetzt an den Mann in Blau, „ich glaube, da ruft Sie gerade jemand.“

Tatsächlich machte jemand von der Hütte aus ein Zeichen. Der Zugführer tippte sich an die Mütze und ging.

„Kannst du mir mal erzählen, was das sollte?“ herrschte Max mich an, als wir zum Auto hinübergingen.

„Was geht den das an?“ motzte ich zurück. „Der Typ ist bei der Feuerwehr. Der soll euch nicht bei euren Ermittlungen helfen. Wenn du dem was von Gisela Mühldorff erzählst, dann ist es in einer halben Stunde im ganzen Umkreis herum, und die Frau wird öffentlich gelyncht."

„Jetzt übertreib mal nicht!"

„Aber es stimmt!"

Max schwieg, setzte sich ins Auto und kramte mißmutig in seinem Päckchen herum.

„Briefe", sagte er schließlich. „Ich hab's mir fast gedacht."

„Ist doch besser als nichts", ermunterte ich ihn. „Stell dir vor, du hättest dein Leben für eine Ikea-Aufbauanleitung riskiert. Für ein paar Briefe hat sich das Ganze schon eher gelohnt."

„Liebesbriefe", murmelte Max, „tatsächlich. Es gibt sie, die Frau, mit der sich Waltermann in der Hütte getroffen hat."

„Und? Wie heißt sie?" Ich versuchte, einen Blick auf die Briefe zu werfen.

„Ganz einfach, sie heißt B."

„Kein Absender?"

„Nein. Die Briefe sind an Waltermann in seine Firma geschickt worden. Trotzdem hat man Vorsicht walten lassen. Kein Absender, nichts."

„Wo sind sie abgestempelt?"

„Im Postbriefzentrum mit der Kennziffer 37."

„Na, das ist doch mal eine klare Antwort", grunzte ich. „Suchen wir B. aus 37. Nichts leichter als das."

„Erstmal rufe ich die Chefin an", murrte Max vor sich hin, und dann suche ich nicht B., sondern G." Max warf mir einen grimmigen Blick zu. „Gisela M. aus W. Bei der weiß ich zumindest genau, wo sie wohnt."

24

Bei Gisela M. hatte man alle Fenster aufgerissen. Die Viecher waren offensichtlich in der Küche eingeschlossen. Jedenfalls hörte man von dort in unregelmäßigen Abständen tierische Geräusche. Ich hatte eigentlich vorgehabt, im Auto zu warten. Max jedoch hatte abgewinkt. „Jetzt kommt es eh nicht mehr drauf an", hatte er gemeint. „Beim Bericht über den Brand kommt sowieso raus, daß du mit dabei warst. Und wenn die Mühldorff hier ist, greife ich gerne auf deine Vermittlertätigkeit zurück."

Die Mühldorff war aber nicht da, als wir ins Wohnzimmer traten. Mich wunderte das nicht.

„Habt ihr schon was gefunden?"

Vedder schaute nicht mal hoch, als Max fragte.

„Die Flinte", sagte schließlich einer der Polizisten in Uniform. „Sieht aber nicht so aus, als sei damit in den letzten 25 Jahren geschossen worden."

„Nicht?" Max guckte ein wenig enttäuscht. Jetzt endlich machte sich auch Vedder die Mühe, uns einen Blick zuzuwerfen.

„Oh, an den Auspuff gekommen?" fragte er bissig, als er die Reste von Max' Branddeko sah. Schien ja ein phantastisches Verhältnis zwischen den beiden zu sein.

„Die Jagdhütte ist abgefackelt worden, als ich gerade drinstand."

„Abgefackelt?" Vedder sah fast ein wenig belustigt aus. „Und du hast nichts davon gemerkt?"

„Früh genug", gab Max bissig zurück. „Auf jeden Fall habe ich die Mühldorff weglaufen sehen. Warum war sie überhaupt im Wald?"

„Wahrscheinlich Pilze sammeln", gab Vedder ironisch zurück.

„Verdammt, die Frau ist gefährlich. Die hätte mich um ein Haar in die Luft gejagt. Und ich wette Stein und Bein darauf, daß sie auch den Waltermann auf dem Gewissen hat."

„Das hat sie ganz sicher nicht." Vedder sah Max herausfordernd an. „Die Nachbarn geben ihr ein astreines Alibi. Das Ehepaar Schröder gibt an, man sei gegen halb vier hiergewesen, um sich wegen einer Katze zu beschweren, die ihnen angeblich Flöhe in die Wohnung getragen hat. Mühldorff hat ihnen zwar nicht aufgemacht, aber gesehen haben sie sie durchs Fenster ganz deutlich. Das gleiche Spiel haben sie noch mal um vier Uhr probiert, und ein weiteres Mal um halb fünf. In der Zwischenzeit hat Mühldorff das Haus nicht verlassen. Das beteuern die Schröders, und sie sind der Typ Fensterhänger, bei dem man sicher sein kann, daß ihm rein gar nichts entgeht."

Max schaute überaus frustriert. „Also kann sie's nicht gewesen sein."

„Messerscharf gefolgert."

„Trotzdem hat sie die Jagdhütte in Brand gesetzt. Fragt sich nur, warum."

„Vielleicht zur Beschäftigung irgendwelcher Praktikanten", Vedder schaute scheinheilig ein paar Fotos in Mühldorffs Schublade durch, grinste aber böse vor sich hin.

Max konnte seine Wut kaum bremsen. „Warum ist die Mühldorff nicht hier? Warum habt ihr sie einfach so in den Wald ziehen lassen?"

„Sollten wir sie anbinden?" Vedder ging drohend auf Max zu. „Das darf man nicht, mein Lieber. Leider kennst du dich in der hiesigen Gesetzgebung nicht besonders gut aus, sondern nimmst regelmäßig deinen Sandkastenfreund mit zur Polizeiarbeit." Wütend warf Vedder mir einen Blick zu. „Hast du deshalb das Jurastudium geschmissen, weil du mit der Gesetzgebung nicht klarkamst?"

Max kochte neben mir. Ich hätte ihn gern am Arm genommen und weggezogen. Vedder war es nicht wert. Und alles, was Max jetzt sagte, würde am Ende gegen ihn ausgelegt werden.

„Jan, es tut mir so leid für dich", Max stieß die Worte zwischen den Zähnen hervor. „Tut es sehr weh, wenn man ein Geschwisterchen kriegt? Dann muß man alles teilen, nicht wahr? Man kriegt den Brei nicht mehr als erster und die Windel wird nicht sofort gewechselt. Das ist bitter, ehrlich wahr. Vielleicht finde ich eine Ersatzmutter für dich, die dir hin und wieder den Schnuller in den Rachen schiebt und dein Räppelchen aufhebt. Dann kannst du fröhlich weitergackern und wirst sicher wieder der glücklichste Säugling der Welt."

Vedder starrte Max einfach nur an. Der drehte sich um und ging nach draußen. Mir blieb nichts anderes, als ihm grinsend zu folgen.

„Herzlichen Glückwunsch!" flüsterte ich ihm in den Rükken, als wir endlich draußen waren. Dann sah ich etwas Türkisfarbenes. Max entdeckte es im gleichen Moment. Gisela Mühldorff war zurück.

„Alles abgebrannt", sagte sie fröhlich, als sie uns erblickte. „Alles abgebrannt, wie es sich gehört."

„Das war kein Kinderspaß, Frau Mühldorff", Max faßte die Dame am Arm. „Kommen Sie bitte mit aufs Revier. Bei der nächsten Befragung muß mitgeschrieben werden."

„Kein Kinderspaß?" gackerte die Mühldorff. „Das war sehr wohl ein Kinderspaß. Sehr wohl."

„Ihr Lieblingsbeamter fährt auch mit", erklärte Max mit gespielter Geduld und zog dabei eine Grimasse. „Wir fahren jetzt zur Polizeistation und unterhalten uns dort."

Frau Mühldorff ging ohne Probleme zum Auto. Speziell als sie Süffel auf dem Rücksitz sah, schien sie sich über die Spritztour zu freuen. Kurz bevor sie einstieg, drehte sie sich jedoch noch einmal zu mir um. „Sie wissen doch, daß ich das Feuer nicht angesteckt habe, woll nicht?"

„Nicht?" stutzte ich. „Woll nicht?"

„Ich mache kein Feuer", mit ernster Miene stieg Frau Mühldorff ins Auto, „das ist doch nicht gut für die Tiere."

25

Marlene Oberste wußte nicht, wo ihr der Kopf stand. Die eingehenden Informationen überschlugen sich. Zunächst

Jan Vedder, der von Gisela Mühldorffs Alibi berichtet hatte, außerdem das Schrotgewehr, das man zwar unter dem Bett der eigenwilligen Dame gefunden hatte, das aber nach Jans Aussage so eingestaubt war, daß selbst ein Zehnjähriger mit einem Detektivkasten die Abdrücke hätte entdecken müssen, die jemand beim Hervorkramen hinterlassen hätte. Und dann der junge Schneidt, der beinah in die Luft gejagt worden war, angeblich von Gisela Mühldorff, deren Wohnung gerade durchsucht wurde. Dieser Fall war konfus. Von vorne bis hinten konfus. Und jetzt saß sie wieder hier in diesem durchgestylten, kalten Haus mit den weißen Fliesen und den dunklen Türen, in dem sie fröstelte, obwohl man nicht an Heizkosten sparte. Marlene hatte kein Verständnis für Männer, die fremdgingen. Zu oft schon hatte sie erlebt, zu welchen Dramen solche Heimlichkeiten führten. Eifersuchtsdramen. Racheszenen. Die ganze Palette hatte sie inzwischen kennengelernt. Trotzdem hatte Marlene, ohne daß sie Richard Waltermann jemals in die Augen geschaut hatte, verstanden, was der Mann in einer buckligen Jagdhütte gesucht hatte. Wärme. Eine Wärme, die ihm seine kühle Frau nicht gegeben hatte. Wo blieb sie überhaupt? Sie mache einen Spaziergang, hatte Verena Waltermanns Vater wütend geantwortet, als sie nach ihr gefragt hatte. Im Moment schien er ständig hierzusein, obwohl er ein eigenes Haus in Hesperde hatte.

„Hat sie ein Handy dabei?" hatte Marlene pampig gefragt.

„Nein, hat sie nicht." Dann hatte Schauerte seinem Unmut freie Bahn gelassen. „Meine Tochter befindet sich in einem Tohuwabohu von Gefühlen: Trauer, Schmerz, Wut, Verantwortung gegenüber den Kindern. Daß sie in dieser Phase das Alleinsein sucht, ist ihr sicher nicht zu verdenken."

„Ich würde gern auf Ihre Tochter warten."

Waltermanns Schwiegervater hatte noch etwas Unverständliches gemurrt. Aber dann hatte er Marlene allein im Wohnzimmer zurückgelassen. Die Hauptkommissarin blickte auf die Uhr. Das war jetzt eine halbe Stunde her. Sie wollte nicht noch mehr Zeit vertrödeln. Als sie in den Flur trat, war Schauerte sofort zur Stelle.

„Gehen Sie schon?" fragte er verbiestert.

„Ich komme wieder, keine Sorge", parierte Oberste. Dann kam ihr etwas in den Sinn. „Herr Schauerte, wußten Sie eigentlich, daß Ihre Tochter von ihrem Mann betrogen wurde?" Die Reaktion war unverkennbar. Die Ader an der Schläfe trat deutlich hervor, die Gesichtsfarbe änderte sich sichtbar, am meisten aber fiel auf, wie Schauerte die Türklinke umklammerte.

„Was reden Sie denn da?"

„Ich rede von einer Affäre, die Ihr Schwiegersohn unterhielt. Nach unseren Informationen traf er sich mit einer Frau in seiner Jagdhütte, wahrscheinlich immer dann, wenn Ihre Tochter meinte, er sei auf der Jagd."

„Unterstehen Sie sich!" Schauerte sah aus, als ginge er gleich auf die Hauptkommissarin los. „Wissen Sie eigentlich, was Sie da sagen? Ist Ihnen überhaupt klar, welchen Schaden Sie anrichten, wenn Sie so reden? Stellen Sie sich vor, die Kinder hören diesen Unsinn."

„Herr Schauerte, wir ermitteln in einem Mordfall. Und leider läuft uns der Täter nicht freiwillig ins Netz. Das heißt, wir müssen graben. Wir müssen Spuren suchen. Leute finden, die, warum auch immer, mit Ihrem Schwiegersohn eine Rechnung offen hatten."

„Dann suchen Sie doch bei diesen Umweltidioten!" Schauerte brüllte mehr, als daß er sprach. „Suchen Sie dort! Aber machen Sie nicht meine Familie kaputt. Sie sagen, Sie müssen graben. Und dabei ist es Ihnen schittegal, was Sie nachher zurücklassen. Nämlich einen umgepflügten Acker, wo nichts mehr ist, wie es mal war. Meine Tochter hat zwei Kinder. Der Junge kommt gerade in die Pubertät. Diese Kinder wurden durch den Tod ihres Vaters bis ins Mark getroffen. Und jetzt fangen Sie auch noch an, von einer Geliebten zu erzählen!"

„Weil es sie gab, Herr Schauerte", Marlene Oberste war sich sicher, daß ihr selber inzwischen auch die Adern aus dem

Kopf traten. „Das Problem wird nicht geringer, indem man nicht darüber spricht. Ihr Schwiegersohn hatte eine Affäre, ob Sie das wollen oder nicht."

Schauerte starrte die Hauptkommissarin wutentbrannt an.

„Herr Schauerte, wo waren Sie eigentlich am Freitag so gegen 16 Uhr?" Marlene Oberstes Stimme war jetzt wieder ganz ruhig.

„Sie wagen doch nicht, mir zu unterstellen –"

„Herr Schauerte, ich habe Ihnen eine Frage gestellt. Aber ich kann sie gerne auf der Polizeiinspektion wiederholen."

Es dauerte noch ein paar Sekunden, bis Schauerte sich gefaßt hatte. Dann schließlich preßte er die Antwort zwischen seinen Lippen hervor. „In der Schützenhalle hier am Ort. Ich bin in der Hubertus-Schützenbruderschaft aktiv. Wir haben den Thekenbereich erneuert. Alles mit Paneelen verkleidet. Bis 20 Uhr war ich da zugange. Fragen Sie doch nach, verdammt, fragen Sie doch nach!"

„Darauf können Sie sich verlassen. Wer war denn mit Ihnen dort? Ein paar Namen, wenn Sie verstehen, was ich meine."

„Nichts leichter als das", krächzte Schauerte. Er hielt sich nur mit Mühe unter Kontrolle. „Horst Schwartpaul. Heinz Warburg. Günter Kampmann."

„Danke, das reicht. Ich frage mich dann schon weiter durch." Marlene Oberstes Blick sprach Bände.

„Und jetzt verlassen Sie das Haus!" Schauertes Geduld war zu Ende. Er riß die Haustür auf und deutete nach draußen. „Verschwinden Sie hier und lassen Sie sich nie wieder blicken!"

Die Hauptkommissarin blieb gelassen. „Keine Sorge, wir werden uns schon nicht aus den Augen verlieren!"

Als sie mit harschen Schritten an der Garage vorbeiging, warf sie einen Blick hinein. Irgend jemand hatte darin umgeräumt. Ein paar Sachen lagen auf dem Boden und waren nicht wieder in die Regale gestellt worden. Seltsam, daß in dieser Trauerphase jemand an den Autos herumwerkelte. Seltsam, die ganze Familie Waltermann.

26

„Bringt sie nach Hause!" sagte Marlene Oberste nach wenigen Minuten. Endlich. Was ich schon die ganze Zeit gedacht hatte, wurde endlich gemacht. Gisela Mühldorff durfte zurück zu ihren Tieren. Ich war mir sicher, sie war es nicht. Sie hatte die Jagdhütte nicht angesteckt. Warum auch? Sie hatte mir doch nicht vom Treiben in der Hütte erzählt, um zwei Stunden später die Holzkiste in die Luft zu jagen. Wenn die Mühldorff dort etwas zu verbergen gehabt hätte, dann hätte sie von Waltermanns Liebesnest gar nichts gesagt. Unlogisch war das Ganze, aber genau damit hatte Max argumentiert.

„Natürlich ist das unlogisch!" hatte er mir gegenüber geäußert. „Weil diese Frau eben unlogisch ist. Sie tickt nicht normal, und deshalb ist sie mit herkömmlichen Maßstäben auch gar nicht zu verstehen." Und dann hatte er sie wieder verhört und wieder und wieder. Und ich mußte dabeisein, weil sie ohne mich ausgerastet wäre. Immer noch hatte sie volles Vertrauen zu mir und gab Max dennoch dieselben Antworten – wieder und wieder. Erst als die Oberste gekommen war und selbst das Gespräch in die Hand genommen hatte, wurde die Sache endlich beendet.

„Bringt sie nach Hause!"

Endlich, Gott sei Dank. Max sagte nichts mehr. Er fuhr lediglich das Auto. Ich saß mit Gisela Mühldorff hintendrin. Süffel leistete uns Gesellschaft.

„Ihre Hunde werden sich freuen, wenn Sie kommen", versuchte ich meine Mitfahrerin aufzumuntern. „Die Sache ist geklärt, jetzt können Sie sich endlich Ihren Tieren widmen."

Frau Mühldorff lächelte schwach. Ich hätte die Frau am liebsten gedrückt. Süffel konnte das besser. Er leckte ihr freudig über die Hand. Vor ihrem Haus stieg Frau Mühldorff langsam aus dem Wagen. Sie sah müde aus.

„Soll ich noch mit reinkommen?“ fragte ich.

„Nicht nötig. Ich bin ja nicht allein.“ Wie zur Bestätigung fing das Gekläffe an, als sie den Schlüssel im Schloß drehte. Als sich die Haustür öffnete, sah ich das Durcheinander in der Wohnung. Die Polizei hatte ganze Arbeit geleistet. Wenn auch vorher schon alles unordentlich ausgesehen hatte – nun war die Wohnung im Chaos versunken.

„Und Sie meinen, ich soll wirklich nicht –?“ versuchte ich es noch einmal mit einem dicken Kloß in der Kehle.

„Ich möchte mit meinen Tieren allein sein“, Frau Mühldorff ging zwei Schritte hinein. Dann drehte sie sich noch einmal um. „Es war ein Kind“, sagte sie dann. „Ich kannte den Burschen nicht, aber es war ein Kind, das die Hütte angesteckt hat. Ich habe ihn weglaufen sehen.“

„Vielen Dank!“ brachte ich noch hervor. Dann schloß sich die Tür.

Bei den Nachbarn bewegte sich etwas hinter der Gardine.

27

Um 18 Uhr hing Max auf einem der Stühle im Konferenzzimmer und streckte die Beine aus. Er war fix und fertig. Der Tag war ein einziges Desaster gewesen. Unbestrittener Höhepunkt das Ereignis in der Jagdhütte mit der sich anschließenden Verfolgungsjagd. Und jetzt sollte die Mühldorff unschuldig sein? Er verstand die Welt nicht mehr. Aber vielleicht mußte er sie auch nicht verstehen. Seine neue Aufgabe war klar: Er sollte herausfinden, wer B. war. Eine Sache zumindest hatte er schon aufgebröselt. Die Briefe waren in

Göttingen abgeschickt worden. Daran bestand kein Zweifel. Und da gleich mehrere Briefe von dort versandt worden waren, schien B. dort zu wohnen oder zu arbeiten. Max drückte seinen Rücken durch. Er hatte Hunger. Seit heute morgen hatte er nichts Vernünftiges zwischen die Zähne gekriegt. Bislang hatten die Ereignisse des Tages ihn davon abgelenkt. Jetzt aber fühlte er ein riesengroßes Loch im Magen. Max schaute sich um. Außer ihm war nur ein einziger Mensch im Zimmer, ein Kollege von der Spurensicherung, der sich eben vorgestellt hatte. Jetzt war er dabei, einen Beamer zu installieren. Der zugehörige Laptop stand schon auf einem der Tische bereit. Max blickte auf die Uhr. Kurz nach sechs. Um sechs sollte die überfällige Dienstbesprechung nachgeholt werden. Endlich öffnete sich die Tür und die dunkelhaarige Ina stolperte herein. Sie trug einen Stapel voller Pizzakartons vor sich her und ließ ihn dann erleichtert auf einen der Tische gleiten.

„Überraschung!" frohlockte Max. „Wer ist denn auf die Idee gekommen?"

„Die Chefin!" Ina lächelte Max freundlich an. „Wenn alles gutgeht, trudelt Christian gleich noch mit Getränken ein."

Kaum hatte sie es ausgesprochen, öffnete sich die Tür erneut. Zuerst kam Marlene Oberste herein, hinter ihr Jan Vedder. Dann erschien der Schlaksige mit einer Palette Getränkedosen in den Händen. „Mahlzeit", sagte er, als er sie auf den Tisch fallen ließ.

„Ich glaube, wir können eine Stärkung vertragen", sagte die Oberste wie zur Erklärung. „Leider scheint es, als müßten wir die Pizza aus dem Pappkarton essen."

„Kennen wir doch", erwiderte Ina und öffnete den ersten Karton.

Beim Verteilen kamen endlich auch die beiden uniformierten Polizisten hinzu.

„Mußte noch anrufen", murmelte der Jüngere entschuldigend, „weil ich nicht zur Nikolausfeier von unserem Kleinen kommen kann."

„Aha." Die Hauptkommissarin öffnete eine Coladose.

Allgemein wurde gekaut und hinuntergespült. Zum Sprechen schien noch keiner Lust zu haben. Erst als alle ihren Pappkarton zur Seite gestellt hatten, wischte sich die Oberste mit einem Taschentuch über den Mund und ergriff das Wort.

„Zunächst mal vielen Dank an Günter, daß er bereit ist, um diese Uhrzeit noch einen Bericht aus der Spurensicherung zu geben. Was die Umstände des Mordes angeht, hängen wir ja immer noch ziemlich in der Luft. Womit haben wir es zu tun? Mord im Affekt durch einen Jagdgegner, der aufgeschreckt wurde? Oder hinterhältiger Mord, lange geplant und geschickt kaschiert? Günter, vielleicht kannst du aus euren Erkenntnissen schildern, wie sich die Tat abgespielt haben könnte. Wenn mich nicht alles täuscht, wurde Waltermann aus einer Entfernung von 15 Metern erschossen. So stand es in deinem Bericht."

Der Angesprochene erhob sich. „Richtig, wir haben durch den Streufaktor der Schrotkügelchen ganz gut errechnen können, aus welcher Distanz der Schuß getan wurde. Und mehr noch. Wir konnten mit ziemlicher Sicherheit rekonstruieren, wo der Täter gestanden haben muß. Natürlich wäre es besser, wenn ich euch das Ganze in natura zeigen würde, aber immerhin habe ich ein kleines Schaubild vorbereitet."

Günter ging nach vorne und zog sich einen Stuhl vor den Laptop. Es dauerte ein paar Sekunden, dann erschien das erste Bild auf der Wand.

„Hier zwei Bilder vom Tatort", erklärte der Spurenexperte. Auf dem ersten Bild war der Hochsitz aus einer solchen Entfernung fotografiert, daß die Leiche darunter nur als unförmiger Haufen zu erkennen war. Es hätte ein Stapel Holz sein können. Ein Stapel Holz voller Schnee.

„Hier sehen wir die Leiche aus geringerer Distanz", erklärte Günter, nachdem er das nächste Bild eingeblendet hatte. „Wir gehen davon aus, daß das Opfer durch den Schrothagel schlichtweg nach hinten auf den Rücken gefallen ist. Von den Einschußstellen ausgehend, wurde der Schuß aus folgender Richtung getan."

Wieder ein neues Bild. Diesmal eine Skizze. Der Wald von oben, samt Hochsitz und Leiche. „Sofern unsere Berechnungen zu Schußentfernung und Richtung stimmen, hat der Täter von hier geschossen." An einer Stelle des Bildes leuchtete ein Kreuzchen auf. Eine Baumgruppe. Laubbäume, wenn die Skizze realistisch angefertigt war.

„Die Skizze kann den Tatort nur unzureichend wiedergeben", faßte Günter zusammen. „Aber falls sich noch jemand an Einzelheiten erinnert: Als wir vor Ort waren und uns umgeschaut haben, waren wir uns direkt einig. Wenn es eine gute Schußposition gibt, dann von dort hinter den Ahornbäumen."

Jemand murmelte zustimmend.

„Das heißt, es sieht schwer danach aus, als habe der Täter dem Opfer aufgelauert", sprach Christian aus, was alle dachten, „wohlwissend, daß Waltermann aus der entgegengesetzten Richtung kam."

„Das spricht gegen eine Tat im Affekt", ergänzte Ina.

Max legte die Stirn in Falten. „Gleichzeitig läßt es die Frage aufkommen: Wer wußte, daß Waltermann um diese Uhrzeit zum Hochsitz kommen wollte?"

„Gisela Mühldorff", antwortete Ina. „Sie könnte Waltermann regelmäßig beobachtet haben. Schließlich wandert sie andauernd durch den Wald."

„Stimmt", bestätigte die Hauptkommissarin, während sie aufstand und ein Fenster auf Kippe stellte. Die Heizungsluft hatte den Raum zu stickig gemacht. „Aber Gisela Mühldorff hat für den Mord an Richard Waltermann ein Alibi. Das hat Jan mit Hilfe der Nachbarn eindeutig belegt. Außerdem ist aus ihrem Schrotgewehr ewig nicht geschossen worden, wie Günter mir eben bestätigt hat. Ob sie die Jagdhütte angesteckt hat, ist noch nicht ganz geklärt. Allerdings waren an ihrem Mantel keinerlei Spuren zu finden, die auf eine Brandstiftung hindeuten würden. Der Brandexperte, der zur Unfallstelle geschickt worden ist, hat mir bestätigt, daß der Brand mit Benzin entzündet wurde. Der große Wumm passierte, als eine Gasflasche explodiert ist."

Max nickte. Ihm war klar, wie die Sache gelaufen war. Das Benzin hatte er schließlich noch jetzt in der Nase.

„Sie hat gegenüber meinem Freund behauptet, sie habe ein Kind dabei beobachtet", brachte Max ein.

„Ein Kind?" Die Info war neu. Alle sahen interessiert zu Max hinüber.

Die Oberste wandte sich an Herrn Urban und Herrn Pohl. „Ich möchte, daß Sie dem nachgehen. Spielen häufiger Kinder dort in der Ecke? Fragen Sie in den Häusern am Waldrand nach. Vielleicht ergibt sich daraus etwas." Der ältere Beamte nickte.

„Bevor wir zu unserer Hauptspur kommen, möchte ich von Christian und Ina etwas wissen. Ihr wart bei diesem Bauern, mit dem Waltermann im Streit lag. Habt ihr dort etwas herausgekriegt? Er soll doch im Wald gesehen worden sein."

„Er war auch dort, das gibt er selber zu", Christian warf einen Blick auf seine Unterlagen. „Vedder-Maas, so heißt der Bauer, gibt an, er sei kurz vor der Dämmerung noch zu einer Schonung gefahren, wo Nadelbäume stehen. Für den Weihnachtsbaumverkauf. Er wollte sehen, ob sie schlagreif sind. So ähnlich hat er das genannt. Angeblich war er um kurz nach fünf wieder zu Hause, weil es eh dunkel wurde."

„Kann das jemand bestätigen?"

„Seine Frau."

„Hatte er auf der Tour sein Jagdgewehr dabei?"

„Seine Frau sagt, nein." Christian lehnte sich zurück. „Allerdings gibt es eine interessante Ergänzung zu Vedder-Maas' Angaben. Diese Wildschadengeschichte ist nicht alles. Vedder-Maas war nämlich auch Holzlieferant für die Firma Schauerte. Seit dem letzten Jahr allerdings konnte man sich preislich nicht mehr einigen. Waltermann zahlte nur noch

Minimalpreise, und wer von den Waldbauern nicht mitspielte, blieb auf seinem Holz sitzen. Waltermann besorgte sich das Material im Zweifelsfall lieber im Osten."

„Und Vedder-Maas hat sich in dieser Sache stark engagiert?"

„Es gibt einen Verbund der Waldbauern. Da ist er so was wie der Oberhäuptling."

„Interessant", Marlene Oberste überlegte kurz. „Dieser Bauer hat ein Motiv. Fragt sich nur, ob die Art der Morddurchführung zu diesem Motiv paßt. Totschlag im Affekt, das könnte ich mir vorstellen, aber ein strategisch geplanter Mord – ich weiß nicht. Am besten wäre in diesem Fall eine Hofdurchsuchung. Wir müssen wissen, ob er Farben im Haus hat. Wir müssen wissen, über welche Gewehre er verfügt. Ich bin jedoch nicht sicher, ob die Aktenlage eine Durchsuchung hergibt. Wir klären das morgen. Christian, du bleibst an der Sache dran."

Christian nickte und machte sich ein paar Notizen.

Marlene Oberste ergriff sofort wieder das Wort. „Nun zu unserer heißesten Spur: Waltermann hatte eine Affäre. Eine Geliebte, mit der er sich regelmäßig in der Jagdhütte getroffen hat. Max Schneidt hat kurz vor dem Brand noch ein paar Briefe aus der Hütte retten können. Liebesbriefe, die allerdings nie mit dem vollen Namen unterschrieben wurden, sondern ausschließlich mit einem Kürzel: B."

„Berta, Bettina, Birte", murmelte Ina munter vor sich hin.

„Vielleicht auch Bernhard, Björn oder Basti", ergänzte Vedder patzig. „Wer sagt uns, daß B. eine Frau sein muß?"

Oberste war einen Moment irritiert.

„Die Schrift", antwortete Max für sie. „Und die Art und Weise, wie B. formuliert."

„Aha." Vedder schaute Max einen Moment zu lange an, sagte aber nichts.

„Gehen wir davon aus, B ist eine Frau", Marlene Oberste schob den Pizzakarton zur Seite, der noch immer vor ihr stand, „dann ist es jetzt das wichtigste, diese Frau zu finden."

„Auf jeden Fall sind die Briefe in Göttingen abgeschickt worden", erklärte Max. „Das Briefpostzentrum, das auf dreien der vier Briefe aufgeführt ist, liegt dort. Und auch der vierte Brief wurde in einer Göttinger Postfiliale abgestempelt, die in der Nähe der Universitätsstraße liegt."

„Gut, daß Sie das schon herausgefunden haben", lobte die Hauptkommissarin. Max wurde verlegen. Es war für die Arbeitsatmosphäre nicht gerade hilfreich, wenn er hier vor den anderen hervorgehoben wurde.

„Es ist eher schwierig, wenn wir es mit jemandem von außerhalb zu tun haben", warf Ina ein. „Womöglich hat Waltermann die Frau beruflich kennengelernt, und hierzulande kennt sie kein Mensch."

„Da hast du recht", gab die Oberste zu, „trotzdem kann ich mir nicht vorstellen, daß es in der Familie nicht irgendeinen Hinweis darauf gibt. Waltermanns Frau kann mit dem Buchstaben womöglich etwas anfangen."

„Und ist gleichzeitig die Hauptverdächtige", ergänzte Christian. „Mord aus verletzter Eitelkeit – der klassische Fall."

„Natürlich", Marlene Oberste seufzte. „Und nicht nur die Ehefrau kommt hier ins Spiel. Dieser penetrante Schwiegervater ist auch mit im Rennen. Um seine Tochter und die Enkel zu schützen, hätte er alles mögliche getan."

„Hat er ein Alibi?" Die Frage kam von Jan.

„Er war in der Schützenhalle und hat dort renoviert. Das haben seine Schützenbruder eindeutig bestätigt. Allerdings mußte er zwischendurch zur Firma, ein Paket Dachlatten holen. Die Schützenbrüder sagen, er sei nicht allzulange weg gewesen. Trotzdem möchte ich, daß du das morgen überprüfst, Jan. Am besten fährst du die Strecke ab, um auf Nummer Sicher zu gehen."

Jan nickte und nahm seinen Kuli aus dem Mund.

„Was ist mit den Kindern?" wollte Ina wissen.

„Nichts ist unmöglich", die Hauptkommissarin angelte sich eine Strähne aus dem Gesicht. „Der Junge ist vierzehn, das Mädchen deutlich jünger. Allerdings wissen wir, daß ein

Elternmord nur in absoluten Extremsituationen vorkommt. Jahrelange Mißhandlung oder etwas in der Art. Trotzdem sollten wir das nochmals überprüfen. Der Junge war offensichtlich beim Fußball, bei dem Mädchen weiß ich es nicht. Ich werde morgen eh noch mal dort sein und kümmere mich dann darum."

„Wie ist es bei der Ehefrau mit einem Alibi?" wollte Christian wissen. „Hat sich da etwas konkretisiert?"

„Die Ehefrau war bekanntlich shoppen, ohne daß sie die Zeit zwischen halb vier und halb sechs mit einem Kassenbon belegen könnte. Auch dem muß jemand nachgehen. Wir brauchen die Geschäfte, in denen sie sich aufgehalten hat. Vielleicht kann dort jemand bestätigen, daß er sie gesehen hat. Herr Urban, das wäre vielleicht etwas für Sie."

Der Polizist nickte.

Marlene Oberste sah in die Runde. „Ihr seht, es bleibt genug zu tun. Unser Hauptaugenmerk sollte jedoch derzeit bei B. aus Göttingen liegen. Ich möchte, daß Sie daran weiterarbeiten, Max, und zwar zusammen mit Ina. Herr Pohl, Sie werten weiterhin eingehende Hinweise aus. Damit dürften alle Aufgaben verteilt sein. Ich selbst fahre morgen noch mal zu den Waltermanns. Jan, bevor du dich um Schauertes Alibi kümmerst, würdest du mitkommen?"

Jan Vedder nickte wichtig und streifte Max mit einem überheblichen Blick.

„Dann wären wir klar für heute", fuhr die Hauptkommissarin fort, „morgen treffen wir uns um zehn. Je mehr ihr dann schon an Informationen mitbringt, desto dankbarer bin ich euch. Max und Ina, wir bleiben in Kontakt, falls einer von uns das „B" gelüftet hat. Stürzen wir uns also morgen auf Berta aus Göttingen."

„Oder auf Bernd", murmelte Vedder und schob seine Zettel zusammen.

„Ich muß mal eben stören!" Ein Polizist in Uniform wand sich plötzlich in der Tür. Alle blickten hoch „Was ich hier habe, das könnte Sie interessieren."

„Dann spannen Sie uns nicht länger auf die Folter!" Marlene Oberste sah den Mann auffordernd an.

„Da sind zwei –", der Polizist warf einen Blick zurück in den Flur, „zwei junge Damen, würde ich sagen. Die möchten eine Aussage machen. Das wird Sie ganz bestimmt interessieren." Jetzt winkte der Beamte jemandem zu. Offensichtlich dirigierte er die beiden Frauen heran. Es konnte nur fürchterlich werden, wenn er sie hier auf den Präsentierteller setzte. Auch Marlene Oberste guckte ziemlich entsetzt, griff aber nicht ein.

„Hier seid ihr genau richtig", sagte der Polizist und schob zwei Mädchen in den Besprechungsraum. Sie waren sechzehn, siebzehn, schätzte Max. Eine wirkte ziemlich verschüchtert, die andere mit einer Rasta-Frisur hatte einen trotzigen Gesichtsausdruck aufgelegt. Beide waren im 70er Jahre Gammel-Look gekleidet.

„Ihr möchtet eine Aussage machen?" versuchte Marlene Oberste die Situation zu retten, wobei sie den Kollegen, der sie hergebracht hatte, bewußt ignorierte. „Vielleicht gehen wir dazu besser in den Nachbarraum."

„Es geht ganz schnell", sagte plötzlich eine von beiden, die mit dem motzigen Gesicht. „Wir wollten nämlich nur sagen, daß wir das waren mit dem Hochsitz."

Es folgte eine Pause, in der man eine Stecknadel hätte fallen hören.

„Daß ihr was wart?"

„Na, das mit dem Hochsitz", setzte jetzt die andere mit zittriger Stimme nach. *„Jäger sind Mörder* – das haben wir dadran geschrieben."

„Aber das ist auch schon alles", beeilte die andere sich zu sagen. „Ich meine, daß da jemand gefunden worden ist, ein Toter, meine ich jetzt, da können wir nichts zu, ehrlich wahr."

„Wir haben ja nur die Aufschrift aufgebracht", unterbrach die andere. „Und da war keiner, als wir an dem Hochsitz waren. Da war keiner, das können wir ehrlich beschwören."

„Moment, Moment! Ihr habt den Hochsitz angemalt", hielt die Hauptkommissarin fest. „Könnt ihr uns sagen, warum?"

Die Mädchen schwiegen betreten. Dann meldete sich die Selbstsichere wieder zu Wort. „Weil das stimmt mit den Jägern. Wir haben das in Bio durchgenommen, daß das gar nicht nötig ist mit dem Abschuß. Es gibt nämlich Projekte im Ausland, wo die Jagd abgeschafft wurde, und da läuft alles viel besser. Aber hier haben die Jäger unglaublich viel Macht. Und wir wollten, daß auch die anderen endlich merken, was bei den Jägern dahintersteckt."

Alle schwiegen und ließen diese etwas diffuse Argumentation auf sich wirken. Schließlich ergriff die Hauptkommissarin wieder das Wort.

„Darf ich fragen, warum ihr erst heute kommt?" Marlene Oberstes Augen wurden zu Schlitzen. „Seit zwei Tagen ermitteln wir in einem Mordfall und gehen davon aus, daß es der Mörder war, der die Parole an den Hochsitz geschmiert hat. Durch eure Aussage ändern sich doch die Gegebenheiten von Grund auf."

Die Mädchen schwiegen und schauten zu Boden.

„Wir haben das mit dem Mord gar nicht mitgekriegt", verteidigte sich schließlich die Schüchterne. „Wir sind nämlich am Freitag abend zu einer Freundin nach Affeln gefahren und sind dort bis Sonntag abend geblieben. Das hatten uns unsere Eltern erlaubt."

„Wenn ich eher von dem Mord gewußt hätte –", das motzige Mädchen wand sich, „– dann hätte ich heute nacht natürlich auch nicht mehr die zweite Aktion durchgezogen. Sie wissen schon, da in Renkhausen."

„Das wart ihr also auch?" Die Hauptkommissarin kochte.

„Nicht wir. Ich allein. Steffi hatte plötzlich Schiß."

„Gesa hat sich mit den Namen vertan", erklärte die Schüchterne jetzt. „Sie wollte eigentlich zum Hegeringleiter und dort die Parole anschmieren. Ich hatte ihr gesagt, der hieße Schüttler, aber sie hat Schnittler verstanden. Deshalb ist sie zu dessen Haus aufgebrochen, um den neuen Spruch anzubringen."

Marlene Oberste sah inzwischen aus, als wolle sie sich baldmöglichst in die Psychiatrie einweisen lassen.

„Heute morgen hat mir meine Mutter von dem Mordfall erzählt. Und dann habe ich noch in der Zeitung gelesen, daß die Polizei denkt –", das Rasta-Locken-Mädchen hob die Augenbrauen, „– na ja, daß da eben ein Zusammenhang besteht zwischen unserer Parole und diesem Mord. Und deshalb sind wir jetzt hier, um zu sagen, daß das gar nicht stimmt. Ich meine, da wird ja den Jagdgegnern unrecht getan."

„Ach!" Marlene Oberste verzog ironisch den Mund. Dann riß sie sich am Riemen. „Also noch mal zum Freitag. Wann wart ihr da im Wald, am Hochsitz?"

„Am Nachmittag", sagte das schüchterne Mädchen. „So gegen vier Uhr."

„Da machen andere Kinder Hausaufgaben", rutschte es Christian heraus.

„Kommen wir auf den Freitag zurück", machte die Hauptkommissarin weiter. „Habt ihr im Wald irgend jemanden bemerkt?"

„Was heißt bemerkt? Ja, da waren schon noch andere Leute."

„Wie meinst du das, da waren schon noch andere Leute?"

„Ein Mann mit einem Hund, aber vor dem haben wir uns versteckt."

„Und dann noch einer mit einem Auto. Aber auch der hat uns bestimmt nicht gesehen. Der hatte es nämlich ziemlich eilig."

„Ein Auto. Was für eins?"

„So ein grünes. Keine Ahnung. Irgend so ein Geländewagen. Die sehen ja bei Jägern alle ähnlich aus."

„Habt ihr erkannt, wer in dem Auto saß?"

„Um Gottes willen, wir haben das Auto von weitem den Waldweg rauffahren sehen, und dann sind wir direkt ins

Gestrüpp. Wir dachten, das ist der Förster, und wenn der uns mit einem Farbeimer erwischt, dann sind wir geliefert."

„Ihr könnt keine weitere Aussage machen, über das Auto, das Kennzeichen, den Fahrer – oder die Fahrerin?"

Die beiden Mädchen schüttelten wortlos den Kopf.

„Dann noch etwas: Warum habt ihr euch gerade diesen besagten Hochsitz ausgesucht? War das Zufall oder hatte das irgendeinen Hintergrund?"

Die Mädchen schwiegen verlegen. Dann meldete sich die Selbstbewußtere wieder zu Wort. „Na, wir wußten von der Jagd, die da am nächsten Tag stattfinden sollte. Und eigentlich wollten wir sämtliche Hochsitze in der Gegend bemalen. Nur als wir das Gefühl hatten, der Förster fahre da rum, da haben wir Schiß gekriegt und bis zum Sonntag gewartet."

„Aha." Marlene Oberste knetete wieder ihre Lippe. Schien sie gerne zu machen.

Max meldete sich zu Wort. „Woher wußtet ihr denn überhaupt von der Jagd? Ich meine, so etwas steht doch nicht in der Zeitung."

Wieder Schweigen. Dann versuchte es das schüchterne Mädchen. „Nun ja", sie spielte an ihrer Jacke herum, „das hängt mit meinem Vater zusammen. Rudolf Kleinsorge. Der war nämlich mit auf der Jagd. Und deshalb –"

Alle waren fassungslos. Das war die Tochter eines Jägers. Die Sache wurde immer verrückter.

„Deshalb konntest du ihm nicht zu Hause sagen, was du davon hältst?" Marlene Oberste war richtig sauer. „Deshalb mußtest du durch den Wald rennen und Hochsitze beschmieren?"

Die Mädchen schauten nach unten.

Rudolf Kleinsorge. Der Name sagte Marlene Oberste etwas. Der Mann war beim Vernehmen der Jagdgesellschaft aufgefallen, weil er die ganze Zeit irgendwelche Verschwörungstheorien aufgestellt hatte. Vielleicht konnte man mit so jemandem wirklich nicht reden. Schon gar nicht als Tochter. Die Hauptkommissarin rieb sich die Augen.

„So, dann nehmen wir jetzt eure Aussage zu Protokoll."

„Muß das sein?" Es war das selbstbewußtere Mädchen, das fragte.

„Das muß sein. Wir ermitteln in einem Mordfall. Das ist kein Spaß, das ist bitterer Ernst. Eure Angaben sind sehr wichtig."

Die beiden Mädchen sahen sich an.

Marlene Oberste warf einen Blick in die Runde ihrer Mitarbeiter.

„Ich mach' das schon", sagte Christian. Ina stand ebenfalls auf. Die beiden führten die Mädchen hinaus. Stille trat ein.

„Was sagt uns das jetzt?" Marlene Oberste ließ sich auf einen Stuhl fallen.

„Auf Wiedersehen, Jagdgegner!" verkündete Jan. „Wir können uns ganz auf Waltermanns Privatleben stürzen. Der Mörder hat einfach Glück gehabt, daß vor ihm die beiden Mädchen ihren Spruch an den Hochsitz geschmiert haben."

„War das Zufall?" Marlene Oberste schaute nachdenklich vor sich hin. „Oder hat der Mörder den Spruch gesehen und darauf reagiert?"

Keiner sagte etwas.

„So oder so", meinte Max schließlich, „für uns ist nach wie vor die Frage wichtig: Wer wußte, daß Waltermann am besagten Abend zum Ansitzen auf diesen einen Hochsitz wollte?"

Marlene Oberste runzelte die Stirn. „Gisela Mühldorff ist raus. Bleibt Waltermanns Familie. Und da er von der Firma aus losgefahren ist, vielleicht auch jemand aus dem Mitarbeiterstamm."

„Vielleicht aber auch Vedder-Maas, weil er ihn öfter dort hat herfahren sehen", warf Vedder ein.

„Vielleicht auch der", die Hauptkommissarin schüttelte den Kopf. „Dieser Fall ist wirklich völlig verrückt. Vor allem, weil der Mord mit ganz unabhängigen Ereignissen verknüpft ist. Eine Jagdhütte, die vom Sohn des Opfers angezündet wird. Zwei Schmierereien, die auf die Kappe pubertierender

Aktionsmädels gehen. Bin gespannt, was uns als nächstes ins Haus schneit. Aber eins weiß ich sicher. Nicht mehr heute abend. Mir reicht's. Ich möchte ins Bett. Mal sehen, welche Überraschungen uns der morgige Tag bringt."

28

Den Montagabend verbrachte ich im Bett. Dieser Tag hatte genug Unannehmlichkeiten gebracht. In liegender Position würde hoffentlich nichts Schlimmes mehr passieren. Das war ein Irrtum. Gegen halb zehn klingelte das Telefon.

Am Apparat war Herr Dreisam, bei dem ich ein Pensionszimmer gemietet hatte, als ich gerade von Köln hierhergezogen war. Ich war überrascht. Herr Dreisam rief aus dem Krankenhaus an. Herzrhythmusstörungen. Trotzdem behauptete er, das sei nicht so schlimm.

„Herr Jakobs, ich habe da eine Nachricht für Sie. Herr Frisch bittet Sie, sich weiter gut um Süffel zu kümmern."

„Aber das tue ich doch. Ich gebe mein Bestes."

„Herr Frisch hat das aufgeschrieben."

„Das wäre nicht nötig gewesen. Wir haben doch über alles gesprochen."

„Sie verstehen nicht recht. Das war, kurz bevor er starb. Ich habe seit vorgestern mit ihm auf einem Zimmer gelegen."

Dann sagte ich nichts mehr. Herr Dreisam verabschiedete sich. Vorsichtig streckte ich die Hand nach Süffel aus. Der Hund lag schnarchend vor meinem Bett.

„Armer Süffel", murmelte ich ihm liebevoll zu. „Es tut mir so leid für dein Herrchen und dich. Und für mich!"

Dann kraulte ich den Hund. Darüber ging der Montag endlich zu Ende.

29

Die Kraft der Säge hatte etwas Unheimliches. Wie der Zahn eines Monsters fraß sich das Metall durchs Holz, als ginge es nur darum, ein Stück Marzipan durchzuschneiden. Sägespäne stoben zur Seite. Noch ein paar Zentimeter, dann war vom Stamm feinsäuberlich eine gut fünf Zentimeter dicke Bohle abgetrennt. Der Stamm fuhr automatisch zurück und das Spiel begann von vorn. Kreischend fuhr die Bandsäge wieder in den Stamm hinein.

„Wahnsinn, was?" brüllte Max zu seiner Kollegin hinüber.

„Wahnsinn, echt", gab Ina trocken zurück und hielt sich genervt die Ohren zu.

Max schaute weiter fasziniert auf die Maschine.

„Wenn wir dann jetzt gehen könnten –", Ina war schon auf dem Weg aus der Werkshalle heraus.

„Was die für eine Power hat", schwärmte Max noch, als sie auf dem Weg zum Bürogebäude waren. „Was meinst du, was man damit alles klein kriegt. Ich möchte wissen, wieviel Kilowatt der Motor hat."

Ina warf ihm von der Seite einen Blick zu, in dem sämtliche Unterschiede abzulesen waren, die jemals zwischen Männern und Frauen eine Rolle gespielt haben. „Ich fand es einfach nur laut", sagte sie schließlich. Max resignierte. Technisch gesehen war Ina ein hoffnungsloser Fall.

In dem Bürogebäude, das sie schließlich betraten, waren die Geräusche von draußen nur noch gedämpft zu hören. Eine Art Empfangsbüro, dessen Wände komplett mit dunkelbraunen Paneelbrettern versehen waren. Das Ganze wirkte wie eine altdeutsche Sauna.

„Guten Tag", sagte jemand, dessen Kopf ziemlich glühte und der dadurch sehr gut ins Saunaambiente paßte. Er stand hinter einem Stehpult und sah die beiden Besucher unsicher an. Langsam flammte das Rot in seinem Gesicht ab, oder besser: Es änderte sich nur der Farbton, denn unter dem Verlegenheitsrot zeigte sich eine ausgeprägte Akne.

„Guten Tag. Wir sind von der Kripo Hagen", begann Ina routiniert. „Sie werden wissen, warum wir hier sind."

„Natürlich", der junge Mann verhaspelte sich um ein Haar.

„Wir hätten da ein paar Fragen bezüglich Ihres Chefs", machte Ina weiter. „Hatte er so etwas wie eine Sekretärin, jemanden, mit dem er eng zusammengearbeitet hat?"

„Eng zusammengearbeitet – also, ich bearbeite hier in der Regel die Anlieferungen und den Direktverkauf", erklärte der Angestellte, ohne zu bemerken, daß er gar nicht auf die Frage antwortete.

„Ich meine, da gibt es natürlich Herrn Schauerte, den Seniorchef. Nur ist der gerade draußen." Emsig blickte der Junge aus dem Fenster, schien aber keinen rechten Erfolg zu haben.

„Herr Schauerte ist heute in der Firma?" erkundigte sich Max interessiert.

„Ja, schon, er war eben noch am Abladen", der picklige Angestellte verrenkte sich beinahe den Hals, bis er schließlich aufgab. „Andererseits, wenn es jetzt so um die Schreibsachen geht, vielleicht wollen Sie dann lieber zu Frau Brinkschulte gehen."

„Frau Brinkschulte", wiederholte Ina, als könne sie es kaum erwarten, daß ihr Gegenüber seine Ausführungen fortsetzte.

„Also, die macht für Herrn Waltermann –", der junge Mann schien einen Augenblick zu überlegen. „Ja, eigentlich ist sie so etwas wie eine Sekretärin. Also, so Briefe schreiben und so was macht sie auch."

„Na wunderbar", kürzte Ina die Sache ab. „Wo finden wir Frau Brinkschulte denn?" Das Telefon klingelte. Unverzüglich geriet der junge Angestellte in einen Gewissenskonflikt. Abnehmen – die Polizei warten lassen – oder wie oder was?

„Dort dem Gang nach rechts folgen, dann die zweite Tür links", erklärte er hektisch, „ich kann Sie gerne –" Dann riß er den Hörer hoch. „Holzverarbeitung Schauerte. Fehling am Apparat."

Ina lächelte ihm kurz zu und ging dann auf die Holztür zu, die sich von den dunklen Paneelbrettern nur durch eine Farbnuance unterschied. „Versuchen wir mal unser Glück."

Hinter der Tür tat sich eine kleine Diele auf, von der zwei Flure abgingen. Hier waren zumindest die Wände in Weiß tapeziert, was bei all dem Holz geradezu eine Wohltat für das Auge war. Außer Tapeten waren auch noch sechs Türen zu sehen, alle gleich aussehend und geschlossen.

„War eigentlich noch keiner hier und hat den Schreibtisch untersucht?" flüsterte Max, während sie auf die zweite Tür zugingen.

„Die Chefin war hier", wisperte Ina zurück, „direkt am Samstag. Sie wird Waltermanns Schreibtisch untersucht haben. Bezüglich Waltermanns Jagdschrank weiß ich, daß der Inhalt komplett in die Spurensicherung gegangen ist. Er hatte nämlich die meisten Jagd-Utensilien hier in der Firma, weil er oftmals direkt nach der Arbeit zur Jagd gegangen ist. Die geschäftlichen Unterlagen", Ina zuckte die Achseln „dürften noch gänzlich unbehandelt sein. Wir hatten ja bislang genug mit etwaigen Jagdgegnern zu tun."

Kräftig klopfte Ina jetzt an die Tür. Ein schwaches „Ja" war zu hören. Ina öffnete vorsichtig. „Frau Brinkschulte?" fragte die Polizeibeamtin höflich. „Dürfen wir Sie einen Moment stören?"

Im Büro saß eine junge Frau hinter ihrem Schreibtisch und sah völlig fertig aus. Im fröhlichen Zustand hätte sie sicher rasant gewirkt. Schwarzgefärbtes Haar, das ihr fast bis an den Po reichte, und trotz der winterlichen Temperaturen ein Shirt, das knapp den gepiercten Bauchnabel zeigte. Ohne die verquollenen Augen hätte Frau Brinkschulte hundertprozentig ins *Alpenrausch* gepaßt, die Großdisko in Winterberg, die angeblich vom gesamten Sauerland aufgesucht wurde.

„Sie sind von der Polizei, woll?" Die junge Frau fragte mit zittriger Stimme. „Habe ich mir schon gedacht, als ich Ihr Auto gesehen hab'."

„Wir hätten da ein paar Fragen an Sie", übernahm Ina erneut das Gespräch. „Ihr Kollege ganz vorn meinte, Sie hätten am engsten mit Herrn Waltermann zusammengearbeitet."

„Ja, das stimmt schon", die Frau rieb sich die Augen. „Wissen Sie, ich bin da immer noch nicht drüber. Jetzt, wo ich hier in der Firma sitze, kann ich es überhaupt nicht fassen." Andrea Brinkschulte fing an zu weinen. „Ich glaub' das einfach nicht. Da hat jemand den Chef erschossen. Warum macht denn einer so was?"

Ina kramte in ihrer Handtasche herum und holte eine Packung Tempos hervor. Wortlos reichte sie der jungen Frau eins. Die nahm es dankbar und putzte sich damit die Nase.

„Wir wissen nicht, warum jemand das getan hat", griff Ina den Faden wieder auf, „aber wir wollen es herausfinden, und dabei können Sie uns in besonderer Weise helfen."

„Ich habe mir auch schon Gedanken gemacht", schniefte die Frau. „Seit heute morgen habe ich gar nicht richtig gearbeitet, sondern immer nur gedacht: was könnte dahinterstecken?"

„Und? Sind Sie zu einem Ergebnis gekommen?"

Andrea Brinkschulte schwieg.

„Fangen wir mal langsam an", übernahm Max jetzt das Gespräch. „Wie ging es überhaupt der Firma Schauerte? Haben Sie einen Überblick über die Bilanzen? Wie stand das Unternehmen da?"

„Ich bin nicht die eigentliche Buchhalterin", erklärte die junge Frau. „Diese Sachen macht Herr Schneider. Ich arbeite ihm zu, aber den Abschluß, Eingang, Ausgang, Löhne und Gehälter, das macht er. Trotzdem – soviel kann ich sagen", Andrea Brinkschulte nahm sich ein neues Taschentuch, „obwohl die Branche am Boden liegt – die Firma hat noch immer ein Umsatzplus gemacht. Herr Waltermann hat noch vor ein, zwei Wochen gesagt, daß wir, wenn wir so weitermachen, den Jahresumsatz des Vorjahres um ein Prozent steigern."

„Das ist beachtlich", kommentierte Max, als habe er erst gestern im Wirtschaftsteil einen Artikel über die Umsatzentwicklung der südwestfälischen Holzindustrie gelesen.

„Gab es trotzdem irgendwelche Konflikte hier im Betrieb? Oder hatte Waltermann Streß mit Mitbewerbern? Was tat sich da im geschäftlichen Bereich?"

„Ich wüßte nicht –" Frau Brinkschulte schien ernsthaft zu überlegen, „also, der Chef hat mir nie einen Brief diktiert, der so etwas angedeutet hätte, und einen Streit in seinem Büro habe ich auch nicht mitgekriegt."

„Was ist mit den heimischen Waldbauern?" bohrte Ina nach. „Uns ist zu Ohren gekommen, daß Waltermann wegen seiner Preisvorstellungen nicht sonderlich beliebt war."

„Da ist was dran", gab Andrea Brinkschulte zu. „Jetzt, wo Sie es sagen. Tatsächlich hat es da mal Ärger gegeben. Eine Zeitlang hat der Chef überhaupt nicht mehr hier in der Gegend gekauft. Und auch jetzt hält sich die Liefermenge in Grenzen."

„Können Sie uns Namen sagen, was diesen Konflikt betrifft?"

„Vedder-Maas fällt mir da ein", antwortete die Sekretärin erwartungsgemäß. „Ich glaube, der ist Vorsitzender dieses Verbunds von Waldbauern, die sich damals über meinen Chef ereifert haben."

„Kam es zu einem handfesten Streit? War Vedder-Maas mal hier in der Firma?"

„Nicht daß ich wüßte. Ich hatte ihn nur ein-, zweimal am Telefon. Außerdem hat Herr Waltermann mal mit seinem Schwiegervater über die Sache gesprochen."

„Könnten wir Herrn Waltermanns Büro einmal sehen?" erkundigte sich Max.

„Natürlich", die Brinkschulte stand sofort auf. Dann hielt sie plötzlich inne. „Ich muß natürlich wissen, ob Sie das dürfen. So eine Stellung habe ich hier nämlich nicht, daß ich das selbständig entscheiden könnte. Hat Frau Waltermann das erlaubt? Ansonsten würde ich lieber Herrn Schauerte –"

„Natürlich", gab Ina ganz selbstverständlich zurück. „Wir stehen mit Frau Waltermann in ständigem Kontakt. Zu Hause haben wir bereits das Arbeitszimmer untersucht, als nächstes müssen wir einen Blick auf den Betrieb hier werfen."

„Natürlich", gab die junge Brinkschulte zurück. „Ich wollte ja auch nur fragen."

Waltermanns Büro war im großen und ganzen das Gegenprogramm zu Waltermanns Zuhause. Moderner Jagdhausstil, falls es so etwas gab. Dunkle Eichenmöbel, diverse Jagdgemälde sowie ein rustikaler, verschließbarer Schrank, in dem, so schätzte Max, die Jagdutensilien aufbewahrt wurden. Neben einigen kleineren Geweihen prangte als Krönung des Ganzen die Trophäe eines Tieres, das ganz sicher nicht aus dem Sauerland stammte. Gedrehte, lange Hörner, ansonsten hatte es Ähnlichkeit mit einem Reh.

Aus Afrika, vermutete Max. Vielleicht eine Antilope.

„Ihr Chef war aber ein Jäger durch und durch, was?" konnte sich Ina einen Kommentar nicht verkneifen.

„Ja, er war oft auf der Jagd, hier in seinem Revier natürlich, aber immer mal auch im Ausland. In Ungarn zum Beispiel war er in diesem Jahr schon zweimal. Einmal mit seinen Jagdfreunden für eine ganze Woche und dann noch mal für ein Wochenende allein."

„Allein?" wiederholte Ina nachdenklich, während sie um den mächtigen Schreibtisch streifte. „Sind Sie da ganz sicher?"

Frau Brinkschulte strich sich über ihre Jeans. „Warum fragen Sie?"

„Weil wir ziemlich sicher sind, daß Ihr Chef ein Verhältnis hatte. Genau deshalb sind wir eigentlich hier. Wissen Sie etwas über eine Frau, mit der sich Waltermann heimlich getroffen hat? Gab es Korrespondenz mit einer Dame aus Göttingen oder Umgebung?"

Andrea Brinkschulte war jetzt sichtlich irritiert. Offenbar war sie hin- und hergerissen zwischen der Loyalität ihrem

Chef gegenüber und der Notwendigkeit, der Polizei die Wahrheit zu sagen.

„Sie meinen –“ wich sie aus. Dann schien sie sich entschieden zu haben. „Wenn ich ehrlich bin – ich habe das bereits seit einiger Zeit vermutet.“

„Warum?“

„Es kamen tatsächlich Briefe. Briefe ohne Absender. Welche, die anders aussahen als die geschäftliche Post. Sie wissen schon. Die Adresse war handgeschrieben und, nach der Schrift zu urteilen, wahrscheinlich von einer Frau. Die Post habe ich dem Chef immer auf den Schreibtisch gelegt. Daher kam ich gar nicht drum herum, das zu bemerken.“

„Haben Sie eine Ahnung, wer dahintersteckt?“ erkundigte sich Max. „Gab es Anrufe, bei denen sich die Frau mit Namen gemeldet hat?“

„Der Chef hat natürlich eine Durchwahl“, erklärte Frau Brinkschulte ernst, „aber ich hatte schon den Eindruck, daß der Chef häufiger privat telefonierte – und nicht unbedingt mit seiner Frau.“

„Ein Name?“ Ina war schon dabei, in einer Schreibtischschublade zu kramen.

„Nein, leider nicht“, Frau Brinkschulte senkte ihre Stimme. „Die beiden waren offensichtlich sehr diskret.“

Dann ging sie plötzlich zum Fenster und warf einen Blick hinaus. Ein Kranwagen war nah am Büro vorbeigerollt und fuhr nun zu einem riesigen Stapel mit Baumstämmen hinüber.

„Wer hat eigentlich angeordnet, daß heute schon wieder gearbeitet wird?“ fragte Max, während Ina weiter in den Schubladen kramte. „Ihr Chef ist ja noch nicht mal unter der Erde.“

„Ein Großauftrag“, erklärte Frau Brinkschulte und lehnte sich ans Fensterbrett. „Bis Ende der Woche muß geliefert sein. Bretter für eine Kistenfirma, die für die Autoindustrie arbeitet.“

„Und wer führt Regie? Herr Schauerte?“

„Natürlich, wenn's nach ihm ginge, wäre er auch sonst jeden Tag im Betrieb gewesen. Aber da hat der Chef einen Riegel vorgeschoben. So kam der Alte immer nur mal für zwei, drei Stündchen vorbei, am liebsten, wenn Herr Waltermann außer Haus war."

„Welche Arbeiten übernimmt er, wenn er im Betrieb ist?"

„Das, was er jetzt auch macht." Andrea Brinkschulte deutete nach draußen. Max machte ein paar Schritte zum Fenster und sah sich neugierig um. In etwa zwanzig Metern Entfernung stand Schauerte und sprach mit dem Fahrer des Kranwagens. Dabei gestikulierte er wild mit den Händen herum. Er trug heute eine grüne Kniebundhose mit roten Socken, was ihm dort auf dem Lagerplatz ein ungewöhnliches Aussehen verlieh.

„Meistens wirbelt er auf dem Platz herum und macht alle Leute verrückt. Oder er sitzt in seinem Büro. Keine Ahnung, was er dort treibt."

„Und das Verhältnis zwischen den beiden war nicht so besonders?" Ina war dazugekommen und blickte ebenfalls hinaus. „Zwischen Schauerte und seinem Schwiegersohn, meine ich jetzt."

„Wie ich schon sagte. Der Alte wollte anfangs überall mitreden. Aber irgendwann hat er dann kapiert, daß er sich in bestimmte Sachen besser nicht mehr einmischt."

„Was zum Beispiel?"

„Die gesamte Geschäftsleitung. Der Alte war ein besserer Lagerverwalter, das hat der Chef ihm hin und wieder gelassen. Viel mehr war einfach nicht drin. Und selbst dabei hat es gelegentlich Ärger gegeben."

„Also gab es doch Ärger hier im Betrieb!"

„Ja nun, wo gibt es das nicht? Aber das sind doch familiäre Querelen, nicht der Rede wert."

„Aha, familiäre Querelen." Max blickte erneut nach draußen. Schauerte gestikulierte noch immer herum.

„Ist der Mann Jäger?" Überflüssige Frage. Anders war kaum zu erklären, daß jemand während der Arbeit in grünen Kniebundhosen und Hirschknopfjäckchen herumlief.

„Früher war er häufiger auf Jagd. In letzter Zeit war er seltener dabei. Er hatte eine Zeitlang Probleme mit der Hüfte. Danach hat er mit der Jagd nicht mehr leidenschaftlich weitergemacht."

Plötzlich blickte der Seniorchef zum Bürogebäude herüber. Er starrte eine Weile in das Fenster hinein und war offensichtlich entsetzt über das, was er dort sah. Dann peste er los in Richtung Eingangstür.

„Er kommt", sagte Andrea Brinkschulte noch.

Zwei Minuten später schoß Reinhard Schauerte ins Chefzimmer herein. Er war außer sich vor Wut. „Was erlauben Sie sich, ohne meine Erlaubnis die Büros zu durchforsten?"

„Wir ermitteln in einem Mordfall", sagte Ina lapidar.

„Ich gehe dann mal", meinte die Sekretärin und drückte sich an Schauerte vorbei zur Tür hinaus.

„Was fällt Ihnen ein? Zunächst belästigen Sie meine Tochter zu Hause, und jetzt schnüffeln Sie auch noch hier in der Firma herum."

„Sie haben den Laden ja schnell wieder ans Laufen gebracht", mischte sich Max ein.

„Den Laden? Das hier ist kein Laden", Schauerte schäumte. „Dies ist ein sauberer Betrieb mit anständigen Mitarbeitern, die nicht wie Sie unsere Steuergelder verplempern."

„Wir verplempern derzeit Steuergelder, um den Mörder Ihres Schwiegersohnes zu finden, Herr Schauerte." Ina funkelte den Mann an.

„Dann suchen Sie gefälligst woanders. Es gibt genug Subjekte in unserer Gesellschaft, die für diesen Mord in Frage kommen. Suchen Sie unter diesen Jagdgegnern, diesen Spinnern, die nichts Besseres zu tun haben, als auf Kosten anständiger Leute zu leben."

„Die in anständigen Betrieben arbeiten und anständig Steuern bezahlen. Das wissen wir jetzt." Max sprach ganz ruhig. „Herr Schauerte, wo waren Sie am Freitag gegen 16 Uhr?"

Soweit das noch ging, lief Schauerte dunkelrot an. „Sie fragen mich, wo ich am Freitag nachmittag war?"

„Ganz richtig, das war meine Frage."

Schauerte war fassungslos. „Diese Frage ist mir inzwischen zweimal gestellt worden."

„Dann haben Sie beim dritten Mal sicher keine Probleme mit der Antwort."

Schauerte holte tief Luft. „Ich war in der Hubertus-Schützenhalle, zu Renovierungsarbeiten. Wir haben die Theke neu gestaltet. Reicht Ihnen das?"

„Eigentlich nicht. Haben Sie nicht zwischendurch die Halle verlassen, um ein paar Dachlatten zu holen?"

„Warum fragen Sie, wenn Sie das so genau wissen?" Schauerte sah jetzt aus, als stünde er kurz vorm Herzinfarkt.

„Wann genau haben Sie die Halle verlassen?"

„Ich habe nicht auf die Uhr geschaut. Ich hatte nämlich keine Ahnung, daß ich später ein Alibi brauche." Schauerte brüllte seine Sätze. „Um viertel nach drei, schätze ich."

„Um viertel nach drei. Und dann sind Sie hier zur Firma gefahren?"

„Ganz richtig. Und zwar auf schnellstem Wege. Ich habe nämlich nicht soviel Zeit wie Sie."

„Hier haben Sie die Latten eingeladen. Sind Sie daraufhin anschließend direkt zur Halle gefahren?"

„Allerdings."

„Wann waren Sie dort?"

Schauerte stöhnte. „Ich sagte doch schon, ich habe nicht auf die Uhr geguckt."

„Was schätzen Sie?"

„Vier Uhr, viertel nach, keine Ahnung."

„Was denn jetzt? Vier Uhr oder viertel nach?"

„Raus hier!" Schauerte sah aus wie ein Frosch, als er so brüllte. „All diese Fragen habe ich heute schon Ihrem Kollegen beantwortet. Ich weigere mich, noch einen Ton zu sagen. Raus!"

„Ist *raus* kein Ton?" wandte sich Ina beim Hinausgehen an Max. Der grinste.

„Wir sehen uns wieder, Herr Schauerte. Ganz bestimmt. Schließlich wollen wir doch den Mörder Ihres Schwiegersohns finden."

30

Hätte ich nicht zufällig dienstags in der ersten eine Freistunde gehabt, dann hätte mich der Anruf gar nicht erreicht. Ich packte gerade meine Sachen zusammen, als das Telefon klingelte.

„Sie sind der Schwiegersohn von Schnittlers Hans", sagte eine derbe Stimme, nachdem ich mich gemeldet hatte.

„Ja, schon. Wer ist denn da?"

„Vedder-Maas, Hubbert", gab mein Gesprächspartner zurück, als müßte er sich beim Bundeswehr-Vorgesetzten melden.

„Sie sind der Landwirt, der uns netterweise kürzlich aus dem Graben gezogen hat?"

„Ich ja selbst nicht", erklärte Hubert Vedder-Maas, „das war mein Vatter."

„Vielen Dank noch mal dafür", sagte ich, weil mir nichts Besseres einfiel. Ging es um die Rechnung, die jetzt ausstand? Hatte ich doch recht mit der Vermutung, wir hätten Geländeschaden hinterlassen?

„Sie sind bei der Polizei, sagt Ihr Schwiegervater", nahm der Bauer den Faden wieder auf.

„Bei der Polizei?" Ich traute meinen Ohren nicht. Hatte mein Schwiegervater noch andere Gags auf Lager?

„Nicht so richtig, sagt Hans", nach Vedder-Maas' Tonfall waren derartige Unterscheidungen nicht so wirklich wichtig, „mehr als freier Mitarbeiter, meint Hans."

„Beim besten Willen", warf ich ein, „ich bin weder hauptberuflich noch –"

„Oder war das jetzt Ihr Freund?"

„Der ist bei der Polizei", versicherte ich erleichtert. „Der kann Ihnen sicher –"

„Dann bin ich bei Ihnen ja genau richtig."

Hä? Manchmal verstand ich die Sauerländer einfach nicht. Aber mehr noch: Manchmal wollten die Sauerländer einfach nicht verstanden werden.

„Wissen Sie, ich habe da so meine Probleme mit der Polizei."

„Aha." Es hatte keinen Sinn. Ich beschränkte mich darauf, nur noch zuzuhören.

„Die waren hier. Zweimal. Und jedesmal fragten die so rum, als hätte ich glatt mit diesem Mord was zu tun. Unverschämtheit ist das doch!"

„Unverschämtheit", wiederholte ich kurz.

„Als würde ich einen Menschen umbringen! Vermöbeln hätte ich ihn können, den Waltermann, aber ich schieße doch keinen Menschen tot, nur weil ich Streit mit ihm habe."

„Sehr vernünftig", lobte ich, „damit sind Sie sicher bisher astrein durchs Leben gekommen." Vedder-Maas nahm meine Bemerkung nicht wahr.

„Aber jetzt höre ich, daß der Waltermann mit einer Frau was gehabt haben soll."

„Haben Sie gehört?"

„Genau, denn eben waren sie schon wieder da. Haben aber nur mit meinem Vatter gesprochen. Auf jeden Fall sagt der mir nachher, die suchen eine Frau, mit der sich der Waltermann getroffen habe, draußen im Wald."

„Jetzt sagen Sie bloß, Sie können dazu etwas sagen!" Mich überkam eine leichte Erregung.

„Was ich sagen kann, ist: Ich habe mehrfach ein Auto da in der Nähe gesehen. Irgend so ein japanisches Dingen, klein und schwarz. Das ist mir natürlich aufgefallen, vor allem weil es ein auswärtiges Kennzeichen hatte."

„Und das Kennzeichen“, erkundigte ich mich nervös, „haben Sie sich das vielleicht gemerkt?“

„Aufgeschrieben hab’ ich’s. Beim ersten Mal habe ich gedacht, wer weiß, was da jemand im Wald so treibt.“

„Das ist ja wunderbar. Sagen Sie das unbedingt der Polizei.“

„Der Polizei?“

„Natürlich, diese Aussage ist ungemein wichtig. Ich kann da nur –“

„Sie sind doch der Schwiegersohn von Schnittlers Hans?“

Hatte ich ein Déjà-vu? Ging der ganze Film jetzt noch mal von vorne los?

„Ich sage Ihnen jetzt dieses Kennzeichen. Und damit ist der Fall für mich erledigt.“

„Ähm – ja.“ Ich gab mich geschlagen. War ich halt freier Mitarbeiter der Polizei. Neues Pilotprojekt. Eingerichtet im Sauerland wegen der Verschrobenheit seiner Einwohner.

„Das Kennzeichen“, ich angelte hektisch nach einem Stift.

„GÖ“, schnurrte der Bauer auch schon los. „GÖ und dann BH. Ist ja nicht so schwer zu merken.“ Vedder-Maas kicherte tief in sich hinein. „GÖ-BH-489.“

BH. Ich dachte an die Briefe, die Max aus der brennenden Hütte geholt hatte. Unterschrieben mit dem Kürzel *B*. Falls sich die Person ein Kennzeichen mit ihren Initialen besorgt hatte, war die Aussage des Bauern ein Treffer.

„Ich danke Ihnen sehr“, richtete ich mich höflich an meinen Informanten. Immerhin war ich seit zwanzig Sekunden freier Mitarbeiter der Polizei. Selbsternannt zwar, aber trotzdem.

„Natürlich wäre es besser, wenn Sie –“ Wumms – der Hörer wurde aufgeknallt. So ist sie halt, die heimische Bevölkerung. Am liebsten beendet der Sauerländer das Gespräch spontan und ganz in seinem Sinne. Wenn es ein Gespräch zuvor überhaupt gegeben hat.

31

Verena Waltermann sah fertig aus. Viel schlimmer noch als in den Tagen zuvor. Offenbar hatte ihr Vater bereits von der Affäre berichtet, um das nicht der herzlosen Polizei zu überlassen. Immerhin war Rumpelstilzchen heute nicht im Haus.

„Frau Waltermann, Sie werden wissen, warum ich hier bin."

Ein schwaches Nicken.

„Sie wissen also, daß Ihr Mann zu Lebzeiten eine Liaison gehabt hat?"

„Ich weiß es seit knapp einer Stunde." Die Stimme der Frau war kaum zu verstehen.

„Aber Sie haben keine Zweifel, daß es so ist?"

„Es würde einiges erklären."

„Was meinen Sie damit?"

„Ich meine, so wie Richard in letzter Zeit war – das war nicht – nicht so wie früher. Ich habe das auf seine Arbeit geschoben, auf seine berufliche Belastung. Daß er mich – daß er mich betrügt, hätte ich nie für möglich gehalten."

„Oder haben Sie es nicht wahrhaben wollen?"

Verena Waltermann antwortete nicht.

„Wir möchten natürlich wissen, um wen es sich bei dieser Frau handelt. Sie werden einen Verdacht haben, nehme ich an."

„Ich habe keine Ahnung. Ob Sie mir glauben oder nicht – ich habe keine Ahnung." Die Stimme der Witwe hatte etwas Verzweifeltes.

„Wir haben Anhaltspunkte, daß die Dame nicht von hier, sondern von auswärts stammt. Unter Umständen aus Göttingen. Können Sie uns dazu etwas sagen?"

„Aus Göttingen?" Verena Waltermann war wirklich überrascht. „Mein Mann hatte gar keine Kontakte nach Göttingen. Ich wüßte nicht, wann er einmal dort gewesen wäre."

„Wie sieht es mit der Firma aus? Gab es geschäftliche Verbindungen? Vielleicht die Mitarbeiterin eines Betriebes, den Ihr Mann beliefert hat?"

„Nicht daß ich wüßte", Verena Waltermann schien ernsthaft zu überlegen. „Sicher kann man Ihnen in der Firma mehr dazu sagen. Aber von einem Kunden aus Göttingen habe ich noch nie etwas gehört."

„Frau Waltermann, Ihnen ist schon klar, daß wir jetzt auf Ihre Mitarbeit angewiesen sind?" Marlene Oberstes Ton hatte etwas Forderndes.

„Aber das tue ich doch", Verena Waltermanns Stimme begann zu kippen. „Was glauben Sie wohl, wie ich mich fühle? Mein Mann wird ermordet, und jetzt heißt es plötzlich, er hatte eine Geliebte, mit der er sich getroffen hat, während ich glaubte, er sei auf der Jagd. Ich habe immer gedacht, Richard brauche seine Jagd, damit er abspannen kann. Ich habe geglaubt, daß er nur auf der Pirsch zur Ruhe kommt bei all dem Streß, den sein Beruf so mit sich bringt."

„Wie oft war er in der Woche weg?"

„Wie oft war er weg? Das kann man so nicht sagen. Was die Jagd betrifft, hing das immer mit der Saison zusammen. Jetzt im Herbst war er eigentlich andauernd unterwegs, im Sommer war es in der Regel weniger. Obwohl, wenn ich jetzt darüber nachdenke – er war auch im Sommer relativ häufig im Wald. Besonders am Wochenende. Nach Wildschäden gucken, sagte er manchmal." Verena Waltermanns Stimme wurde mutloser. „Wenn ich mir vorstelle, daß er mir all das vorgelogen hat, nur um eine Gelegenheit zu haben, um sich mit dieser Frau zu treffen – oder zumindest mit ihr zu telefonieren –"

„Waren Sie jemals in der Jagdhütte Ihres Mannes?"

„Ob ich dadrin war? Was sollte ich da, frage ich Sie. Eine kleine, unwirtliche Hütte. Die Jagd war das Hobby meines Mannes. In diese Hütte hat mich wahrhaftig nichts getrieben."

„Nun denn!" Marlene Oberste rutschte auf ihrem Sessel nach vorn. „Falls Ihnen irgend etwas einfällt, irgendeine Kleinigkeit, die Ihnen erst jetzt im nachhinein klar wird – vielleicht eine Begegnung auf einer Party, ein Name, den Ihr Mann einmal erwähnt hat – dann melden Sie sich bitte sofort."

„Ja, natürlich."

Marlene Oberste stand auf. In diesem Moment vibrierte es in ihrem Blazer. Hastig griff sie nach dem Handy, entschuldigte sich und ging ein paar Schritte zur Seite. Es war Max Schneidt.

„Ich glaube, wir haben sie", hörte Oberste seine aufgeregte Stimme.

„Wie das?"

„Jemand hat ihr Auto häufiger in der Nähe der Hütte gesehen."

„Und? Wer ist es?"

„Eine Britta Hauffenberg, Studentin in Göttingen. Wie sie mit Waltermann zusammengekommen ist, ist noch nicht endgültig klar."

„Ihr habt eine Adresse?"

„Klar, haben wir sofort gecheckt. Wie soll's jetzt weitergehen?"

Marlene Oberste überlegte einen Augenblick.

„Göttingen", sagte sie, mehr zu sich selbst. „Da fährt jemand hin. Ich will kein Risiko eingehen und ihr lieber eine Überraschung bereiten."

„Okay. Wer soll das machen?" Wieder überlegte die Hauptkommissarin einen Augenblick. „Das macht Jan", sagte sie schließlich bestimmt. „Ich spreche direkt mit ihm. Er ist ja mit mir unterwegs."

Max sagte nichts. Trotzdem tropfte seine Enttäuschung durch den Hörer.

„Wir kommen jetzt rüber", erklärte die Oberste noch kurz. „Dann kümmern wir uns auch um eine Benachrichtigung der Kollegen in Göttingen. Bis dann." Von Max war nichts mehr zu hören.

„Sagt Ihnen der Name Britta Hauffenberg etwas?"

Die Stirn von Verena Waltermann zog sich in Falten. „Ist sie das?"

„Möglicherweise."

„Wie bitter das auch ist, ich habe den Namen nie gehört." Die letzten Worte der Hausherrin wurden übertönt von anderen Stimmen. Jan Vedder war deutlich vernehmbar. Hatte er doch noch etwas gefunden? Schließlich hielt er sich seit einer knappen halben Stunde in Waltermanns Arbeitszimmer auf. Deutlich war jetzt seine Stimme zu hören. Verena Waltermann schoß panisch in den Flur.

„Woher kommt das?" hörte Marlene Oberste Jans Stimme mit ziemlicher Schärfe. „Erzähl mir nicht, du hättest mit dem Chemiebaukasten experimentiert!"

Niemand antwortete. Verena Waltermann fegte in Richtung Arbeitszimmer. Die Hauptkommissarin drängte sich an ihr vorbei und fand vorm Arbeitszimmer Jan mit einem Jungen am Arm.

„Lassen Sie ihn los!" kreischte Verena Waltermann und riß den Jungen an sich.

„Benzin", sagte Jan in Richtung seiner Chefin. „Dieser Pullover lag im Flur zum Keller. Ich hab' mich in der Tür vertan, als ich aufs Klo wollte. Da zog mir direkt dieser Gestank in die Nase."

Marlene Oberste nahm den Pullover in die Hand. Ein dunkelblaues Skater-Shirt. Tatsächlich, es roch extrem nach Benzin. Und nicht nur das. Ein Brandgeruch haftete im Stoff. Ein paar Bilder rasten Marlene Oberste durch den Kopf. Die Unordnung in der Garage. Die Aussage von Gisela Mühldorff. Warum hatte der Junge die Hütte angesteckt? Wollte er etwas vertuschen? Dann lag plötzlich die ganze Wahrheit deutlich vor ihr. Verena Waltermann mochte die Geliebte ihres Mannes vielleicht wirklich nicht kennen. Ihr Sohn allerdings hatte sie sicherlich einmal gesehen. In der Jagdhütte. Zusammen mit seinem Vater. Hundertprozentig.

32

„Sie ist nicht da!" Jan Vedder kotzte mehr in den Hörer, als daß er sprach. „Und sie wird so schnell auch nicht wiederkommen. Ihre Mitbewohnerin meint, sie sei heute morgen zu ihren Eltern gefahren."

„Und das bedeutet?" Marlene Oberste ließ sich keine Unsicherheit anmerken.

„Das bedeutet, sie ist in Sundern. Genauer: In einem Kaff namens Altenhellefeld. Während ich hier in der Weltgeschichte rumdüse und mich mit den niedersächsischen Kollegen abspreche, sitzt die Hauptverdächtige bei ihren Eltern nicht allzu weit von euch entfernt."

„Hast du die Adresse der Eltern?"

„Warum?"

„Warum wohl. Weil ich da jetzt jemanden hinschicken werde."

„Könnt ihr nicht warten, bis ich wieder da bin?"

„Jan, das meinst du nicht ernst! Hast du die Adresse?"

„Altenhellefelder Straße. Aber du willst doch nicht im Ernst behaupten, daß ich diese ganze dämliche Strecke hier umsonst gefahren bin und gleich bei der Vernehmung von Britta Hauffenberg nicht dabeisein werde?"

„Du hast in Göttingen noch einiges zu tun. Frag die Mitbewohnerin, wo Britta Hauffenberg am vergangenen Freitag war. Und überhaupt: Weiß sie etwas über Brittas Lover? Hat es Streit gegeben zwischen den beiden? Es ist ein Glück, daß du vor Ort bist. Quetsch Britta Hauffenbergs Freundin richtig aus!"

Marlene Oberste hörte ein Schnauben in der Leitung. Dann war das Gespräch weg.

„Es geht nach Sundern", sagte sie schließlich in den Besprechungsraum hinein. „Britta Hauffenberg hält sich dort bei ihren Eltern auf. Zwei von uns fahren dorthin. Ich würde sagen", sie ließ den Blick schweifen, „Ina und Max machen das. Fahrt sofort los, Altenhellefelder Straße. Behaltet euer Handy an. Falls es Neuigkeiten gibt, schließen wir uns kurz."

33

„Das geht jetzt wirklich Schlag auf Schlag", meinte Max, als er neben Ina im Auto saß. „Hoffentlich hat Vedder das Alibi vom Schauerte überprüft, bevor er nach Göttingen aufgebrochen ist."

„Wann denn? Er war mit Marlene bei Frau Waltermann. Mein Gott, der arme Kerl kann auch nicht hexen."

Max dachte einen Augenblick nach. Dann zog er das Handy aus der Tasche und wählte eine Nummer. Jupp Baumüller, sein alter Bekannter, war sofort am Apparat.

Max hielt sich nicht lange mit Begrüßungsfloskeln auf.

„Hier ist Max", sagte er beredt, „Jupp, ich brauche deine Hilfe."

Max erklärte kurz den Fall. Renovierungsarbeiten in St. Hubertus, Wulfringhausen. Freitag nachmittag. Wer war da? Hat jemand mitgekriegt, wann Reinhard Schauerte die Baustelle verlassen hat? Weiß jemand, wann er zurückkam?

„Es geht mir um genaue Zeiten", erläuterte Max. „Und zwar so genau wie möglich."

„Verstehe", Jupp zögerte einen Augenblick. „Nur eins noch, Max. Läuft das gegen irgend jemanden?"

Max stutzte einen Moment. „Wahrscheinlich läuft das *für* jemanden. Für jemanden, der ein Alibi braucht. Und wenn es *gegen* jemanden läuft, dann gegen einen Mörder."

„Ist gut, Max", erwiderte Jupp Baumüller kurz, „ich denke mal nach, wen ich dort kenne. Ruf mich heute abend wieder an."

Max war zufrieden, als er das rote Knöpfchen drückte. Wenn es um Informationen aus dem Schützenlager ging, war Jupp Baumüller für 30 Kilometer Umkreis der richtige Mann.

Ina ging auf den Anruf nicht ein. Erst nach ein paar Minuten ergriff sie wieder das Wort, und zwar als sie gerade eine steile Kurve auf der Landstraße nahm.

„Weißt du eigentlich, was ich am meisten am Sauerland hasse?"

„Laß mich raten. Daß die meisten Männer schon vergeben sind?"

Ina lachte. „Knapp daneben. Ich meine die sauerländischen Serpentinen. Ich hatte mal einen Freund aus Lüdenscheid. Einen Oldtimerfreak. Wenn wir am Wochenende mit seinem Gefährt unterwegs waren, wurde es mir regelmäßig schlecht. An die Burg Altena erinnere ich mich vor allem deshalb, weil ich mich im Burghof heftigst übergeben mußte. Und Werdohl wird für mich nur deshalb in steter Erinnerung bleiben, weil ich auf der Rückfahrt in einer Haarnadelkurve ein Lebkuchenherz durch Haralds Wagen gegöbelt habe."

Inzwischen hatten sie das Ortsschild von Altenhellefeld hinter sich gelassen und fuhren auf der Hauptstraße durch den Ort. Ein paar alte Fachwerkhöfe taten sich zur Linken auf. Dann eine Gaststätte.

„Altes Testament", las Ina, „witziger Name."

Ein Hinweisschild deutete auf eine Wacholderheide hin, in der man herumwandern konnte. Altenhellefeld schien ein sauerländisches Vorzeigedorf zu sein. Idylle pur, wohin man auch schaute.

„Hat er dir das übel genommen?" griff Max den Faden wieder auf, „dein Freund, meine ich, die Sache mit dem ausgegöbelten Lebkuchenherz?"

Ina hob die Augenbrauen. „Danach hat es bis zur Trennung nur noch ein paar Tage gedauert."

„Ich hoffe, das hat dein Interesse am Sauerländer nicht grundsätzlich verdorben."

Ina lachte. „Ich bleibe dabei. Die Straßen sind zu kurvenreich."

Max grinste herausfordernd. „Zum Ausgleich sind die Menschen hier sehr geradeheraus."

„Und das ist eine positive Eigenschaft?" Ina legte fragend den Kopf auf die Seite.

„Keine Ahnung", gab Max mit einem charmanten Lächeln zurück, „vielleicht probierst du es einfach noch mal aus." Dann zeigte er plötzlich nach links. „Halt doch mal an."

Ina guckte erstaunt, dann blieb sie stehen.

„Komm, steig schon aus!" Max lief über die Straße. „Ich muß dir was zeigen."

Ina stieg aus und folgte ihm etwas langsamer. Sie schaute sich erstaunt um. Waren sie schon an Britta Hauffenbergs Elternhaus vorbeigefahren, oder was war los?

„Hier!" Max blieb am Straßenrand stehen. „Wahnsinn, was?"

Ina schaute ins Tal. Der Anblick war grandios. Wälder über Wälder, überstäubt mit einer weißen Puderzuckerschicht. Postkartenpanorama, aber ohne jeden Kitsch.

„Diesmal ist es wirklich Wahnsinn", bestätigte sie. „Dafür hat sich jede Kurve gelohnt."

„So ist das hier auch bei den Menschen", meinte Max verschmitzt, „man muß dran arbeiten, aber es lohnt sich am Ende."

„Ich werd's mir merken." Grinsend ging Ina zum Auto zurück.

34

Auch Britta Hauffenberg kam aus einem echten Jägerhaushalt. Die obligatorische Jagdtrophäe hing in diesem Fall, durch ein spitzes Vordach geschützt, über der Haustür. Ein kapitaler Hirsch, würde man wohl sagen.

„Sie ist spazieren", sagte ihre Mutter, eine junggebliebene Sechzigjährige, nachdem sie Max und Ina die Tür geöffnet hatte. Sie war der Typ *Vorsitzende bei der Katholischen Frauengemeinschaft*. Aktiv, engagiert, auf Draht. In ihrem Blick allerdings lag Mißtrauen. Aufmerksam musterte sie die beiden Besucher. „Kann ich Ihnen irgendwie helfen?"

„Danke, nein", Ina wehrte entschieden ab. „aber vielleicht können Sie uns sagen, in welche Richtung Ihre Tochter gegangen ist. Dann gehen wir ihr einfach entgegen."

„Ich weiß nicht –", Frau Hauffenberg war sichtlich hin- und hergerissen. „Ich kenne Sie ja gar nicht. Vielleicht will Britta gar nicht, daß Sie –"

„Frau Hauffenberg, wir sind von der Polizei", erklärte Ina sachlich und zückte routiniert ihren Ausweis, „Kripo Hagen, mein Name ist Rüther, das ist mein Kollege Max Schneidt. Wir müssen Ihre Tochter in einer dienstlichen Angelegenheit sprechen."

Frau Hauffenbergs Gesicht wandelte sich in einen Ausdruck der Besorgnis.

„Eine reine Routinesache", beeilte sich Max zu sagen, „eine Zeugenbefragung, mehr nicht."

„Ach so, ich dachte schon –", Frau Hauffenbergs Mimik entspannte sich ein bißchen. „Sie ist gleich davorne in den Wald gegangen." Sie zeigte auf das Ende der Straße. „Dort ist sie schon als Jugendliche immer gejoggt. Heute wollte sie nur ein wenig spazierengehen, um sich von ihrer Prüfung zu erholen."

„Ihre Tochter hat eine Prüfung gemacht?" fragte Max leutselig. „Und? Hat alles geklappt?"

„Das hat es." Die Mutter entspannte sich zusehends. Außerdem war ein gewisser Stolz in ihrer Stimme nicht zu überhören. „Am Freitag hat sie das Rigorosum gehabt. Bald darf sie sich Doktor der Forstwissenschaft nennen."

„Am Freitag war das Rigorosum?" Max' Plauderei hatte sich offenkundig gelohnt. „Am Vormittag oder am Nachmittag?"

„Wieso?" Die Mutter guckte alarmiert. Ist das wichtig?"

„Unter Umständen ja." Ina war weniger vorsichtig.

„Am Nachmittag", Frau Hauffenberg hatte jetzt die Stirn gerunzelt. „Gegen fünf Uhr hat sie angerufen. Da hatte sie gerade alles hinter sich."

Nur der Kenner bemerkte, daß Inas Mundwinkel sich deutlich nach unten verschoben. Wieder eine Niete. Die Sauerländer waren mit Alibis bestens versorgt.

„Vielen Dank schon mal für Ihre Auskunft", Max versuchte, Unbeschwertheit zu verbreiten. „Wenn es Ihnen nichts ausmacht, lassen wir das Auto hier stehen und gehen Ihrer Tochter einfach entgegen."

„Von mir aus", Frau Hauffenberg schaute trotzdem besorgt. Als Max sich am Gartentor umdrehte, sah sie ihnen immer noch nach.

„Scheiße zum Quadrat!" schimpfte Ina, als sie außer Hörweite waren. „Schon wieder eine Verdächtige weniger."

„Macht die Sache doch einfacher. Außerdem haben wir bislang nur die Aussage der Mutter. Da möchte ich zunächst mal mit ihrem Prüfer in Göttingen sprechen. Vorher glaub' ich gar nichts."

Inzwischen stiefelten sie in den Wald hinein. Schon nach der ersten Kurve zeigte sich eine Steigung.

„Mir fehlte schon fast was", japste Ina nach wenigen Minuten, „ohne Steigung ist so eine Kurvenstrecke doch nur die Hälfte wert."

„Keine Panik", beruhigte Max sie, „wenn mich nicht alles täuscht, bleiben uns weitere Cross-Meter erspart."

Britta Hauffenberg sah gut aus. Sie sah sogar verdammt gut aus. Dunkelblondes Haar, das in einen lockeren Zopf gebunden war, ein ebenförmiges, natürliches Gesicht und ziemlich viele Sommersprossen.

„Frau Hauffenberg?" Es war Ina, die die Initiative ergriff.

„Ja?" Die junge Frau schaute überrascht. Max schätzte sie auf Ende Zwanzig.

„Kripo Hagen", Ina war immer noch nicht wieder ganz bei Atem, „wir hätten da ein paar Fragen an Sie."

„Fragen?" Soweit das ging, wurde Britta Hauffenbergs helle Haut noch ein bißchen weißer.

„Es ist etwas ungewöhnlich, daß wir Sie hier aufstöbern", bestätigte Max. „Ihre Mutter hat uns erzählt, daß Sie einen Spaziergang machen. Da dachten wir, wir gehen Ihnen einfach entgegen."

„Aber warum? Was wollen Sie von mir?"

„Es geht um Richard Waltermann." Ina war jetzt wieder erstarkt.

„Was ist mit Richard?" Britta Hauffenberg wirkte verunsichert.

„Sie kennen Richard Waltermann also?"

„Natürlich kenne ich ihn. Nun sagen Sie schon!"

„Er ist tot. Ermordet. Am Samstag morgen wurde er erschossen in einem Wald ganz in der Nähe seines Wohnorts gefunden."

„Tot? Ermordet?" Wenn Britta Hauffenberg eine Schauspielerin war, dann war sie eine verdammt gute. Plötzlich gingen ihr die Beine weg. Max griff beherzt zu. Unter Anstrengung hielt er sie mit beiden Armen fest.

„Da drüben ist eine Bank", Ina zeigte auf eine Holzbank am Wegrand. Die paar Meter dorthin schlörte Max die junge Frau mehr, als daß er sie führte. Auch, als sie endlich zum Sitzen kam, wirkte sie nicht wirklich stabil.

„Wie kann das –?" stotterte sie. Sie war wie benommen.

„Das wissen wir noch nicht", Ina kramte in ihrer Handtasche herum, fand aber offensichtlich nichts Passendes. Die Zeiten von Kölnisch Wasser waren eindeutig vorbei.

„Wer kann denn – ich meine – warum hat ihn denn jemand erschossen?" Jetzt kamen die Tränen. Max, der Britta Hauffenberg immer noch stützte, hielt sie um so fester in seinem Arm. Von so etwas hatte man in den polizeilichen Seminaren strikt abgeraten, aber wen kümmerten schon polizeiliche Seminare, wenn neben einem jemand fast zusammenbrach? Es dauerte fast zehn Minuten, bis sich Britta Hauffenbergs Zustand verbesserte. Ina war dabei etwas unruhig geworden, aber Max hatte ihre Ungeduld tapfer ignoriert.

„Frau Hauffenberg, wann haben Sie Richard Waltermann zuletzt gesehen?"

Die junge Frau löste sich jetzt von seiner Seite und suchte krampfhaft in der Hosentasche nach einem Taschentuch. Schließlich kam ihr Ina zur Hilfe, die eins aus ihrer Handtasche fischte.

„Gesehen – ist das wichtig?"

„Natürlich ist das wichtig", Inas Tonfall war nicht sehr gefühlvoll.

„Am Sonntag. Sonntag vor einer Woche, meine ich."

„In der Jagdhütte?"

Britta Hauffenberg guckte bestürzt. „Sie wissen also, daß wir uns immer dort –?" Dann blickte sie nach unten. „Ja, in der Jagdhütte."

„Seit wann haben Sie eine Beziehung mit Richard Waltermann?"

Britta schaute immer noch nach unten. „Seit etwa einem halben Jahr", sagte sie schließlich. „Ich habe damals an meiner Doktorarbeit geschrieben. Über ein ungewöhnliches Thema: Jagdbrauchtum in Südwestfalen. Ein Schwerpunkt der Arbeit ist die Akzeptanz oder auch Nicht-Akzeptanz innerhalb der Bevölkerung. In diesem Zusammenhang bin ich auf Richard Waltermann gestoßen."

„Warum denn das?" Max begriff noch nicht richtig.

„Ein mir befreundeter Jäger hatte mir eine Begebenheit erzählt, die mein Thema berührte. Richard hat vor ein paar Jahren in seinem Revier einen wildernden Hund erschossen, und die Besitzerin hat ihn danach eine ganze Weile drangsaliert. Ich fand die Sache interessant, neben meinen Untersuchungen zu organisierter Jagdgegnerschaft in der Region. Deshalb habe ich Richard Waltermann in der Angelegenheit aufgesucht. Er hat mich spontan zum Essen eingeladen, und ich muß sagen, ich war sofort fasziniert." Britta zögerte verlegen. „Wissen Sie, Richard und ich, wir fühlten uns auf geheimnisvolle Weise zueinander hingezogen."

Max war mit seinen Gedanken plötzlich woanders. Ein Puzzlestück schob sich ins andere. Rüdiger Abel, der bekehrte Hochsitzaktivist, hatte von einer Frau gesprochen, die sich für das Thema Jagdgegnerschaft interessiert hatte. Das mußte Britta Hauffenberg gewesen sein.

„Wir waren ein gutes halbes Jahr zusammen", die junge Frau fing plötzlich wieder an zu schluchzen, „Trotzdem habe ich immer wieder versucht, mit Richard Schluß zu machen. Das Ganze hatte ja keine Zukunft. Natürlich ist mir das schon lange bewußt. Allerdings ist dann vor einer guten Woche etwas ganz Furchtbares passiert."

Ina und Max schauten sich einen Moment lang an.

„Es war an diesem besagten Sonntag, als wir uns zuletzt gesehen haben. Wir hatten uns wie immer in der Jagdhütte getroffen, und plötzlich war da ein Kopf am Fenster. Stellen Sie sich vor – Sebastian, Richards Sohn. Er muß uns eine Weile durch das Fenster hindurch beobachtet haben." Britta Hauffenberg schluchzte laut heraus. „Was meinen Sie, wie der Junge sich gefühlt haben muß!"

Max hatte plötzlich ein Gesicht vor Augen. Das Gesicht eines Vierzehnjährigen, für den in kurzer Zeit alle Sicherheiten zusammengebrochen sein mußten. Ein Scherbenhaufen, den man am besten abfackeln ließ.

„Ich weiß selbst, daß das alles unverzeihlich ist. Aber Richard und ich – ich kann es nicht erklären –"

„Was ist an dem Sonntag weiter passiert?"

„Nichts weiter. Richard ist seinem Sohn natürlich hintergelaufen. Aber der war plötzlich wie vom Erdboden verschluckt."

„Hat er später mit ihm gesprochen?"

„Ich fürchte, nein. Aber genau kann ich das leider nicht sagen. Mir selbst ist an diesem Sonntag klargeworden, daß es so nicht weitergehen konnte. Ich bin unmittelbar danach nach Göttingen aufgebrochen, und ich habe Richard gesagt, daß wir uns zumindest eine Weile nicht sehen sollten. Allein schon, weil ich einen klaren Kopf für mein letzte Prüfung brauchte."

„Wie hat Waltermann darauf reagiert?"

Britta zögerte einen Augenblick, bevor sie etwas erwiderte. „Er war durch die Sache mit seinem Sohn natürlich selbst von der Rolle. Er hatte ja keine Ahnung, was ihn jetzt zu Hause erwarten würde. Trotzdem hat mein Abschied Richard getroffen, ganz klar. Er hat gefragt, ob es einen Unterschied macht, wenn er sich von seiner Familie trennt."

„Was haben Sie geantwortet?"

„Ich habe nein gesagt. Ich wollte das nicht. Mit dieser Bürde hätte ich nicht leben wollen. Außerdem war mir klar, daß unsere Beziehung nicht langzeittauglich war. Richard war über zwanzig Jahre älter als ich. Gut, in der Koje einer Jagdhütte macht das nichts aus, aber im wirklichen Leben, wo Freunde und Bekannte eine Rolle spielen, da ist das ein Problem. Richard hatte ganz andere Ansichten", Britta Hauffenberg zögerte einen Augenblick, „er hätte mit keiner meiner Freundinnen etwas anfangen können – und umgekehrt genauso. Er lebte in einer anderen Welt. Einer Welt, in der Holz verkauft wird, in der man samstags zur Jagd geht und in der die Mathematiknoten der Kinder eine Rolle spielen."

„Aber für zwischendurch war's mit Waltermann dann doch ganz nett?" Inas Frage hatte etwas Zynisches. Max guckte sie ärgerlich an. Britta Hauffenberg antwortete nicht, sondern trompetete statt dessen in ihr Taschentuch hinein.

„Kennen Sie Richard Waltermanns Frau?" Max startete einen neuen Versuch.

„Nein, nicht persönlich, nur von dem, was Richard über sie erzählt hat."

„Was war das? Hat er eine glückliche Ehe geführt?"

„Was für eine Frage. Hätte er sich dann für mich interessiert?"

„Das heißt, er war von seiner Ehe von vorneherein schon nicht mehr überzeugt?"

„Verena muß ein Eisblock gewesen sein. Außerdem ging Richard die ständige Anwesenheit seines Schwiegervaters auf den Geist."

„Halten Sie es für möglich, daß Ehefrau und Schwiegervater von Ihrer Affäre wußten?"

Britta Hauffenberg sah Max aufmerksam an. „Meinen Sie etwa – einer von beiden könnte Richard – Sie meinen, Richard könnte von seiner Frau erschossen worden sein oder von deren Vater?"

„Ich meine gar nichts. Ich möchte nur wissen, ob sie davon gewußt haben."

„Bis zu besagtem Wochenende würde ich gesagt haben: nein. Wir waren schließlich überaus vorsichtig. Wenn überhaupt, habe ich immer auf dem Handy angerufen. Getroffen haben wir uns im Wald, und soviel ich weiß, hat uns dabei niemals jemand gesehen."

„Bis auf Waltermanns Sohn", führte Max zu Ende.

„Genau, bis auf Richards Sohn", wiederholte Britta Hauffenberg leise. „Es wäre ja ein Wunder, wenn der Junge sich niemandem anvertraut hätte. Aber glauben Sie wirklich, daß seine Frau – Ich darf gar nicht daran denken", Britta Hauffenberg hielt sich die Hände vors Gesicht.

Max sah Ina an. Die nickte.

„Ich glaube, das wäre es vorerst", erklärte die, „trotzdem möchten wir Sie bitten, noch zur Polizeiinspektion zu kommen. Wir rufen dann an wegen eines Termins." Britta Hauffenberg blickte verstört zu Boden. „Wir möchten Ihre Aussage zu Protokoll nehmen. Vielleicht fällt Ihnen bis dahin auch noch etwas Wichtiges ein. Hier ist meine Karte. Sie können mich jederzeit anrufen, wenn Sie etwas ergänzen möchten. Bis dann."

„Können wir Sie nach Hause bringen?" Max fragte, als Ina bereits auf dem Sprung war.

„Mir ist nicht gut", Britta Hauffenberg schaute zu Boden. „Ich bleibe lieber noch etwas hier sitzen."

Max zögerte. Dann sah er plötzlich in einiger Entfernung Brittas Mutter herankommen. Die Ähnlichkeit zwischen ihr und der Tochter schien auf einmal unverkennbar. Ina ging der Mutter ein paar Schritte entgegen. Max drehte sich noch einmal zu Britta Hauffenberg um. Die junge Frau hatte die Hand auf ihren Bauch gelegt und strich sanft darüber. Max ging einen Schritt auf sie zu. „Sie erwarten ein Kind von ihm, nicht wahr?"

Britta starrte ihn an. Dann nickte sie und fing an zu schluchzen. Ihre Mutter war nur noch wenige Meter entfernt. Max fragte sich, ob sie schon etwas von der Schwangerschaft wußte.

„Passen Sie gut darauf auf", sagte er dann. Den Rest schluckte er hinunter.

Ein paar Sekunden später war er schon mit seiner Kollegin auf einer Höhe.

35

Endlich hatte ich mal das Gefühl, etwas zur Ruhe zu kommen. Der Unterricht war gut gelaufen, danach hatte ich in der Cafeteria einen Salat essen können. Und jetzt kam ich von einer entspannten Hunderunde mit Süffel zurück. Ich hatte mich gerade am Schreibtisch niedergelassen, als das Telefon schellte. Meine Laune stieg, als mir einfiel, daß das Alexa sein konnte.

„Hier ist Bruns", sagte eine Stimme. Ich schaltete nicht sofort, sondern dachte an meinen Schwiegervater. Vielleicht hatte er die Mär vom freien Polizeimitarbeiter inzwischen so weit verbreitet, daß alle möglichen Leute sich hier meldeten.

„Georg Bruns", sagte die Stimme jetzt. Endlich klickte es. Georg, Elmars Freund.

„Ach du bist es."

„Ich wollte nur mal fragen – wegen der Gisela Mühldorff jetzt."

„Hast du ein schlechtes Gewissen, weil du uns den Tip gegeben hast?"

„Ja, im Prinzip schon."

„Georg, im Grunde wußte die halbe Welt davon. Mach dir darüber keine Sorgen. Die Polizei hätte den Namen auch anders rausgekriegt."

„Aber sie ist doch nicht etwa festgenommen worden?"

„Nein, nein. Soviel darf ich wohl sagen. Gisela Mühldorff ist aus dem Schneider. Mehr noch: Sie konnte der Polizei hilfreiche Informationen geben."

„Informationen? Gisela Mühldorff?"

„Frag mich nicht nach Details! Ich habe das nur am Rande mitgekriegt."

„Aber die Polizei weiß schon, daß die Mühldorff ein bißchen meschugge ist?"

„Georg, die wissen die Frau schon zu nehmen. Und trotzdem bin ich sicher: Sie ist nicht völlig verrückt. Was sie beobachtet, hat durchaus Hand und Fuß."

„Sie hat etwas beobachtet?"

„Ja, wahrscheinlich geistert sie die Hälfte des Tages durch den Wald. Wenn jemand etwas beobachtet hat, dann sie."

„Aber du weißt nicht was?"

„Das geht mich nichts an."

„Verstehe. Nimm's mir nicht übel. Aber die Sache beschäftigt mich schon sehr. Ich habe vorher noch nie einen Toten gesehen. Ja schon, meine Großmutter, kurz nachdem sie gestorben ist. Aber das ist ja etwas ganz anderes. Richard Waltermann, der wurde erschossen. Der lag da im Wald. Dieses Bild läßt mich einfach nicht los."

„Glaub mir, Georg, mir geht's genauso. Ich versuche, das Ganze zu verdrängen, aber immer wieder kehren meine Gedanken zu dem Toten zurück. Ich kann gut verstehen, wie du dich fühlst."

„Und dann diese Sache mit dieser Geliebten. Hat man die Frau eigentlich inzwischen gefunden?"

Ich zögerte kurz mit meiner Antwort. „Da fragst du mich zuviel", gab ich dann vor. „Aber nach meiner Einschätzung kann so etwas nicht allzu lange dauern. Wenn sich ein Paar häufiger trifft, dann hinterläßt es Spuren, dann bleibt das nicht gänzlich unentdeckt. Bis die Polizei den Namen hat, das ist lediglich eine Frage der Zeit."

„Meinst du wirklich?" Georgs vorübergehender Quasselfluß verebbte plötzlich. „Na ja, mehr wollte ich eigentlich gar nicht. Dann mach's mal gut."

„Ja, Georg, du auch."

Als ich den Hörer auflegte, dachte ich darüber nach, wie viele Leute der Tod eines Menschen bewegte. Ehefrau, Kinder, Waltermanns Freundin. Geschäftsfreunde, der Bekanntenkreis. Selbst Georg, den ich für eine sauerländische Eiche hielt, war ganz schön aus der Bahn geworfen. Es wurde Zeit, daß der Fall sich klärte. Und zwar je schneller, desto besser.

Als ich von der Küche über den Flur zum Arbeitszimmer zurückging, folgte mir Süffel auf dem Fuß. An der Haustür blieb er auf einmal stehen und wedelte mit dem Schwanz. Dann bellte er plötzlich. Da mußte jemand draußen sein. Ich öffnete die Tür.

Davor saß jemand. Auf der Fußmatte, die sich unmittelbar vor der Haustür befand. Zusammengekauert, als hätte die Person vor, noch mindestens vier Stunden dort sitzen zu bleiben. Als ich mich näherte, ging nicht einmal der Kopf in die Höhe. Trotzdem hatte ich eine Ahnung, wer dort saß.

„Hallo, Sebastian!"

„Hallo!" Die Stimme war dumpf.

„Willst du nicht reinkommen?" Der Junge reagierte nicht. Ich hockte mich daneben. Und Süffel nahm ebenfalls Platz. Wir waren zu dritt. Dann schwiegen wir eine Weile. Wir hatten ja Zeit.

„Bist du mit dem Zug gekommen? Oder mit dem Bus?"

„Per Anhalter."

Sebastian nahm sich ein Stöckchen, das neben den Betonplatten lag und kratzte damit auf dem Boden herum.

„Sie sind doch Vertrauenslehrer, nicht wahr?" sagte er plötzlich.

„Ja, das bin ich." Ich nickte.

„Kann ich Sie mal sprechen – als Vertrauenslehrer jetzt?" Sebastian guckte mich immer noch nicht an.

„Natürlich, schieß los! Wir könnten allerdings nach drinnen gehen. Dort ist es nicht so kalt.

Mit Schwung pfefferte der Junge das Stöckchen in ein Beet. Dann stand er auf.

Wir ließen uns in der Küche nieder, obwohl es völlig chaotisch dort aussah. Sebastian setzte sich auf die Bank.

„Sie haben meinen Vater gefunden, nicht wahr?" Eigentlich war das keine Frage, mehr eine Aussage. Wahrscheinlich war das der eigentliche Grund, warum er mich aufgesucht hatte.

„Das stimmt", bestätigte ich. „Ich habe ihn gefunden."

„Ich darf ihn nicht sehen", meinte Sebastian jetzt. „Die Polizei gibt ihn nicht raus. Und auch nachher darf ich ihn nicht sehen, hat Mama gesagt." Sebastian kritzelte noch immer mit dem Stöckchen herum. „Mama sagt, sie schneiden ihn auf und an ihm herum. Sie sagt, es ist besser, wenn ich ihn so in Erinnerung behalte, wie ich ihn zuletzt gesehen habe. Aber das möchte ich nicht." Sebastian schluckte. „Wissen Sie, welches Bild ich im Kopf habe, wenn ich an meinen Vater denke?" Verschwommen sah Sebastian mich an. Urplötzlich entdeckte ich eine Ähnlichkeit zwischen ihm und seinem Vater. Das Haar! Gut, Waltermann war dunkelhaarig gewesen. Sebastian war blond. Aber er besaß dasselbe volle Haar wie sein Vater und auch die dichten Augenbrauen, die mir an der Leiche aufgefallen waren.

„Ich habe ihn mit einer anderen Frau gesehen." Mir stockte das Blut in den Adern. „In der Jagdhütte mit einer anderen Frau." Und dann begann er zu weinen. Jetzt wußte ich, warum er gekommen war. Er war gekommen, um endlich, endlich zu weinen.

Bestimmt eine halbe Stunde saßen wir da. Ich hatte meine Hand auf seine Schulter gelegt. Er schluchzte in den Ärmel seines Pullovers wie ein kleines Kind. Ich dachte an Paul und an Marie und daran, daß meine Kinder nie so etwas erleben sollten. Irgendwann hob Sebastian den Kopf und wischte sich über die Nase.

„Ich muß jetzt nach Hause", sagte er. „Meine Mutter macht sich bestimmt schon Sorgen."

„Wie du willst", entgegnete ich. „Ich fahre dich zurück. Das ist kein Problem."

„Und dann wollte ich noch etwas fragen", Sebastian zog sich seine Jacke zurecht. „Meinen Sie, ich fliege von der Schule?"

„Von der Schule?" fragte ich. Ich begriff nicht so richtig.

„Wegen der Jagdhütte, meine ich jetzt."

Dann endlich ging mir ein Licht auf.

Und zwar ein ziemlich feuriges Licht.

36

Auf der Fahrt erklärte Sebastian, warum. Um seine kleine Schwester Annika zu schonen. Und seine Mutter. Um das Bild zu verjagen, das in seinem Kopf herumgeisterte. Das war wohl der Hauptgrund. Er hatte die Hütte abgefackelt, um mit ihr dieses Bild zu verbrennen.

„Alles wäre rausgekommen", erklärte Sebastian mit Blick aus dem Seitenfenster.

„Alles ist rausgekommen", verbesserte ich ihn. „Die Polizei weiß, daß sich dein Vater mit einer Frau in der Hütte getroffen hat. Sie hat dort Briefe gefunden. Und sie weiß von einem Auto, das bei diesen Treffen in der Nähe stand." Ich schluckte, während ich das sagte. Immerhin war ich in die Sache ziemlich involviert. „Vermutlich wird der Name der Frau inzwischen bekannt geworden sein. Wahrscheinlich ist deine Mutter mit der Sache längst konfrontiert."

„Und Annika?"

Ich sagte nichts. Sebastian starrte weiter aus dem Fenster.

„Das ist immer so", versuchte ich es irgendwann weiter. „Wenn ein Mord passiert, dann muß die Polizei jeden Stein umdrehen, um den Mörder zu finden. Und unter manchen Steinen sieht es eben nicht sehr appetitlich aus."

Ich wußte, daß meine Worte es nicht trafen. Sebastian war der Boden unter den Füßen weggezogen worden. Er wollte seine heile Welt zurück, wo er einen Vater hatte und eine Mutter, die eine Ehe führten, mit der man als Kind irgendwie leben konnte.

Sebastian schwieg die meiste Zeit auf der Fahrt. Aber zumindest lotste er mich auf den letzten Kilometern. Als wir in die Waltermannsche Einfahrt einbogen, wagte ich es doch noch, eine Frage zu stellen.

„Hast du die Frau gekannt, Sebastian?"

Der Junge schaute mich nicht an. Er zögerte einen Augenblick.

„Nein!" meinte er dann. Ich war mir nicht sicher, ob er wirklich die Wahrheit sagte.

Waltermanns Haus war anders, als ich es mir vorgestellt hatte. Kein verkapptes Försterhaus, kein gemütliches Fachwerk, sondern ein moderner Bau, schätzungsweise aus den 90er Jahren, mit integrierter Doppelgarage. Das Ganze sah denkbar unbewohnt aus. Keine Dekoration in den Fenstern. Nichts, was den Eingangsbereich irgendwie schmückte. Alles wirkte überaus tot.

Dann kam plötzlich ein Auto die Einfahrt hinauf. Eine grüne Limousine, darin ein älterer Mann mit Hut.

„Oppa", sagte Sebastian wie zur Erklärung.

Ich nickte. Vom Oppa hatte ich schließlich schon gehört.

„Sie brauchen nicht mitzukommen", sagte Sebastian, als ich meinen Anschnallgurt löste.

„Ich möchte aber gern."

Sebastian zögerte einen Moment lang unwillig. Dann öffnete er die Autotür und schälte sich hinaus. Sein Großvater hatte seinen Wagen nachlässig am Rand geparkt und stürmte herbei. „Sebastian!“ rief er und nahm den Jungen in den Arm. Der ließ die Prozedur stumm über sich ergehen. Ich selbst ging schon mal zur Haustür hinüber. Sie öffnete sich, noch bevor ich geschellt hatte. Eine Frau, Mitte Vierzig, mit einer aufgelösten Dutt-Frisur und rotgeweinten Augen fiel Sebastian um den Hals. Gleich dahinter stand ein Polizist in Uniform. Ich bemerkte, wie Sebastian durch die Umarmung hindurch zu ihm hinstarrte.

„Sebastian, wir haben uns solche Sorgen gemacht.“ Die Mutter ließ ihren Sohn gar nicht mehr los. „Wir haben die Polizei verständigt. Wir wußten ja nicht, wo du warst.“

„Basti!“ Jetzt drückte sich ein Mädchen an den anderen vorbei. Sie wühlte ihren Kopf in Sebastians Bauch. Der streichelte ihr sachte übers Haar.

„Wo warst du denn, Basti?“ Der Kleinen rollten Tränen übers Gesicht. „Ich habe dich überall gesucht.“

„Ich war nur- „ Sebastian sah zu mir herüber. „Ich war nur mal kurz weg. Herr Jakobs hat mich nach Hause gebracht.“

„Ich bin Lehrer am Elisabeth-Gymnasium. Vertrauenslehrer“, erklärte ich mich. „Gleichzeitig bin ich derjenige, der am Samstag Ihren Mann gefunden hat.“

Sebastians Mutter sah mich aus ihren verweinten Augen überrascht an. „Vielen Dank!“ sagte sie dann. „Daß Sie den Jungen hergebracht haben, meine ich jetzt.“

„Ich denke, wir gehen hinein und sprechen in Ruhe alles durch.“ Der Polizist berührte Sebastian locker an der Schulter und versuchte, das umarmte Personenknäuel nach innen zu befördern.

Ich war überflüssig, ganz klar, niemand bat mich hinein.

„Mach's gut, Sebastian“, wandte ich mich noch mal an den Jungen, „und wenn du magst, komm einfach wieder vorbei.“

Fast unmerklich nickte er mit dem Kopf. „Danke“, sagte er. Man hörte es kaum.

37

Mein Übernachtungsgast kam erst um kurz vor neun. Max sah aus, als schlafe er gleich im Stehen ein. Schon nach ein paar Minuten war er im Sessel eingenickt. Es war halb zehn, als es plötzlich in seiner Jacke klingelte. Sein Handy schlief offenbar noch nicht. Ich zögerte einen Augenblick, dann nahm ich das Gerät aus der Tasche.

„Baumüller hier", sagte eine Stimme. Sie kam mir ein klein bißchen bekannt vor. „Ist das nicht der Anschluß von Max Schneidt?" Krampfhaft überlegte ich, wen ich da am anderen Ende hatte.

„Doch, schon", gab ich mit Blick auf meinen Kumpel zurück, „Herr Schneidt ist nur gerade etwas unpäßlich." Dann endlich fiel bei mir der Groschen. Jupp Baumüller. Der Schützenbruder von St. Sebastianus, der uns damals bei dem Schützenfestmord zur Seite gestanden hatte. „Kann ich etwas ausrichten?" versuchte ich es.

„Das glaube ich nicht, wer ist denn da überhaupt?"

„Vincent Jakobs, vom Hörensagen kennen wir uns auch. Wissen Sie noch, der Tote in St. Sebastianus?"

„Wie könnte ich das vergessen?" Baumüller schnaubte. „Also, es ist so. Max wollte eigentlich heute abend noch angerufen haben. Hat er aber nicht. Jetzt bin ich aber morgen nicht zu Hause. Und wenn er es dann versucht, dann klappt das nicht mit uns. Ich bin nämlich keiner von denen, die ständig mit so einem Handy herumlaufen."

„Kann ich verstehen", sagte ich in den Hörer, „ich kann es ja noch mal probieren. Max!" rief ich in Richtung meines Kumpels. Er brummelte etwas, die Augen waren jedoch immer noch zu.

„Vielleicht kann ich es Ihnen ja doch sagen", meinte Jupp Baumüller jetzt. „Es sind ja nur zwei Zeiten."

„Zwei Zeiten", wiederholte ich und griff nach einem Zettel.

„Es hat lange gedauert, bis ich mich vorgearbeitet hatte. In Hubertus kenne ich nämlich eigentlich nur zwei Männer."

„Aha", gab ich zurück, ohne zu wissen, wovon er eigentlich redete.

„Aber man hat mich weitergereicht. Da ist zum einen ein Olaf Kemper. Der Junge ist direkt von der Arbeit zur Hubertus-Halle gefahren. Die Arbeit hat er um drei Uhr verlassen. So sind sie ja heute, die jungen Leute, das wissen sie genau. Dieser Kemper sagt, er fahre zehn Minuten von der Arbeit zur Halle, nicht länger. Und als er ankam, sei Schauerte gerade losgefahren. Das war dann logischerweise um zehn nach drei."

Zehn nach drei – Olaf Kemper, schrieb ich auf.

„Dann wollte Max wissen, wann dieser Schauerte zurückgekommen sei. Das war genau um fünf nach vier."

„Woher kommt die Information?" wagte ich zu fragen.

„Ein Gisbert Bauerdick. Er erinnerte sich, daß er helfen wollte, die Dachlatten auszuladen. Dabei habe er aber erst die Nachrichten zu Ende hören wollen, die im Radio liefen. Offensichtlich hatten die sich bei der Arbeit ein Transistorradio hingestellt."

„Fünf nach vier", wiederholte ich. „Gisbert Bauerdick."

„Was vielleicht noch interessant ist: Dieser Bauerdick hat sich furchtbar lustig gemacht. Als nämlich die Dachlatten ausgeladen waren, stellte man fest, daß Schauerte die falschen besorgt hatte. Statt Latten mit dem Maß 4 mal 6 Zentimeter hatte er welche mit 6 mal 8 Zentimeter gebracht. Und das, obwohl Schauerte seit vierzig Jahren mit Holz zu tun hat."

„Ist er dann noch mal losgefahren?" wollte ich wissen.

„Das habe ich auch sofort gefragt. Aber das war wohl nicht der Fall. Er habe gemault, man hätte sich vorher nicht klar ausgedrückt. Jetzt sollten die stärkeren Latten verarbeitet werden, ginge doch auch."

„Das war alles?" fragte ich nach.

„Das war alles, müßte auch reichen."

„Dann bedanke ich mich herzlich. Ich bestelle Max dann schöne Grüße."

Als ich das Handy ausgeschaltet hatte, hörte ich ein Scharren. Max hatte sich tatsächlich bewegt. Sogar ein Auge blinzelte mich an, was mich fatal an Gisela Mühldorffs Spezialhund erinnerte.

„Das waren Schauertes Zeiten", rief ich ihm zu. „Von zehn nach drei bis fünf nach vier hat er die Schützenhalle verlassen."

Es dauerte etwa zwanzig Sekunden, dann war Max aber endgültig wach.

38

„Da!" Na endlich, die Schützenhalle. Damit hatten wir den Ausgangspunkt schon mal gefunden.

„Angenommen, er war's", überlegte Max laut. „Ist er dann zuerst zum Hochsitz gefahren, hat Waltermann aufgelauert und dann zur Firma, um die Dachlatten zu holen oder umgekehrt?"

„Erst zum Hochsitz, dann zur Firma", beschied ich. „Zumindest würde das erklären, warum er nachher die falschen Dachlatten eingepackt hat. Er war aufgeregt."

„Nun ja", warf Max ein, „aufgeregt dürfte er auch gewesen sein, wenn er den Mord noch vor sich hatte. Wenn er erst zur Firma gefahren wäre, könnte es sein, daß er dort mitbekommen hat, daß sein Schwiegersohn gleich auf den Hochsitz wollte. Dann wäre er einfach vorgefahren."

„Ist auch möglich", gab ich zu. „Das wird man in der Firma problemlos herausfinden können. Aber für uns ist doch erst mal wichtig, ob das Ganze zeitlich überhaupt möglich ist, oder? Und dabei ist es egal, in welche Richtung wir die Strecke fahren."

„Du hast recht." Max warf einen Blick auf die Uhr, die im Auto leuchtete. „22:45. Sollen wir sofort stoppen, oder sollen wir die Strecke zur Orientierung zunächst langsam abfahren und erst beim zweitenmal Stoff geben?"

Ich gähnte. „Ich würde sagen, wir probieren es sofort. Wenn wir uns verfransen, können wir ja immer noch einen zweiten Durchgang fahren. Okay?"

„Okay." Die Uhr sprang um. „22:46. Gib Gas!" rief Max. Ich startete durch. An diesem Abend würde ich mich in die Liste von Pistensäuen eintragen, die nachts mit Hochgeschwindigkeit die sauerländisch-kurvigen Straßen unsicher machten.

Die Strecke zur Firma lief glatt. Zwar konnten wir nur bis zum Eingangstor fahren, aber trotzdem. 13 Minuten. Ich hielt einen Moment.

„Wie lange brauchte er zum Einladen?" fragte ich.

„Er kennt sich aus", meinte Max, „fünf Minuten, maximal."

„Okay, 18 Minuten." Ich gab wieder Gas. Der Weg über die Bundesstraße war diesmal länger. 17 Minuten brauchten wir allein bis zur Einmündung in den Wirtschaftsweg. Ich konzentrierte mich. Jetzt bloß nicht festfahren! Im Affentempo raste ich über die schmale, dunkle Straße. Zwei blitzende Augen nahm ich am Straßenrand wahr. Zum Glück war uns noch nichts vors Auto gelaufen. Dann einen Berg hoch. Nach sieben weiteren Minuten hielt ich genau dort, wo damals Waltermann seinen Wagen abgestellt hatte.

„42 Minuten", sagte ich verspannt. „Und ich fürchte, Schauerte konnte seinen Wagen nicht so nah ranfahren, wie wir das jetzt getan haben." Max schwieg. Das Ergebnis war nicht nach seinem Geschmack.

„Selbst wenn Schauerte aus dem Auto gestürmt wäre und, ohne ihm aufzulauern, sofort seinen Schwiegersohn umgeballert hätte, selbst dann müßten wir wohl 3 Minuten ansetzen."

„45", brummte Max. Ich wendete indes das Auto, was wegen der Dunkelheit nicht ganz einfach war.

„Und los!" rief ich. Max blickte steinern auf die Uhr. Ich gab wirklich alles, raste wie angestochen den Weg zurück, polterte über diverse Schlaglöcher bis wir endlich wieder Teer unter den Reifen hatten. Auf der ausgebauten Straße fuhr ich den Wagen voll aus. Mit quietschenden Reifen blieb ich schließlich vor der Hubertus-Halle stehen.

„19 Minuten", ich keuchte geradezu. „Macht 64 zusammen. Nach den Angaben der Schützenbrüder war Schauerte maximal 55 Minuten weg. Und du wirst zugeben, daß Schauerte unmöglich am Tage mein Tempo gefahren sein kann, ohne an jeder Ecke aufzufallen."

Max nickte brummig. „Verflixt noch mal!" sagte er dann. „Wäre doch zu schön gewesen."

Gemütlich fuhr ich die Strecke nach Haus.

„Wenn Waltermanns Tod tatsächlich mit seiner Beziehung zu Britta Hauffenberg zu tun hat", sagte Max nach einigen Minuten, in denen er offensichtlich unseren Mißerfolg verarbeitet hatte, „dann konzentriert sich das Ganze im Grunde doch auf eine einzige Frage. Wer hat ein Interesse gehabt, Waltermanns Affäre zu unterbinden?" Max wartete einen Augenblick. „Das ist doch vor allem der Schwiegervater, nicht? Und die Ehefrau natürlich. Die beiden könnten durch Hauffenbergs Schwangerschaft aufgeschreckt sein. Stell dir vor, Waltermann bekommt ein drittes Kind! Das wirft die ganze Erbfolge durcheinander. Denn wenn ich richtig informiert bin, ist die Firma auf Waltermanns Namen überschrieben."

„Moment, Moment", warf ich ein. „Dazu müßten die beiden doch erst mal gewußt haben, daß Britta Hauffenberg überhaupt schwanger ist. Waltermann wird ihnen das wohl kaum großartig verkündet haben. Hat er's überhaupt selber gewußt?"

„Das weiß ich gar nicht." Max schwieg betreten. „Habe ich sie gar nicht mehr gefragt."

„Na, dann hast du wenigstens morgen auch noch was zu tun", beruhigte ich ihn. „Und bis dahin schläfst du zur Abwechslung mal ein paar Stunden."

„Keine schlechte Idee.“ Das war der letzte Satz, den ich von meinem Kumpel hörte. Zu Hause angekommen, schaffte er nicht mal mehr ein „Gute Nacht“.

39

Sebastian stand vorm Lehrerzimmer, gerade als der Trubel am größten war.

„Meine Mutter meinte, ich solle wieder in die Schule gehen“, sagte er wie zur Begrüßung, „damit ich abgelenkt bin.“

Der Lärm auf dem Flur war so groß, daß ich Sebastian kaum verstand. Jetzt drängelte sich auch noch ein Heer von Fünftkläßlern laut quatschend vorbei. Sebastian wurde beinah an die Wand gedrängt.

„Ich wollte nur eins eben sagen“, versuchte er es, als der Trupp vorbei war, „Sie haben mich da gestern etwas gefragt. Und zwar, ob ich die Frau kenne, mit der mein Vater – nun, mit der mein Vater sich getroffen hat. Und da habe ich gesagt, nein. Aber das stimmt nicht, jedenfalls nicht ganz. Und weil ich Sie nicht anlügen will, bin ich jetzt hier.“

Ich sah mich auf dem Flur um. Lieber wollte ich mit Sebastian irgendwo in Ruhe sprechen. Kurzerhand faßte ich an die Türklinke hinter mir. Die Lehrerbibliothek. Ich warf einen Blick hinein. Niemand da. Wenn ich Glück hatte, fanden wir hier einen Moment Ruhe.

„Du kennst die Frau also?“ griff ich den Faden auf, als wir die Tür hinter uns geschlossen hatten.

„Nicht mit Namen“, schränkte Sebastian ein, „aber ich weiß, wie mein Vater sie kennengelernt hat.“

Ich stutzte. „Woher?“

„Ich war dabei, als sie zum erstenmal kam. Ich hab’ manchmal freitags im Sägewerk gearbeitet, um mir etwas Taschengeld dazuzuverdienen. Sägemehl zusammenfegen und so. Und als mein Vater gerade draußen rumlief, da war sie plötzlich da und hat anschließend mit meinem Vater im Büro fast zwei Stunden gequatscht."

„Und sie kam allein?"

„Ja schon, aber ich weiß, wer sie geschickt hat. Das war Herr Bruns, der früher mal Jagdaufseher bei meinem Vater war."

„Georg Bruns?" Ich fiel aus allen Wolken. „Das kann nicht sein."

„Glauben Sie, daß ich lüge?" Sebastian funkelte mich an.

„Nein, natürlich nicht. Es ist nur so, daß ich Georg Bruns kenne, und er hat mir gegenüber behauptet, er wisse nicht, wer die Geliebte deines Vaters sei."

„Wahrscheinlich hat er sie auch nicht als Geliebte bei meinem Vater abgegeben." Sebastian verfügte offensichtlich hin und wieder über ein beträchtliches Maß an Schlagfertigkeit.

„Kann sein", sagte ich leise, „kann sein."

„Mein Vater hat Herrn Bruns übrigens später nicht mehr als Jagdaufseher haben wollen."

„Warum nicht? Gab es Ärger?"

„Ich glaube, Papa war sauer, weil der Bruns zu viele Böcke geschossen hat."

„Mehr als abgesprochen war?"

„Genau. Papa hat gesagt, früher habe man so etwas wildern genannt."

„Das ist interessant."

Sebastian sah mich nachdenklich an. Dann zog er seine Jacke fester zu. „Ich muß auf jeden Fall jetzt gehen."

„Okay, Sebastian. Nett, daß du noch mal gekommen bist."

„Mhm", brummte der Junge und ging.

Ich schaute auf die Uhr. Die Stunde hatte gerade begonnen. Einen Moment zögerte ich noch, dann hastete ich zu dem Tischchen, das in der Ecke stand, und griff mir das Telefon. Max' Handynummer hatte ich im Kopf. Es dauerte eine Weile, bis er sich meldete.

„Max, endlich", rief ich in den Hörer, als ich seine Stimme hörte, „ich habe da was. Etwas, das du mir im Leben nicht glaubst. Weißt du, von wem Britta Hauffenberg Waltermanns Adresse gekriegt hat? Weißt du, wer ihr die Geschichte mit Gisela Mühldorff gesteckt hat? Das war Georg Bruns, der Kumpel von Elmar. Stell dir vor, der Jäger, mit dem ich auf der Treibjagd war! Und mir gegenüber hat er behauptet, er wisse nicht, mit wem Waltermann ein Verhältnis hatte. Das stinkt doch zum Himmel. Oder findest du nicht?"

„Du hast recht. Das ist seltsam", Max schwieg einen Moment. Ich hörte Fahrgeräusche.

„Und noch etwas", berichtete ich aufgeregt. „Georg Bruns und Waltermann sind im Streit auseinandergegangen. Waltermann hat Georg vorgeworfen, der habe in seinem Revier gewildert. Natürlich kann es sein, daß Waltermann nur einen Vorwand gesucht hat, um Georg loszuwerden. Schließlich wollte er in seiner Jagdhütte Ruhe, und es hätte ihm gar nicht gepaßt, wenn Georg Bruns immer mal wieder an die Scheibe geklopft hätte, während er sich dort mit Britta Hauffenberg vergnügte."

„Ich bin gerade auf dem Weg zu Britta Hauffenberg. Deswegen ist es gut, daß du direkt angerufen hast."

„Max, noch etwas", ich versuchte mich kurz zu fassen. „Du hast gestern gesagt, es drehe sich alles um eine Frage. Nämlich darum, wer Waltermanns Affäre verhindern wollte. Aber jetzt, nach dieser Information über Georg, kommt mir in den Sinn, daß diese Frage vielleicht einseitig gestellt war. Verstehst du, was ich meine? Vielleicht geht es vielmehr darum, wer Britta Hauffenbergs Affäre verhindern wollte. War da womöglich jemand eifersüchtig auf Richard Waltermann?"

Max schwieg. Offenbar dachte er darüber nach.

„Ich muß jetzt aufhören", sagte ich schließlich. „Viel Glück!" Dann knallte ich den Hörer auf die Gabel und stürzte los. Schließlich unterrichtete ich offiziell seit acht Minuten Geschichte.

40

Britta Hauffenberg war nicht da. Verflixt noch mal, sie war einfach nicht da. Max hätte am liebsten vor den Türrahmen getreten. Ina fuhr sich unwillig durchs Haar.

„Und jetzt?" fragte Max und drückte aus Frust noch mal auf den Klingelknopf. „Fahren wir zu Bruns?"

Dann hörten sie ein Geräusch. Ein Auto kam herangefahren.

„Vorerst nicht", sagte Ina.

Tatsächlich bog das Auto in die Einfahrt ein. Am Steuer saß Britta, daneben ihre Mutter. Die beiden blickten irritiert, als sie sahen, wer vor der Haustür stand. Britta Hauffenberg stieg aus und kam sofort herüber.

„Guten Morgen", murmelte sie den Beamten entgegen.

„Guten Morgen", grüßte Ina zurück. „Frau Hauffenberg, wir müßten Sie noch mal einen Augenblick sprechen."

„Aber wir haben doch schon gestern ausführlich –"

„Wie Sie sich vorstellen können, tauchen immer wieder neue Fragen auf. Es wäre daher nett, wenn Sie noch einmal Zeit für uns hätten."

Britta warf einen Blick zu ihrer Mutter hinüber. Die stand am Kofferraum und schaute sie neugierig an.

„Kommst du alleine klar, Mama?"

„Selbstverständlich", Brittas Mutter versuchte ein aufmunterndes Lächeln. „Setz dich doch mit den Herrschaften ins Wohnzimmer. Ich räume inzwischen den Wagen aus."

„Gut", Britta wandte sich den Polizisten zu, „dann gehen wir mal rein."

Das Haus war innen freundlicher gestaltet, als Max es von außen gedacht hätte. Der Flur war lichtdurchflutet, so daß einen selbst das dunkle Garderobenholz nicht erschüttern konnte. Britta Hauffenberg öffnete eine Tür, die ins Wohnzimmer führte. Irgend jemand schien ein Faible für Glasmalerei zu haben. In allen Fenstern hingen bunte Bilder auf

Glas. Ein Schäfer mit seinen Tieren, ein Hirsch vor einer Waldlandschaft, eine Blumenwiese. Das Ganze in ziemlich bunten Farben.

„Ich koche uns einen Kaffe", erklärte Britta und verschwand in der Küche. Ina stiefelte einfach hinterher. „Wir haben schließlich nicht ewig Zeit", zischte sie Max zu.

Britta blickte kurz auf, als die beiden Polizisten ihr in die Küche folgten. Sie war gerade dabei, Wasser einzufüllen.

„Sie haben den Brief gefunden, nicht wahr?"

„Den Brief?" Ina runzelte die Stirn. „Welchen Brief?"

„Nicht?" Britta schaute irritiert. „Ich hätte gedacht, deshalb wären Sie hier."

„Was für einen Brief?" bohrte jetzt Max nach.

Britta nahm eine Filtertüte aus der Packung und steckte sie in den Kaffeefilter.

„In Richards Firma ist ein Brief verschwunden. Ein Brief, den ich ihm geschrieben hatte."

„Was wollen Sie damit sagen?" Max ging einen Schritt vor. „Daß jemand von Ihrer beider Affäre gewußt hat?"

Britta starrte auf die leere Filtertüte, ohne das Kaffeemehl einzufüllen. „Nicht nur das", sagte sie dann. „In dem Brief stand, daß ich in Umständen bin. Und als Sie mich gestern beim Weggehen fragten, ob ich schwanger sei –", Britta sah Max mit verhangenem Blick an, „da bin ich davon ausgegangen, daß Sie bei irgendwem den Brief gefunden haben."

Ina schaute ihren Kollegen vielsagend an. „Auf jeden Fall ist dieser Brief verschwunden", sagte sie dann. „Wann genau?"

„Mitte letzter Woche. Ich habe gesagt, daß wir uns am Sonntag zuletzt gesehen haben. Das stimmt auch. Am Montag habe ich dann allerdings einen Schwangerschaftstest gemacht. Und dann habe ich an Richard einen Brief geschrieben. Daß ich schwanger bin und daß sich dadurch so einiges ändert."

„Wie hat Waltermann reagiert?"

„Sprachlos, würde ich sagen. Aber seine ganze Reaktion war verfälscht durch die Panik, daß ihm der Brief abhanden gekommen war."

„Wo könnte das passiert sein?"

„In der Firma, wie ich schon sagte", Britta nahm nun eine Kaffeedose zur Hand und füllte ein paar Löffel ein. „Richard hat gesagt, er habe den Brief unter seine Schreibtischunterlage gesteckt. Dann mußte er nach draußen, mit einem Kunden ein paar Fehllieferungen durchgehen. Als er später den Brief noch einmal lesen wollte, war er verschwunden."

„War seine Frau in der Firma?" wollte Ina wissen. „Hätte sie eine Gelegenheit gehabt, den Brief zu finden?"

„Sie war an dem Tag tatsächlich in der Firma", bestätigte Britta. „Sie hat Geschäftspost gebracht, die versehentlich an die Privatadresse gegangen ist. Angeblich war sie auch in Richards Büro, sagt jedenfalls die Sekretärin. Andererseits hat Richard keinerlei Veränderung bemerkt. Als er am Abend nach Hause kam, war alles wie sonst."

„Wer kommt noch in Frage?"

„Alle, die in der Firma arbeiten. Allen voran natürlich Richards Schwiegervater, außerdem Sebastian, sein Sohn. Vielleicht hat Sebastian hinter seinem Vater herspioniert, nachdem er uns in der Jagdhütte beobachtet hatte. Das könnte doch sein, oder?"

Plötzlich stieß jemand gegen die Tür. Britta öffnete bereitwillig. Ihre Mutter stand mit einem Karton voller Lebensmittel da und schleppte ihn auf die Küchenablage.

„Tut mir leid, daß du jetzt ganz allein die Arbeit hast", sagte ihre Tochter.

„Das macht nichts. Nur noch die Milch, dann bin ich schon fertig." Frau Hauffenberg lächelte aufmunternd, dann war sie schon wieder verschwunden.

Britta stellte indes die Kaffeemaschine an. „Wenn Sie nicht wegen des Briefes hier sind, warum dann?"

„Warum dann – gute Frage", Ina verschränkte die Arme vor der Brust, „weil wir wissen wollen, welche Männer noch in Ihrem Leben eine Rolle gespielt haben."

Britta Hauffenberg schaute irritiert. „Welche Männer – wie meinen Sie denn das?"

„Habe ich die Frage nicht präzise formuliert?“ Ina zog eine Augenbraue hoch. „Es geht uns darum, zu welchen Männern Sie vor Richard Waltermann eine Beziehung gehabt haben.“

„Eine Beziehung?“ Britta fragte so, als wüßte sie nicht, was das ist. „Warum ist das wichtig?“

„Ganz einfach“, übernahm Max. „Es könnte durchaus sein, daß Richard Waltermann von jemandem umgebracht worden ist, der seine Affäre mit Ihnen unterbinden wollte. Das könnte zum einen jemand aus Waltermanns Umfeld sein. Das kann aber genauso gut jemand sein, dem an Ihnen liegt und der deshalb auf Waltermann eifersüchtig war. Fällt Ihnen dazu irgend jemand ein?“

Die Reaktion war unverkennbar. Britta Hauffenberg wurde nervös, ihre Gesichtsfarbe verdunkelte sich. „Wie kommen Sie darauf?“ Auch ihre Stimme war zittrig.

„Vielleicht antworten Sie einfach“, drängte Ina weiter.

„Da fällt mir natürlich Christian ein“ Britta Hauffenberg lachte hysterisch. „Ein Kommilitone aus Göttingen. Mit ihm war ich knappe zwei Jahre zusammen, bis zum Herbst letzten Jahres, um genau zu sein.“

„Und? Haben Sie noch Kontakt miteinander? Bekommen Sie Anrufe von ihm?“

„Nein, überhaupt nicht. Wir sind auseinandergegangen, weil er eine andere hatte. Eine Tochter aus bestem Hause, nur leider strohdoof. Wahrscheinlich sitzen die beiden jetzt gemeinsam im Wickelkurs.“

Britta ging den Polizeibeamten voran ins Wohnzimmer. Sie setzte sich auf einen Stuhl mit dunkelgrünem Bezug. Ina nahm auf dem Sofa Platz, Max blieb stehen.

„An wen haben Sie eben gedacht, als wir darlegten, der Täter könne jemand sein, der eifersüchtig war?“ Max’ Stimme war hart. Das wußte er. Britta Hauffenberg stockte.

„Wie kommen Sie darauf?“ fragte sie schließlich. „Ich hatte keine feste Beziehung seitdem.“

„Sie hatten keine feste Beziehung“, wiederholte Max mit Nachdruck. „Wie ist dann Ihr Verhältnis zu Georg Bruns?“

Treffer versenkt. Britta Hauffenberg zuckte zusammen. Es hatte mit Georg zu tun, daß sie die ganze Zeit so fickerig war.

„Warum Georg Bruns?" fragte Britta Hauffenberg. Man hörte sie kaum.

„Wir wissen, daß Georg Bruns Ihnen damals die Geschichte mit Richard Waltermann erzählt hat", konstatierte Ina bestimmend, „mit Richard Waltermann und dem erschossenen Hund."

Britta nickte. „Ist das wichtig?"

„Allerdings", Ina wurde ungeduldig. „Frau Hauffenberg, Sie haben uns unsere Frage noch nicht beantwortet. Wie ist Ihr Verhältnis zu Georg Bruns?"

„Er ist – ein Freund." Britta vermied es, jemanden anzublicken, und starrte vor sich auf den Tisch.

„Ein Freund. Mehr nicht?" Max nahm die junge Frau fest ins Visier.

„Ich kann allerdings nicht ausschließen –", es kostete Britta hörbar viel Kraft, das zu sagen, „ich kann nicht ausschließen, daß Georg sich gewisse Hoffnungen machte."

„Fangen wir mal vorne an", Max ging ein paar Schritte durch den Raum. „Woher kennen Sie Georg Bruns überhaupt?"

„Er ist ein Freund aus Kindertagen und daher ein richtig dicker Kumpel. Unsere Eltern kennen sich und haben sich damals in unregelmäßigen Abständen getroffen. Da mußten wir als Kinder immer mit, so ist die Freundschaft entstanden. Später sind wir beide mit der Waldjugend ins Ferienlager gefahren."

„Ein Freund aus Kindertagen also", faßte Ina zusammen. „Aber dabei blieb es nicht?"

„Für mich eigentlich schon", Ina scharrte mit den Füßen. „Wissen Sie, ich habe mir immer einen großen Bruder gewünscht. Und das war Georg für mich – der große Bruder."

„Hat er das auch so gesehen?" Die Frage kam von Max.

„Im Prinzip schon. Aber in letzter Zeit – ich weiß auch nicht. Schon, als ich mit Christian zusammen war, hatte ich mehrfach das Gefühl, daß Georg eifersüchtig war. Und als die Sache aus war, hat er mich immer häufiger besucht."

„Mit Erfolg?"

„Ich hab' das gar nicht richtig geschnallt. Ich dachte immer, der Georg, der will mich nur trösten. Der ist viel zu gut für diese Welt. Um so schlimmer, daß ich dann –"

„Daß Sie was?" Inas Tonfall war unerbittlich.

„Es war ein einziges Wochenende. Georg war nach Göttingen gekommen, und – ich weiß auch nicht, wie es kam – auf einmal – ich hätte mich auf keinen Fall darauf einlassen dürfen."

„Das heißt, Sie haben kurzfristig etwas mit Georg Bruns gehabt und ihn anschließend vor den Kopf gestoßen?"

„Das kann man so nicht sagen", Brittas Augen hatten sich mit Tränen gefüllt. „Georg hat das schon verstanden. Daß ich Zeit für mich brauche und daß wir unter Umständen etwas kaputtmachen, wenn wir-"

„Und da sind Sie ganz sicher?" Ina sah Britta herausfordernd an. „Wußte Georg von Ihrer Beziehung zu Richard Waltermann?"

„Ich habe nie offen mit ihm darüber gesprochen", Britta Hauffenberg putzte sich die Nase. „Aber er hat es geahnt. Er hat mich ja im Rahmen der Doktorarbeit mit Richard zusammengebracht. Und er hat mitgekriegt, daß ich mich später zweimal mit Richard getroffen habe. Das hat ihn natürlich sehr mißtrauisch gemacht. Er hat immer mal wieder nachgefragt, doch irgendwann habe ich beschlossen, ihm nichts mehr zu erzählen."

„Kann er es anders herausgefunden haben? Ich meine, die ganze Tragweite der Beziehung?"

„Wissen Sie, Georg hatte später sowieso ein gespanntes Verhältnis zu Richard – wegen dieser Jagdaufseherei. Richard hat Georg vorgeworfen, er habe zuviel geschossen in seinem Revier. Darüber haben sich die beiden ziemlich an die Köpfe gekriegt. Und später hat Richard sogar Georgs Chef davon erzählt. Das war natürlich unmöglich, das habe ich Richard auch gesagt. Aber die beiden sind Freunde, Richard und Georgs Chef, meine ich jetzt. Und bei irgendeiner Gelegenheit ist es Richard dann über die Lippen gegangen."

„Wo arbeitet Georg Bruns überhaupt?" Max rieb sich die Stirn.

„Bei West Holz, das ist ein holzverarbeitender Betrieb. Die machen Spielgeräte und Gartenhäuser und so."

„Aber Georg hatte nicht etwa beruflich mit der Firma Schauerte zu tun?"

„Doch durchaus. Georg ist Einkäufer in seinem Betrieb. Und Richards Firma ist Zulieferer für West Holz. Insofern hatten die beiden schon beruflich miteinander zu tun."

Max schoß ein Gedanke durch den Kopf. „War Georg Bruns auch an dem Tag in der Firma, als der Brief verschwunden ist?"

Alles schwieg. Britta Hauffenberg blickte Max aus besorgten Augen an.

„Sie meinen, Georg könnte den Brief genommen haben? Er könnte wissen, daß Richard und ich ein Kind erwarteten?" Der Sorge folgte Entsetzen. „Aber das würde Georg doch – ich meine –"

„Kann das theoretisch sein?" Ina bohrte nach.

„Ich weiß es nicht. Woher soll ich das wissen?" Britta Hauffenbergs Stimme wurde hysterisch. „Aber Georg – Sie meinen doch nicht etwa, daß jemand wie Georg – Sie denken doch nicht, daß er den Mord begangen hat? Das denken Sie doch nicht?"

„Wir denken alles und nichts", erwiderte Ina trocken. „Wir prüfen das nach. Aber Sie werden zugeben, Georg hat ein eindeutiges Motiv. Hatte er übrigens jemals eine Freundin? Hatte er während der ganzen Jahre eine feste Beziehung zu einer anderen Frau?"

„Nein!" Britta Hauffenbergs Stimme war matt. „Nicht wirklich!"

In diesem Moment kam Brittas Mutter herein.

„Der Kaffee ist fertig", sagte sie mit fröhlicher Stimme.

„Danke“, antwortete Britta wie in Trance, „ich glaube, den brauchen wir inzwischen nicht mehr.“

41

Nach der Schule begann ich zu putzen. Wenn Alexa mit den Kindern kam, sollte es nicht so aussehen, als sei der ganze Haushalt verloddert. Nach etwa zwei Stunden sah schon wieder alles ganz manierlich aus. Dann machte ich mich ans Einkaufen. Ich fuhr zum Supermarkt in der Nähe des Bahnhofs und besorgte alles Nötige. Als ich zu Hause einräumte, war der Kühlschrank bis oben hin gefüllt. Um vier Uhr klingelte das Telefon. Natürlich dachte ich, es sei Alexa von unterwegs. Fehlanzeige. Statt dessen war Frau Waltermann am Apparat.

„Ich wollte nur mal fragen“, brachte sie zittrig hervor, „ob Sebastian vielleicht wieder bei Ihnen ist.“

„Nein“, antwortete ich überrascht, und dann warf ich glatt noch einen Blick nach draußen, um mich zu vergewissern, daß er nicht erneut vor der Haustür saß.

„Er ist nach der Schule nicht nach Hause gekommen“, erklärte seine Mutter, „da dachte ich, er wäre vielleicht wieder bei Ihnen.“

„Leider nicht“, erwiderte ich besorgt. „Ich habe zwar in der Schule noch mit ihm gesprochen, aber danach wollte er gleich in den Unterricht.“ Während ich das aussprach, war ich mir gar nicht so sicher, ob Sebastian wirklich in den Unterricht gegangen war.

„Kann ich irgendwie helfen?“ erkundigte ich mich. „Jemanden anrufen, mitsuchen, was weiß ich?“

„Ich werde zunächst mal seine besten Freunde anrufen“, erklärte Frau Waltermann gefaßt. „Ich melde mich dann später noch mal bei Ihnen.“

Noch ehe ich reagieren konnte, hatte Sebastians Mutter aufgelegt. Dann hörte ich plötzlich ein Hupen. Meine Familie war zurück. Eilig lief ich nach draußen. Marie fiel mir um den Hals, Paul blieb vor mir stehen. Er sagte etwas, das wie Muffel oder Trüffel klang. „Süffel ist im Haus", antwortete ich und nahm ihn ebenfalls hoch. Phantastisch, daß sich meine Kinder mehr über den Hund freuten als über mich.

Alexa sah ziemlich abgekämpft aus. Sie drückte mir einen Kuß auf die Wange.

„Ist was?" fragte sie. „Du siehst irgendwie nicht gut aus."

„Es wurde Zeit, daß ihr nach Hause kommt", antwortete ich. „Hier geht alles drunter und drüber."

Anne, Elmars Frau, packte inzwischen die ersten Sachen aus dem Auto. Sie hatte mir nur zugelächelt. Klar, sie wollte auch nach Hause. Ihre kleine Tochter saß auf der Rückbank und schlief.

„Das sieht ja aus wie der Auszug aus Ägypten", kommentierte ich.

Tatsächlich. Der Volvo war so vollgepackt, daß nicht einmal mehr ein Streichholz Platz gefunden hätte.

„Ja, da geht ganz schön was rein." Anne zog vorsichtig den Buggy aus dem Kofferraum. „Als wir das Kinderzimmer umgebaut haben, haben wir hier das halbe Baustofflager reingepackt. Für 20 Quadratmeter Deckenpaneele – kein Problem."

„Paneele", wiederholte ich. In meinem Kopf ratterte es. „Dachlatten", fügte ich hinzu. Ich starrte in den Kofferraum. „Es geht nicht", rief ich wie von Sinnen. „Die gehen gar nicht da rein." Alexa und Anne starrten mich an.

„Ich muß los", stieß ich dann hervor. „Es tut mir so leid, aber ich muß los. Glaubt mir, es ist dringend."

Ich rannte los. Doch nach wenigen Schritten machte ich kehrt. „Ich brauche ein Handy!" rief ich. Alexa kramte in ihrem Rucksack. Als sie es hervorgezogen hatte, nahm ich es schnell und stürmte zum Auto.

Ich wußte, daß ich als Chauvi-Vater in die Geschichte eingehen würde. Nach zwei Wochen kehrt die Familie aus dem

Urlaub zurück und Vatter macht sich vom Acker. Aber manchmal muß das eben sein. Zumindest wenn es um etwas wie Mord geht.

42

Im Borketal nahm ich mir Alexas Handy vor und wählte die Auskunft. Ich ließ mich direkt zu den Waltermanns durchverbinden. Als ich hörte, wer sich meldete, fiel mir ein riesengroßer Stein vom Herzen.

„Sebastian", seufzte ich erleichtert, „du bist zu Hause."

„Ach, Herr Jakobs, Sie sind das. Hat meine Mutter Sie auch schon verrückt gemacht?"

„Sagen wir mal so: Sie hat bei mir angerufen."

„Ich war nur noch mit bei einem Kumpel. Der kriegt seinen USB-Stick nicht angeschlossen. Hat ein bißchen gedauert, den Treiber zu installieren."

Die ganze Aufregung nur wegen eines Computer-Problems.

„Rufen Sie von unterwegs an?"

„Ja. Um ehrlich zu sein, bin ich auf dem Weg zu eurem Sägewerk."

„Zur Firma? Warum denn das?"

Ich ärgerte mich. Das hätte ich besser nicht sagen sollen. „Nur was gucken", murmelte ich. „Aber Hauptsache, du bist wieder da, Sebastian."

„Jaja, bis dann."

Ich drückte das Gespräch weg. Dann versuchte ich es bei Max. Fehlanzeige. Nur die Mailbox lief. Ich sprach ihm ein paar Sätze darauf. Bis Max auftauchte, würde ich eben selber recherchieren. ‚Nur mal gucken', wie ich auch schon zu Sebastian gesagt hatte.

Kurz drauf tat sich zur Rechten das Sägewerk auf. Am Tag zuvor hatte ich den Betrieb nur im Dunkeln wahrgenommen. Jetzt aber sah ich, wie groß die Firma war. Ein riesiges Gelände. Mit unterschiedlichen Betriebshallen. Richard Waltermann hatte da wirklich etwas zum Laufen gebracht. Vorsichtig fuhr ich mit dem Wagen auf den Vorplatz und hielt. Neugierig blickte ich mich um. In der unmittelbaren Umgebung war der grüne Wagen von Schauerte nicht zu sehen. Aber wußte der Himmel, wo der Chef und die Mitarbeiter parkten. Ich stieg aus und orientierte mich. Rechts das Gebäude schien mir der Bürotrakt zu sein. Verflixt, mit welcher Legitimation konnte ich hier überhaupt irgend jemanden ansprechen? Langsam schlenderte ich zu den Büros hinüber und überlegte krampfhaft. Ein Lagerarbeiter räumte Paletten zur Seite. Er blickte kurz zu mir herüber, dann arbeitete er weiter. Auf dem hinteren Teil des Platzes lud ein Sattelschlepper Baumstämme ab. Ich zögerte noch einen Augenblick, dann marschierte ich zur Eingangstür des Bürotrakts. Im Inneren saß ein junger Mann an einem Schreibtisch und heftete ab. Als ich hereinkam, hob er das Gesicht. Die Pubertät hatte seinen Körper voll im Griff.

„Guten Tag!" Bemüht stand der Junge auf.

„Hallo", grüßte ich zurück, „ich hätte da ein, zwei Fragen."

„Die Polizei schon wieder", rutschte es dem Typ heraus. Prompt wurde er rot und verlegen. „Ich meine nur, weil im Moment – Wen möchten Sie denn sprechen?"

Ich stutzte. Konnte ich Max schaden, wenn ich hier fälschlicherweise als Polizist durchging? Wohl nicht. Bestenfalls mir selbst. Das war mir die Sache wert.

„Es geht um letzten Freitag. Den Tag des Mordes, Sie wissen schon."

„Natürlich." Der junge Mann hüstelte.

„Waren Sie am Freitag hier?"

„Klar, bis fünf Uhr."

„Das heißt, Sie haben Richard Waltermann wegfahren sehen?"

„Ja, aber das habe ich schon bei der ersten Befragung am Samstag erzählt."

„Macht nichts. Wir gehen den Ablauf immer wieder durch. Also, Sie haben Waltermann wegfahren sehen."

„Nicht direkt, ich habe gesehen, daß er das Büro verlassen hat. In Jagdklamotten. Das war so gegen halb vier." Der junge Mann kratzte sich am Kopf. „Ich weiß das ziemlich genau, denn freitags kurz vor Schluß gucke ich ziemlich häufig auf die Uhr."

„Okay. Waltermann ist kurz darauf gefahren?"

„Er hat draußen noch mit jemandem gesprochen. Und dann ist er nach hinten gegangen, um sein Auto zu holen."

„Haben Sie auch Herrn Schauerte kommen sehen?"

„Klar, das war etwa zur selben Zeit. Die beiden müßten sich getroffen haben."

„Und Herr Schauerte kam mit seinem eigenen Wagen?"

Der Junge stutzte. „Moment, das weiß ich gar nicht, weil nachher, da ist er mit dem großen Jeep gefahren. Weil er irgend etwas transportieren mußte."

Ich wurde aufgeregt. Was bedeutete das? Der junge Mann kratzte sich noch mal am Kopf.

„Doch Sie haben recht. Er ist mit seinem Wagen gekommen. Offenbar hat er ihn hinten abgestellt. Denn weggefahren ist er anschließend definitiv mit dem Jeep. Ich war zu der Zeit draußen und habe mit jemand gequatscht."

„Und Schauerte hatte Dachlatten im Wagen?"

„Ob es jetzt Dachlatten waren – keine Ahnung. Aber er hatte etwas dabei. Dachlatten – ja, kann schon hinkommen."

„Hatte er es eilig?"

„Herr Schauerte hat es immer eilig. Der ist permanent im Streß. Hechelt ständig herum. Auch hier auf dem Platz. Das war am Freitag genauso."

„War er noch mal im Gebäude?"

„Hier im Büro? Das kann ich nicht genau sagen. Weil ich eben zwischenzeitlich draußen war. Kann sein, kann aber auch nicht sein."

„Aber er ist hier gegen halb vier weggefahren?"

„So ungefähr, ja."

„Vor Herrn Waltermann oder nachher?"

„Moment, das weiß ich nicht genau", der picklige Knabe kratzte sich am Kopf, „vorher, glaube ich, aber das kann ich nicht beschwören."

„Und Herr Schauerte fuhr mit einem Jeep? Wem gehört der überhaupt?"

„Der gehört der Firma. Steht hinten auf dem Platz."

„Und den nimmt nicht der Chef, wenn er zur Jagd fährt?"

„Nöö, nicht mehr. Seit er seinen Mercedes Offroader hat, nimmt er lieber den."

„Vielen Dank, das reicht mir. Sie haben mir sehr geholfen."

Ich lächelte dem Jungen zu und verließ das Büro. Inzwischen war ein zweiter LKW auf dem Platz. Der Fahrer ließ sich von einem Arbeiter in eine Ecke dirigieren, wo der Laster offenbar beladen werden sollte. Langsam schlenderte ich an einer Halle vorbei, aus der laute Sägegeräusche zu hören waren. Hinter einer Reihe von Hochregalen entdeckte ich dann einen kleinen Parkplatz. Zwei Gabelstapler standen dort, verschiedene PKWs, wahrscheinlich von den Mitarbeitern, dazwischen ein dunkelgrüner Jeep. Er sah überraschend sauber aus. Der war vor kurzem gewaschen worden, hundertprozentig.

Ich sah mir das Fahrzeug näher an. Das war ein richtiger Geländewagen. Kein Spielzeug für Großstädter, die mal Indiana Jones spielen wollen, sondern ein richtig belastbares Gebrauchsfahrzeug.

„Was machen Sie hier?" Die Stimme ließ mich zusammenzucken. Erschrocken fuhr ich herum.

Sebastian. Ich atmete auf. Er hatte sein Fahrrad dabei. Offensichtlich hatte er sich nach meinem Anruf in den Sattel geschwungen. Trotz der winterlichen Wetterlage.

„Ich – ich wollte nur gucken –" Verflixt, was sagte ich dem Jungen bloß? „Hast du schon mal in diesem Auto gesessen?"

„Ja sicher, tausendmal. Papa ist damit früher immer zur Jagd gefahren. Warum?"

„Ich würde gern wissen, ob man mit diesem Fahrzeug quer durch einen Wald fahren kann. Gibt der Wagen das her?"

Sebastian überlegte kurz. „Kommt auf den Wald an. Über herumliegende Baumstämme kann das Auto auch nicht fliegen, aber im Prinzip ist die Karre ziemlich geländegängig. So sehr, daß man am nächsten Tag Muskelkater bekommt."

„Dann interessiert mich noch etwas. Wie würdest du von hier aus zum Hochsitz deines Vaters fahren?"

„Zum Hochsitz? Über die Bundesstraße natürlich, und dann kurz vor der alten Scheune in den Wald abbiegen."

Klar, das war die Strecke, die auch Max und ich gefahren waren.

„Aber man fährt doch einen Bogen, nicht wahr? Wenn meine Orientierung stimmt, fährt man in einem großen Bogen auf den Hochsitz zu."

„Ja, schon, aber so läuft die Strecke nun mal."

„Das ist meine Frage, Sebastian. Gibt es da nicht noch eine andere Strecke? Mitten durch den Wald, wo man nur mit dem Geländewagen durchkommt?"

Sebastian starrte nachdenklich vor sich hin. „Den alten Holzweg vielleicht? Da, wo Vedder-Maas immer seine Bäume abtransportiert?"

„So etwas meine ich", ich wurde wieder aufgeregt. „Kannst du mir die Strecke beschreiben?"

„Sie mit Ihrer Kutsche kommen da eh nicht durch. Schon gar nicht bei solchem Wetter. Im Wald liegt noch Schnee."

„Stimmt, das geht nicht", ich knetete meine Unterlippe. „Meinst du, ich kann mir den Jeep mal kurz ausleihen?"

Sebastian verzog einen Moment lang den Mund.

„Sie wahrscheinlich nicht", sagte er dann. „Aber ich bestimmt. Von mir aus können Sie fahren, aber nur, wenn Sie mich mitnehmen. Nun steigen Sie schon ein. Der Schlüssel steckt."

„Okay." Ich kletterte in den Wagen hinein. Sebastian ließ sich neben mir nieder.

„Hast du eine Stoppuhr?" wollte ich wissen.

Sebastian nickte.

„Dann geht es jetzt los. Start!"

Ich ließ den Motor an. Mal schauen, was die Karre so hergab.

43

Die Firma West Holz lag bei Finnentrop. Wenn Ina sich vorher schon mal über die sauerländischen Kurven beschwert hatte, so wurde sie auf der Strecke von Sundern nach Finnentrop noch mal bestens bedient. Es ging richtig über die Dörfer: Stockum, Allendorf, „Kuhschiß"-Hagen. Ina kriegte die Krise. Nur über das Hinweisschild mit dem Ortsnamen Schliprüthen konnte sie sich noch amüsieren.

„Da lobe ich mir doch einen ordentlichen Freitagmittag-Ruhrgebietsstau", murmelte Ina kurz vor Rönkhausen. „Im Sauerland steht man zwar nicht auf der Stelle, aber trotzdem hat man das Gefühl, man kommt niemals an."

Zuerst fuhren sie zu weit. Als sie sich in Finnentrop erkundigten, mußten sie zurück durch Lenhausen, dort am alten Schloß vorbei bis nach Rönkhausen. Hinter dem Ort bogen sie an einer kleinen Skulpturausstellung ab.

„Kunst mitten auf der Wiese", sagte Ina schnoddrig.

Endlich hatten sie die Firma West Holz vor Augen. Hier waren alle Betriebsgebäude aus Holz, was ein bißchen Western-Ambiente herüberkommen ließ. Fast wie in Fort Fun, dem Vergnügungspark ganz in der Nähe. Während ein Gabelstapler die kleine Straße überquerte, orientierte sich Max und parkte dann direkt vor dem zweistöckigen Verwaltungsgebäude. Im Inneren hatte man links Zugang zu einem kleinen Büro. Als Max dort nach Georg Bruns fragte, zog die Dame an der Front die Stirn kraus.

„Den habe ich heute noch gar nicht gesehen." Trotzdem suchte sie auf einer Liste seine Durchwahl und testete durch.

„Herr Bruns, hier ist Besuch für Sie. Soll ich ihn durchschicken? – In Ordnung."

Die Sekretärin legte auf. „Er kommt her und holt Sie ab", erklärte sie dann. Anschließend widmete sie sich weiter ihrem Computer.

Ein paar Minuten später steckte Georg den Kopf zur Tür herein.

„Sie wollten zu mir?" Er gab beiden Beamten die Hand.

„Kripo Hagen" erklärte Ina, „mein Name ist Rüther. Das ist Max Schneidt, mein Kollege."

Georg schluckte sichtlich.

„Herr Bruns, können wir Sie einen Augenblick sprechen?"

„Natürlich." Die Angestellte im Büro machte keinen Hehl daraus, daß sie nun an der Sache brennend interessiert war. Seitdem sie das Wort Polizei gehört hatte, starrte sie hemmungslos zu der kleinen Gruppe hinüber.

Georg führte Max und Ina eine Treppe hinauf. Er war sichtlich verkrampft und schwieg die ganze Zeit. Als er im oberen Stockwerk ein Büro öffnete, nahm Max wahr, daß Georg ziemlich blaß geworden war.

Das Büro war für zwei Leute ausgelegt, und tatsächlich saß in der linken Hälfte des Raumes jemand konzentriert am Computer. Als Max und Ina ins Zimmer kamen, murmelte er ein knappes „Tach".

„Vielleicht gehen wir lieber in einen Besprechungsraum", schlug Georg vor.

Der Mann am Computer blickte hoch. „Wenn's an mir liegt, ich bin sowieso auf dem Sprung. Eine rauchen." Er hämmerte noch ein paar Tasten klein, dann schnappte er sich seine Packung Zigaretten und ging nach draußen.

„Nun denn", Georg Bruns zog ein paar Stühle zurecht. „Setzen Sie sich doch."

„Warum haben Sie uns nicht gesagt, daß Sie Britta Hauffenberg kennen?" startete Max das Gespräch.

„Haben Sie mich je danach gefragt?"

Max blinzelte. Georg hatte gegenüber Vincent geschwiegen, aber das ließ er besser außen vor.

„Auf jeden Fall haben Sie den Kontakt zwischen Britta Hauffenberg und Richard Waltermann hergestellt. Haben Sie das später bereut?"

Georgs Augen zuckten einmal, dann hatte er sich wieder gefangen.

„Sollte ich?"

„Aus Ihrer Sicht vielleicht." Max beugte sich vor. „Kommen wir zur Sache. Herr Bruns, Sie hatten diverse Probleme mit Richard Waltermann. Er hat Sie als Jagdaufseher entlassen. Er hat diese Sache bei Ihrem Chef aufs Tapet gebracht. Und mehr noch: Er hatte eine Affäre mit Britta Hauffenberg, obwohl Sie selbst die Dame angeschmachtet haben."

„Wer sagt das?"

„Sie wußten von der Affäre."

„Ich bin ja nicht blind."

„Woher?"

„Ich wußte es halt. Waltermann hat mal so eine Andeutung gemacht."

„Wußten Sie auch, daß Britta Hauffenberg schwanger ist?"

Georg sagte nichts. Er starrte nur in Max' Richtung.

„Herr Bruns, wo waren Sie am Freitag zwischen 15 und 18 Uhr?"

Zunächst kam keine Antwort. Dann folgte ein tonloses „Hier".

„Am Freitag? Herr Bruns, Ihnen ist schon klar, daß wir Ihre Aussage überprüfen werden? Und wenn Sie um diese Zeit nicht mehr hier waren, dann haben Sie ein ziemliches Problem."

Georgs Augen füllten sich mit Tränen. Er schien es kaum zu merken. „In Göttingen", sagte er dann. „Ich war in Göttingen. Britta hatte doch ihre letzte Prüfung. Und ich war da. Mit einem Blumenstrauß in der Hand." Georg schluckte. „Aber als ich dann in dem Universitätsgebäude wartete, und Britta rauskam, da waren auf einmal ganz viele andere da. Ein ganzer Pulk, die alle auf Britta gewartet hatten. Bestimmt zwanzig Leute. Die Sektkorken knallten. Und Britta wurde umarmt und geküßt, und ich stand da hinter einem Pfeiler mit einem dämlichen Blumenstrauß in der Hand und wußte: Die braucht mich gar nicht. Die will mich nicht. Da passe ich nicht rein." Georg atmete einmal tief durch. „Und dann bin ich nach Hause gefahren und hab' mich vollaufen lassen. Und glauben Sie mir, das habe ich nicht zum erstenmal wegen Britta gemacht."

Max und Ina schwiegen. Der Mann vor ihnen wirkte völlig am Ende.

„Wir werden das überprüfen", sagte Ina schließlich. Dann standen die beiden auf und gingen nach draußen.

Georg Bruns bekam das gar nicht richtig mit. Er hatte mit sich zu tun. Und zwar sehr.

„Was machen wir jetzt?" fragte Ina vor der Tür.

„Wie sollen wir das überprüfen?" murmelte Max. „Er war in Göttingen, sagt er. Hat niemanden gesehen und niemand ihn. Bestenfalls kann er eine Tankquittung vorweisen."

Gewohntheitsgemäß faßte er in die Tasche und bekam sein Handy zwischen die Finger.

„Verflixt, das Handy war aus", brummelte er. Er drückte es an und wartete. Ein Meldung wurde angezeigt. Eine Handynummer, die er nicht kannte.

„Moment mal. Ich höre nur eben die Mailbox ab."

Vincents Nachricht war kurz. Aber sie reichte.

„Wir fahren nach Wulfringhausen", rief er Ina zu. „Alles andere kommt später. Erst nach Wulfringhausen. Aber schnell."

44

Vierzig Minuten hatten wir gebraucht, und Sebastian sagte nichts mehr. Er grübelte, und ich grübelte auch. Was sollte ich dem Jungen sagen? Daß alles ganz anders sein konnte? Daß alles nur auf Spekulationen beruhte?

„Ich hab' ihn gesehen", sagte er, als wir in die Einfahrt zum Sägewerk einbogen.

„Du hast wen gesehen?" Ich hielt den Wagen an.

„Oppa."

„Wo hast du ihn gesehen?" Ich versuchte ruhig zu bleiben.

Sebastian starrte nach draußen. „Am Freitag. Im Auto. Als ich vom Sport kam."

„Und wo war das?"

„Bockumer Weg. Er bog in die Hauptstraße ein." Sebastian wandte sich mir zu. „Diesen Weg fährt man nicht, wenn man direkt von der Firma zur Schützenhalle will. Bockumer Weg, das ist da, wo wir gerade langgefahren sind."

Ich atmete tief durch. Sebastian war Zeuge. Er war Zeuge gegen seinen eigenen Großvater.

„Michis Mutter hat mich mitgenommen. Michi ist mein Kumpel", erklärte Sebastian halblaut. „Ich saß hintendrin. Aber ich habe Oppa ganz genau gesehen."

„Mit dem Geländewagen?"

Sebastian nickte. „Und noch was ist mir aufgefallen. Der Wagen war schweinedreckig."

Langsam fuhr ich den Wagen über das Betriebsgelände hinüber zum Parkplatz. Sebastian starrte wieder hinaus. Ich konnte ihn jetzt unmöglich allein nach Hause fahren lassen. Ich mußte etwas unternehmen. Max erreichen. Oder diese Oberste.

„Da ist er." Sebastan riß mich aus meinen Gedanken heraus.

„Wo ist wer?" Das Auto. Jetzt sah ich es auch. Schauerte war hier, auf dem Gelände. Sebastian riß die Tür auf und war mit einem Satz draußen.

„Warte!"

Verflixt, ich war noch angeschnallt. Hektisch zerrte ich an dem Gurt. Sebastian war schon ein paar Meter weg. Ich stürzte hinterher.

„Sebastian!" Der Junge wollte mich nicht hören.

Ich sprintete hinter ihm her über den Platz. Er lief auf das Bürogebäude zu. Dann kam ein weiteres Auto auf den Platz gefahren. Ein Auto, das ich kannte. Max. Hastig stieg er aus, genau wie seine Beifahrerin.

„Er will zu seinem Opa", schrie ich den beiden zu, „beeilt euch! Das hat seinen Grund!"

Sebastian war inzwischen im Bürogebäude verschwunden. Max' Kollegin war von uns als erste an der Tür. Im Empfangsbüro saß der verpickelte Azubi und blickte uns mit großen Augen entgegen.

„Was ist denn jetzt?" stotterte er.

„Wo ist Schauertes Büro?" brüllte Max' Kollegin ihn an.

„Linker Gang, letzte Tür", kam es wie aus der Pistole geschossen. Die Polizistin war schon durch die Tür, Max auch.

„Aber ich glaube, er ist beim Chef, also bei Herrn Waltermann, also, da wo sonst Herr Waltermann –"

„Welche Tür ist das?" Nur ich kriegte die Infos noch mit.

„Na, rechter Gang, dritte Tür, neben Frau Brinkschultes Büro." Ich lief nach rechts. Max und Kollegin waren in den linken Gang gestürmt. Ich selbst zählte durch. Die dritte Tür rechts war angelehnt. Ich lauschte einen Moment. Nichts zu hören. Max und Ina waren weit weg. Vorsichtig öffnete ich sie und trat leise ein.

Schauerte wühlte gerade einen Büroschrank durch. Sebastian war nicht da.

Ich steckte meinen Kopf zurück in den Flur. „Hier, Max!" brüllte ich. „Hier bei Waltermann im Büro."

Schauerte funkelte mich an. Er hing immer noch halb im Büroschrank.

„Es ist aus", sagte ich. Im Fernsehen sagen sie das auch immer, wenn es so weit ist. Und es paßte auch. So war mein Gefühl. Aus und vorbei.

„Die Polizei ist im Haus. Und selbst Sebastian weiß Bescheid."

„Sebastian?" Das hätte ich nicht sagen sollen. Plötzlich hatte Schauerte etwas in der Hand. Offensichtlich eine Jagdpistole. Er hielt geradewegs auf mich zu.

„Herr Schauerte", versuchte ich es, „Sie haben keine Chance mehr. In wenigen Sekunden –"

„Halten Sie den Mund!" Er rannte auf mich zu, stieß mich quasi mit der Pistole zur Seite und donnerte die Tür zu. Hektisch fingerte er nach dem Schlüssel, der im Schlüsselloch steckte. Eine Sekunde später war der Raum verschlossen, und ich steckte in einem Büro mit diesem durchgeknallten Oppa und seiner Zweitmordwaffe.

„Glauben Sie mir", setzte ich noch einmal an. Ich merkte, wie mir die Stimme wegging. „Es hat keinen Zweck! Egal, was Sie jetzt mit mir anstellen."

Draußen wurde an der Tür gerüttelt. „Vincent?" Das war Max' Stimme. Schön, daß er sich auch mal hören ließ.

„Ich bin hier!" Vergeblich versuchte ich, meiner Stimme Festigkeit zu verleihen. „Leider nicht allein."

„Hören Sie zu!" Jetzt brachte sich Schauerte ins Spiel. Mittlerweile stand ihm der Schweiß auf der Stirn. Sein Kopf war dunkelrot. Wenn ich Glück hatte, kriegte er rechtzeitig einen Herzinfarkt. „Ich bin bewaffnet. Sie verschwinden jetzt aus dieser Firma. Vor allem lassen Sie meinen Enkel in Ruh'. Ich werde hier meine Sachen regeln, danach stelle ich mich der Polizei. Haben Sie verstanden?"

„Was Sie tun, bestimmen lieber wir." War das Max hinter der Tür? Hörte sich so cool an. Schade nur, daß er Schauertes Knarre nicht sah.

„Ich sage es nicht noch einmal. Ich habe eine Waffe. Wenn Sie Ihren Kollegen noch einmal wiedersehen möchten, machen Sie jetzt, was ich sage."

Max schwieg. So eine Mit-Geisel-hinter-der-Tür-Nummer hatte man doch hoffentlich in den Polizei-Seminaren geübt?

„Oppa!" hörte ich auf einmal eine gedämpfte Stimme rufen. Sebastian war da. Er stand am Fenster. Wie war er dort hingekommen? Auch Schauerte fuhr herum. Plötzlich schien ihm die Pistole peinlich zu sein.

„Sebastian", flüsterte er. Dann ging er zum Fenster hinüber und öffnete es. „Was machst du hier? Warum bist du nicht zu Hause?"

„Stimmt es, daß du Papa erschossen hast?“ Sebastians Stimme kippelte.

„Sebastian, du kannst das nicht verstehen! Du weißt ja gar nicht –“

„Ich habe dich etwas gefragt. Stimmt es, daß du Papa erschossen hast?“

Ich nutzte die Gelegenheit und öffnete lautlos mit dem Schlüssel die Tür.

„Er hat deine Mutter betrogen. Er hat euch betrogen. Er hat –“

„Ja oder nein?“ Sebastian brüllte jetzt.

Schauerte schwieg.

„Ja oder nein?“ Sebastian hatte Verzweiflung in der Stimme. Vorsichtig trat Max ins Zimmer. Mit zwei Blicken checkte er die Situation.

„Ja oder nein?“

„Du mußt das verstehen! Er hatte eine Geliebte, und mit der erwartete er ein Kind. Verstehst du? Er bekam ein Kind, von einer anderen Frau. Ich habe einen Brief gefunden, in dem alles drinsteht. Ein neues Kind mit einer neuen Frau. Stell dir vor, er hätte das lieber gehabt als euch! Stell dir vor, er wäre mit dieser Frau zusammengezogen! Stell dir vor, er hätte diesem Kind meine Firma vererbt!“

„Ist das alles, was dich interessiert?“ Sebastian war außer sich. In diesem Moment stürzte sich Max von hinten auf Schauerte. Die Pistole rutschte über den Fußboden. Sebastian stand vorm Fenster und starrte seinen Großvater ungläubig an. Seine Augen waren mit Tränen gefüllt. Er sagte nichts. Er starrte nur wortlos durch das Fenster hindurch. Er hatte so vieles verloren. Seinen Vater. Seinen Opa. Und noch einiges mehr.

45

„Gute Arbeit", sagte Marlene Oberste. Sie sagte es in die ganze Runde hinein.

Alle hatten eine Portion Gyros mit Pommes vor sich und stocherten mit ihren Plastikgabeln in den Pappschälchen herum. „Jetzt geht es ans Berichteschreiben. Ich weiß, daß ihr diese Arbeit am liebsten macht." Alle stöhnten. Nur nicht Max. Er mußte zurück. Nach Dortmund. Lieber hätte er hier ein paar Berichte geschrieben.

„Mein Dank geht vor allem an Max Schneidt", fügte die Hauptkommissarin hinzu. „Es fällt mir schwer, Max, Sie jetzt wieder Richtung Dortmund ziehen zu lassen. Aber Sie haben noch eine Weile Streifendienst vor sich." Max nickte. Ihm war seine Situation durchaus bewußt.

„Wenn Sie allerdings selber wollen, dann werde ich auf eine frühzeitige Versetzung hinarbeiten."

Max fiel die Gabel aus der Hand. Versetzung zur Kripo nach Hagen? Das war das Größte. Das, wovon er immer geträumt hatte.

„Ich kann Ihnen noch nichts versprechen, aber Mühe geben werde ich mir auf jeden Fall. Sie sind eine Bereicherung für unsere Gruppe. Da sind wir uns wohl alle einig."

Die anderen schlugen mit der Handfläche auf den Tisch und ließen dafür sogar einen Moment lang von ihrem Gyros ab. Max warf einen Blick in die Runde. Bei Jan Vedder blieb sein Blick hängen. Der Kollege schien ihn nicht zu bemerken. Die Mütze tief im Gesicht sah er aus, als habe er mit nichts was zu tun. Dann schaute er plötzlich hoch. Ihre Blicke trafen sich. Jan Vedder schnaubte und verzog den Mund. Ein Hauch von einem Grinsen. Aber wirklich nur ein Hauch. Das war doch etwas, worauf man aufbauen konnte.

„Ich mache das", hörte Max sich sagen. „Wenn die Versetzung durchsetzbar ist, dann bin ich dabei."

Wieder klatschten alle. Sogar Jan Vedder schlug drei- oder viermal auf den Tisch.

Max schluckte. Das war ein Einstieg! Total übermüdet. Mit einer Portion Pommes auf der Hand. Aber voll und ganz zufrieden.

46

Süffel ist einfach eingeschlafen. Die ganze Nacht hatten wir zusammen verbracht. Ich auf dem Sofa, er auf dem Teppich davor, meine Hand auf seinem Kopf. Den ganzen Tag schon war er sehr kurzatmig gewesen, nachdem er zwei Tage nicht gefressen hatte. Alexa hatte ihn auf den Kopf gestellt. Dann hatte sie gesagt: „Süffel lebt nicht mehr lange."

Von da an hatte ich ihn nicht mehr alleine gelassen. Unser letzter Männerabend endete sanft. Er ist einfach eingeschlafen, ich sagte es ja schon. Ich habe geheult wie ein Schloßhund. Gut, daß alle anderen schliefen. Es ist besser, wenn man in solch einem Moment alleine mit sich ist. Das versteht ja keiner. Daß man wegen eines Vierbeiners heult.

Das Ganze passierte ein paar Wochen nach dem Mord. Und inzwischen ist schon wieder eine Weile vergangen. Jetzt stehen wir hier in der Diele vom Bauern Vedder-Maas und sind ganz gerührt von soviel Tolpatschigkeit. Sechs Hunde tapern unsicher vor uns auf dem Boden herum. Süffels Nachwuchs. Unverkennbar!

„Einer schöner wie der andere, woll?" sagt der Bauer. Er heißt Hubbert, das weiß ich. Aber um welche Generation es sich handelt, ist mir immer noch nicht klar.

„Ich glaube, wir nehmen den", sagt Alexa. Sie hat den Kennerblick, aber auch mir gefällt der Rüde am besten. Keine Frage, er sieht am meisten aus wie Süffel.

„Wir kommen bald wieder", verspricht Alexa, als wir gehen, „bis wir ihn mitnehmen können, dauert's ja noch zwei, drei Wochen."

Jetzt wollen wir zu meinen Schwiegereltern. Marie und Paul warten schon dort. Wir werden dort zu Mittag essen. Keine Ahnung, was es gibt. Rosenkohl wahrscheinlich. Aber es gibt Schlimmeres als das.

Kathrin Heinrichs im Blatt-Verlag:

Vincent Jakobs' 1. Fall:

Ausflug ins Grüne

ISBN 3-934327-00-1 9,20 Euro

Es ist schon verrückt. Zunächst bekommt Kölschtrinker Vincent Jakobs diese Stelle als Lehrer. An einer katholischen Privatschule. In einer sauerländischen Kleinstadt. Und gerade beginnt er, das gemütliche Städtchen und seine illustren Gestalten zu schätzen, da muß er feststellen, daß sein Vorgänger auf nicht ganz undramatische Weise zu Tode gekommen ist …

Vincent Jakobs' 2. Fall:

Der König geht tot

ISBN 3-934327-01-X 9,20 Euro

Sauerländische Schützenfeste sind mordsgefährlich! Diese Erfahrung muß auch Junglehrer Vincent Jakobs machen, als er einen Blick hinter die Kulissen wirft. Das Festmotto „Glaube, Sitte, Heimat" haben sich offensichtlich nicht alle Grünröcke auf ihre Schützenfahne geschrieben …